潮学研究丛书

韩山师范学院图书馆 主编

林苑掇拾

续集

林英仪 著

暨南大学出版社

JINAN UNIVERSITY PRESS

中国·广州

图书在版编目（CIP）数据

林苑掇拾：续集 / 韩山师范学院图书馆主编；林英仪著. —广州：暨南大学出版社，2019.7

（潮学研究丛书）

ISBN 978-7-5668-2608-4

Ⅰ.①林… Ⅱ.①韩…②林… Ⅲ.①回忆录—中国—当代 Ⅳ.①I251

中国版本图书馆CIP数据核字（2019）第070127号

林苑掇拾·续集
LINYUAN DUOSHI·XUJI

主 编：韩山师范学院图书馆 著 者：林英仪

出 版 人：徐义雄
策划编辑：张仲玲
责任编辑：陈绪泉 陈利江
责任校对：林 琼
责任印制：汤慧君 周一丹

出版发行：暨南大学出版社（510630）
电 话：总编室（8620）85221601
营销部（8620）85225284 85228291 85228292（邮购）
传 真：（8620）85221583（办公室） 85223774（营销部）
网 址：http://www.jnupress.com
排 版：启慧文化公司
印 刷：佛山市浩文彩色印刷有限公司
开 本：787mm×1092mm 1/16
印 张：16
字 数：268千
版 次：2019年7月第1版
印 次：2019年7月第1次
定 价：58.00元

序

卢璧锋

戊戌春节将届，吾专程登门拜访多年好友林英仪同志暨夫人陈妙侬。座谈中，林君奉出刚完成的《林苑掇拾·续集》书稿，嘱余再为之序，吾欣然应纳。接过厚重的书稿，心绪激动，多年老友又将有文史研究新成果问世，诚可喜可贺哉！

缘起2009年秋日，林君首部著作《林苑掇拾》完稿，径送敝舍，嘱余作序。此乃多年好友所托与尊重，欣许勉为。吾品读书稿，凝思多时，凑成一篇不成熟之序，遵嘱奉送。序言中赞扬这首部著作系林君长期笔耕之成果，对潮州文史工作贡献卓著，亦是他人生价值与奉献精神之缩影。随后《林苑掇拾》一书于2009年11月由作家出版社出版发行，获得读者们的广泛好评。时隔八载，岁月流逝，然而林君之笔耕不辍，文史研究之钟情不减。眼前这厚重书稿，不正是林君"八载磨一剑"之硕果吗？

翻阅本书，共分为四个部分：一为口述史，采取访问形式，叙述林君"四进韩园"的前前后后，具体翔实。二为述论、通讯，重点记述潮州与韩园诸多名贤俊彦及有关史料。余下两部分，分别是序言、碑记、诗歌与附录。

细读本书，令人振奋，感悟颇深，所感有三：

其一，本《续集》彰显林君积极的人生态度。从口述史可看到：他出生成长于农村，七八岁参与农耕劳作，是个地道的农牧娃。林君弱冠时，刚好潮州解放，他考上韩山师范学校一年制简易师范科，就读勤学，成绩优秀，一毕业就被任命为小学校长，这是他从农牧娃跃升为人民教师的关节点。1956年林君又考上华南师范学院，勤读本科四载，同样学习成绩优秀，毕业后调任大学教师。往后林君在各条战线、各个单位任职，积极进取，成绩突出，多次评上"先进""优秀""积极分子"等光荣称号。即使1991年他退休了，也仍然到潮州市地方志编纂委员会办公室（以下简称市志办）发挥余热，由于文史工作成绩出色，2007年他从副研究员晋升为历史学研究员。现在林君虽然岁届米寿，但是仍然完成了眼前这部鸿篇佳作。林君从农牧娃跃升为小学校长、大学教师以至晋升为历史学专家，这是奇迹，其奥秘在于林君具有积极进取的人生态度，即勤奋求知、积极向上。

其二，本书系林君长期文史研究工作取得新成果之续篇。本书第二部分为述论、通讯，主要记述韩园众多名人，如陈伟南、饶宗颐、詹安泰、陈复礼、林进华、关翰昭和吴修仁、罗英风、吴瀚文等的事迹以及青龙庙、韩文公祠、韩师等史料。本书大力弘扬"事业的成功在于努力，人生的价值在于奉献"的陈伟南精神，国际汉学大师饶宗颐"缅幽凿险、导乎先路"的治学风格，詹安泰"授业扬文、奕世流芳"的良师典范，摄影大师陈复礼"眷恋故园、妙镜生辉"的爱国爱乡情怀等。本书对上述诸多名贤俊彦进行了有深度、有厚度的记叙与评述，是一曲弘扬潮州深厚人文精神的颂歌，亦是林君对潮州文史工作作出的又一新贡献。

其三，本书还展现了林君赋诗填词的文艺才能。首卷《林苑掇拾》刊登了林君诗词三十多首，彰显"诗言志"之才能，如赋诗赞颂名贤陈伟南、陈复礼和纪念韩师九十周年校庆，以至《二〇〇一中国年》《赞北京奥运会》等诗词，韵律颇工，诗味尚浓。然而首卷作序时未加提及，是个缺失。本书依然展现林君赋诗才能，刊登其诗词十余首，如《咏〈潮州志补编〉梓行》《饶宗颐星，永放光芒》《陈伟南学长百岁华诞志庆》《进华荣勋馆落成志庆》《教泽流徽添福寿——贺詹伯慧教授耋寿暨从教五十八周年之庆》，以至林君外孙婚庆、本人钻石婚龄庆平安等诗词，运用中华诗韵格律尚工，意蕴诗情颇佳，展示了林君之多才多艺。这同林君童幼时受益于家教与村塾教育有关。他博学强识，十几岁就能"背诵上百篇古诗文"，成为"诵读古诗文的较好的学生"（见林君口述史）。"熟读唐诗三百首，不会写诗也会吟"，这是古诗文传统教学之经验，从林君"出口成章、吟诵自如"的突出表现中又得到了验证。

至此，综合以上评述，集中到一点，就是林君终生忠实践行中华传统深邃的人生哲理，即"天道酬勤"。正是这一至理名言，锻造出林君这样老当益壮的"老黄牛"和多才多艺的"杂家",不断为潮州文史工作作出新贡献!

兹值本书出版之际,续作此序,聊以祝贺,并表达对多年好友林君的敬佩之情。不妥之处,敬请批评指正。遵嘱以此权作为序。

2018年春节前夕于岭海明珠花苑

（作者系原潮州师范学校校长、高级讲师,潮州市政协原常委、"三胞委"主任,潮州市老干部（老年）大学常务副校长,潮州市关心下一代工作委员会常务副主任）

为拙著赐序之教育专家卢璧锋（右）,与老朽相识相知以至成为莫逆之交已经58个春秋。在拙著出版前,特恭请老友光临寒舍合影留念。

目录

CONTENTS

口述史

受 访 者：林英仪

访 谈 者：陈俊华　高晓军　周昭根　曹容敏

协助整理：曹容敏　周昭根　李绪滨　杜艺欢

一进韩园沾时雨

访谈者：林老师，您好！您在退休述怀诗中说"四进韩园情缘浓"。您能告诉我们，您是怎样与韩师结缘的吗？

林：我同韩师结缘，始于1950年2月，我考上韩师，解决继续升学读书的问题。此事还得追溯到我的家世和上城里读书的简况。

我的出生地在潮安县江东南端樟厝洲村。先祖于明正统年间由闽入粤，居于潮安县南桂都鳌头林厝堀，后移居毗邻文路卓，称礼乐村。清初迁居江东南端渡头、塔社至谢渡的河堤外创乡，称樟厝洲（渡头至谢渡的河堤路至新中国成立初还存在），是江东最迟创乡的佃农村。经过七八代人的辛勤劳作、繁衍生息，至清末，已自筑从渡头至谢渡的大河堤，成为江东大堤围内的千人村落。

先祖父仁通公，为樟厝洲林姓第七代，娶江东独树乡黄氏女，养育三男三女。大伯父结婚后早丧。二伯父育有五男三女。三位姑姑相继于归。先严是仁通公季子，生于清光绪十八年（1892），讳林顺木，字才畅，号为培，略懂传统文化，熟悉数算和旱园耕作技术及农谚、俗语。年十八，与龙湖市尾殷实农家闺秀许勤厚缔结夫妻。先姑生于清光绪十七年（1891），比先严长一岁，成为嬷姐贤内助。成家几年后，两兄弟分爨。先姑贤淑勤劳，豁达善良，助先严持家有方，赡养祖母和养育诸儿女，敦睦亲朋，成为闾里众多妯娌中的佼佼者。

我出生于民国二十年（1931），岁次辛未二月廿六日（4月13日）。当时双亲年过不惑，大姐已出嫁，堂上还有年过花甲的祖母、三个哥哥和姐姐。劳动力强，自耕旱园二亩，佃耕五六亩，成为稍为温饱之八口农家。慈亲对我这个末胎瘦弱的老仔特别疼爱，喂奶至五六岁，常在娘身边。娘虽未进过孔子门，但常给我念"百屏灯"、唱潮州歌册或畲歌，如"拥金公""井底一块板"等，还讲韩文公冻雪、薛仁贵回窑、杨家将抗辽、五虎平西等故事。娘还多次带我到龙湖外婆家，到杏苑善堂拜观音娘，到龙湖书院（韩祠）拜韩文公，到姑母宫拜天后圣母。

1934年，过继给二舅母为子的二哥到新加坡当小菜贩。1938年夏，婚后已育一对儿女的大哥南渡沙捞越万株庐，当两家商店的财会员。我七八岁时，开始随父亲、三哥参与轻微的农耕活动，如到园地里拔除杂草、种花生、插薯苗、种菜浇水等。

1939年元宵后，我进村塾同德学校读书，从城里聘请来的郑仲濂老师，根据我的乳名洽典，为我赐字英仪，后来林氏宗族按辈序号称君楷。当时的课程是国文、算术、常识、书法、《公民·战时》。《公民·战时》第一课的内容是："血、血、血，中国人民流的血！火、火、火，东洋鬼子放的火！这样的日子怎么过？怎么过?!"入学仅三个月，端阳节（6月21日）停课。那天上午，我到村里铺仔买糖果，还没有回到家，骤听远处有爆炸声，接着便是日寇飞机盘旋俯冲扫射。我急进后头池边堂兄家躲避。就在6月21日这一天，侵华日寇攻占庵埠梅溪，屠杀我无辜同胞并侵占汕头。27日，潮州城陷落，潮汕人民从此陷于水深火热的灾难中！

沦陷期间，盘踞东风之日寇多次到我家乡掳掠，东风、龙湖渡口又设岗哨，鬼子哨兵打骂过往同胞。津旅不便，影响我村农户到市场贸易。同时也聘不到外地教师，村塾办学不正常，只靠本村师资每年办学三几个月，我亦不能持续读书。加之侨批断绝，三哥暴病身亡，我家成为老少妇孺之窘迫困难户。我这个十多岁的细弟，亦得跟着年过半百的严亲，参与种植蓖麻、花生、地瓜、蔬菜、守菁、修堤、牧牛等农牧劳作。幸有龙湖表亲的帮工，总算度过沦陷中后期的艰难岁月。

抗战胜利后，樟厝洲各村塾合办为江东第七保国民学校（初级小学），我只能进读补习班。从龙湖聘进两位老师，分别讲授《四书集注》《千家诗》《古文评注》《幼学琼林》等书，使我学会背诵上百篇古诗文。其中印象特别深刻的是教古文的陈老师要求学生诵读古文以至写作，都要有感情。老师强调：读孔明《出师表》不哭，不忠；读李密《陈情表》不哭，不孝；读韩愈《祭十二郎文》不哭，不义！这使我们受到了良好的教育，亦很敬佩老师的博学多才，在行动上亦特别敬重老师。我们几个学生干部，每天清晨还轮班到学校为两位外地老师煮稀饭。本村的才基叔老师，还向补习班学生讲授林大钦状元的故事和林氏百辈序诗。

当年我是诵读古诗文较好的学生。1946年夏，村里组织永乐轩锣鼓队，请鹳巢鼓师传授潮州锣鼓艺术，我被安排敲"头锣"。演奏《蟠桃会》《吕蒙正》《苏秦拜相》《滴水记》等曲目的唱白、清唱，大多安排我承担。

儿时良好的家教、村塾的启蒙教育，这对我后来上城求学、修身、处世都有好的影响。

1947年春，村里学校校长、宗兄林文河之胞弟林寿河（英轼）上城读中学，自己很羡慕，央求家严让我也上城读书。

1947年3月，由林文河介绍，由代城里义顺发行购红糖的彩鑫叔带我上城，到中山路李厝祠艺术学校找到黄家泽校长[1]，报读附设的潮州初级中学初中一年级（后立案称义安初级中学）。经过语文（写一篇作文）和数学测试，便编入初一春乙班就读，当时语文已教到第五课了。自己上城读书没有被子，内宿老师编排我与一黄姓同学同床。他是毕业于汕头第四小学的官商子弟，既对我拧腿欺侮，又威吓我："没从正式小学毕业就敢来读中学，将来留级哭着返去！"（被欺侮后请求内宿老师安排与丁身顺同学同床）周末回家，母亲又对我说："乡里有钱人奚落你爸，只有二亩外园田，就敢给奴仔上城读书，将来卖掉园田读不成书着返来拾猪粪！"我妈虽不识字，但会念歌册，引宋代仁宗朝狄太后对侄儿狄青说的曲文："叫声狄青我的奴，当初何必认你姑，若做农夫田舍客，亦无忧虑亦无愁。"然后对我说："奴呀[2]，狄太后的侄儿狄青征西立大功，奸臣还要陷害他。你上城读书跟不上就回来种园田；如果跟得上，就要刻苦学好，免得被人耻笑。"遵母命，我发愤勤学，得到班主任、语文教师黄德华老师的关爱，学习成绩提高快。期末考试，各科总平均分居全班第二。

---

[1] 黄家泽（1911—1985），广东潮安县城（今湘桥区）人。1926年考入上海新华艺术大学，翌年转入上海美术专科学校，师从艺术大师刘海粟、名画家王个簃习画。毕业后留校任教。后回潮州从事教育工作，在省立第二师范学校任教5年。1938年与潮州艺术界王显诏、吴维科等，多方集资创办潮州艺术学校（位于中山路李厝祠），自任校长。1938年8月回省立第二师范学校任教。1946年春又自筹资金复办潮州艺术学校，翌年附设私立初级中学，后正式立案为私立义安初级中学，1951年并入潮安一中，黄家泽重返韩师任教。

[2] 方言发音，意为"儿啊"。

第二学期至初三上学期，连续四学期，成绩居全班之冠，获得免费优待。孰料暑假回家参加农事劳动后，不幸患伤寒重病，经医治逐步康复而债台高筑。正要上城续读初三下学期，又逢胡琏兵败退经潮州强拉壮丁而不敢回校续学。等到潮汕解放，我于10月下旬回校认真补课，毕业考成绩仍居全班之冠。

1950年1月下旬，省立金山中学招收高中一年级春季班新生，我报考获得第十六名。义安中学黄家泽校长十分关心我的升学问题，在我的新生入学登记表上，填上他的大名，作我的保证人。他向金中领导陈情，说我家境困难，初中阶段学习成绩好，一年级下学期以后，连续五学期学业成绩居全班之冠，获得奖励和免交学费之优待，请求金中给予减免学费。但金中因我的成绩还达不到奖励标准而不能给予免费优待。当时，我的家庭因1949年本人得伤寒症和父亲重病求医而负债红糖九担（因1948—1949年物价高涨，货币贬值，借债以实物计算），无法缴交学费，进不了金中。我面临失学之虞，在好几本初三课本扉页上写下前途渺茫的悲观语句。

幸而天赐良机！2月，韩师为加速人民教师的培养，招收第二届一年制简易师范科，初中毕业和高中肄业都可报考。录取的56人中，我列第五名（第一名为汕头商船学校肄业、家庭经济困难而转报考韩师，第二至四名都是高中肄业生）。既可免费入学，每月还能获得甲等助学金75斤大米，这使我扫除了前途迷惘的悲观情绪，欢呼雀跃登韩山，继续升学读书，一年后便可当人民教师。这对我的人生发展道路有着重要的影响。我从此与韩师结缘，心满意足，感恩韩师，永不忘怀！

访谈者：考上韩师对您的人生道路有什么影响，为什么您特别感恩韩师呢？

林：因为考上一年制简易师范科，我这个农家子弟能当上人民教师，就不必回农村"拾猪粪"了。

访谈者：就读韩师后，感到韩师对您的人生发展道路有什么影响呢？

林：有很重要的影响。韩师的师范办学经验和优良传统，使学生深受教育，思想政治觉悟、专业思想、文化科学知识和实际工作能力，能得到较快的提高。

我们一年制简易师范科，属速成师范学制，课程安排范围广，包括思想政治教育、教育专业知识、文化科学知识和音乐、体育等方面共十四门课程。班主任钟庆华老师任教育概论、教育行政两门课，还有政治教师姚世雄、语文教师谭愚生、数学教师林亦常、心理学教师林君牧、教材教学法教师方思贞、教育政策教师周耀邦、体育教师卓景锐、音乐教师张汉馨等。老师们的学历、教学经验和教学水平都比较高，使我们受到很好的教育和培养。入学后，我担任班学习委员和小组长，与大多数同学一样，在师长的教育下，树立专业思想，明确学习目的，端正学习态度，努力认真学习，取得良好成绩。第一学期，参加各科考试49人，本人总平均分排第二名。第一名郭豫明，"土改"后任教揭阳棉湖第一小学，1953年考上北师大历史系，毕业后在上海师院（大）任教，成为国内外知名的中国近代史和太平天国史专家。第二学期入学只有31人。在学期间，学校还安排我们参加各项社会实践活动：春末参加取缔反动会道门老母会的宣传活动，夏初下农村除螟虫害。暑期参加夏收夏征工作队，先在扶轮堂集训后分队下乡，我被编入潮安县第四区官塘石湖工作队，得到实际锻炼。还参加办民众夜校、土地改革、镇压反革命、抗美援朝运动等。在学期间，我们这个班在课堂和课余活动中都很活跃。数学老师林亦常抱病上课，有一次讲解例题难再续解，同学们便齐呼刘绍谋同学上台续解完题目。我们班的班主任钟庆华与简师三年级班主任方思贞老师还组织两个班缔结"兄弟班"并开展活动。我们班能歌善文的陈翁桃、陈文正谱曲作词的《兄弟班歌》，当年曾在韩园里传扬。

12月初，粤东行署决定抽调我们一年制春、秋两个班，在郑淳校长[①]、方思贞老师带领下，参加普宁县"土改"工作队。我们班于12月12日提前合拍毕业照，29位同学于16日赴普宁。经过几天学习集训，搭配到各区队当调查统计员。我被分配在第一区（洪阳）七区（大坝）队部，队长为汕头军分区副政委陈迅之，副队长是郑淳校长。我担任队部通讯员兼队部驻地陂乌村工作组的调查统计员（资料员），夜间与该村雇农杨大仿同睡。1951年5月，我又被调任解放军参加地方"土改"驻七区马厝宅村工作组组长唐晓明指导员的潮语翻译，并跟随她做群众工作，也是工作组的资料员、宣传员。1951年5月，曾撰写普宁七区马厝宅村斗霸纪实方言诗《打死不容伊》，刊

① 郑淳（1912—1997），原名之进，广东揭阳县（今揭阳市）人。1929—1932年就读于省立第二师范学校高中师范科。1932年因出版刊物《罡风世界》，发表反蒋抗日文章被迫离开学校。1949年12月27日任军管会军事代表接管韩师。1950年5月任韩师校长（新中国成立后首任）。1953年3月调任省立金山中学校长。1957年后历任广州师范专科学校教务长、广州市文教办副主任、广州教育学院院长等职。

载于汕头《工农兵》期刊上，稿费人民币1万元，捐献给抗美援朝"鲁迅号"飞机。我们参加"土改"队工作虽然只有8个月时间，但还是受到较大的教育和实际锻炼的。

当年8月，接学校通知，方思贞老师带领我们春班江经瑶、陈君南、庄建国、夏延棠、方世勋、谢芳肇、陈英松、许文诚和我共九名青年团员回韩师，与已于5月回校续学的一年制简师科秋班和校内普师、简师等毕业同学共68人，由潮安县文教科和潮安县第三区区政府安排到第三区的六所小学任教。潮安县县长刘延林任命普师毕业的黄伟勋任意溪第一小学校长，郭创流任中津小学校长；一年制春班的江经瑶任意溪第二小学校长，我任意溪第一初级小学校长，陈英松任第三初级小学校长。各校配上教导主任、生活指导员和任课教师，接管六所小学（每所小学只留下原校二三位教师），作为粤东地区整顿和接管农村小学的先行点。从此，我正式走上小学教育的岗位。母校韩师则以之作为支持地方教育的试验点，对我们这些毕业生"扶上马再送一程"，继续帮助支持。如派教师到意溪作政治辅导报告和教育理论讲座，我们也组织学校行政和教师代表到韩师附小学习，请教育界长辈翁敬铨传授办学经验。

潮安县第三区作为粤东地区接管农村小学的先行点，在潮安县政府和第三区政府的直接领导和韩师的支持下，在办好学校，配合镇反、"土改"和抗美援朝等方面都取得显著成绩，受到粤东行署的表扬。

1952年，国家整顿地方财政，政府全面整顿和接管小学，半年前已由政府安排到意溪任教的韩师毕业同学普遍表现良好，又有庄建国、方世勋、陈君南、吴来和、李定浩、张先德六位韩师毕业生升任校长。江经瑶调任意溪一小校长。我被调任意溪二小校长，还担任潮安县教师联合会委员、第三区教师联合会副主席（主席为江经瑶），新民主主义青年团潮安县第三区教师支部书记（1952年，潮安县只有第三区建立了教师团支部）。1954年，我又调任上荣中心小学校长。

综上所述，从1950年2月考上韩师，到1951年8月一年半的时间，我在韩师受到良好的教育、培养和锻炼，提高觉悟，增长才干，深切感受到这对我的人生发展道路的确有着重要的影响。

母校韩师历来从严治校，严格执行各项规章制度，我们这个班的学生虽然于1950年12月提前毕业，并已到小学任职任教，但到1952年1月，还要回母校补行毕业考试，报请粤东行署文教处派员监考政治、语文、教材教法、数学、历史、心理学六门课程。参加毕业考试23人，郭豫明总平均分82.54分，名列第一，本人81.14分，居次席。除早期已到潮安三区任教的同学外，其余同学亦分别走上新的工作单位。大家对就读一年制简师科的学习和实践锻炼，都留下十分深刻的印象，亦都在不同地方和岗位上为祖国社会主义事业作出应有的贡献，为母校韩师争光。

　　2001年8月，我们班举行"毕业五十年重聚韩山"活动，健在的同学23人，回母校聚会16人，班主任钟庆华老师参加团聚。母校韩师热情欢迎接待，师生重逢欢叙，忆思当年的学习生活情趣，回顾半个世纪的屐痕履踪。据不完全统计，毕业29人中担任中小学校长、教导主任10人；高校教授、研究员、副教授、中学高级教师、高级工程师6人，处级干部5人。其中郭豫明教授是上海市太平天国史研究会会长、全国太平天国史研究会主席团成员，是国内外知名的中国近代史和太平天国史专家，编写多部专著，主编《中国近代史》教程，曾两次赴日本讲学，其《捻军起义》被译成日文出版，曾莅母校讲学。当年班里的数学解题能手刘绍谋曾任揭阳县真理小学教导主任，1953—1957年就读于北京师范大学数学系，毕业后连续在广西师院、韩山师专、海南师专、汕头教育学院等院校任教，是数学教学成绩显著的副教授。在中组部离休的夏延棠属正处15级，享受副厅级生活待遇。当年的班长江经瑶，历任多所小学、中学校长，曾任普宁县劳动大学校长，连任普宁县、揭阳县教育局长20年，1989年获得国家教委授予"全国优秀教育工作者"荣衔。还有好多同学荣获省、市、县先进工作者称号或荣誉证书、证章。一个人数不多的小班，诸多同学对革命和建设事业都有所贡献，诚属难能可贵，亦当永记母校韩师培育之恩情。

2001年8月毕业五十年重聚韩山

二进韩园坐春风

访谈者：林老师，是什么机缘使您"二进韩师"呢？

林：我第二次进韩师，是我担任潮安县第三区上荣中心小学校长时。1956年2月至7月，我进韩师参加第二届小学行政干部轮训班学习。韩师是广东省立师范学校，既要培养师范毕业生，亦要为地方培训在职小学行政干部和教师。早在抗日战争时期，韩师内迁揭阳时，就已开办过小学行政干部和小学教师培训班。根据省教育厅的指示，韩师于1955年9月举办第一届小学行政干部轮训班，由潮汕专区各市县安排小学校长或教导主任参加学习，每届为期半年。我参加第二届的轮训。

学校十分重视这个轮训班，由副校长郑川兼任总班主任，副教导主任郑晶莹为专管副班主任。我们第二届学员102人，分为两个班，各分4个小组，每班又配有辅导员老师。我编在甲班第4小组，担任班学习委员。轮训期间，安排宪法、中共党史、党的知识分子政策、时事、教育学、小学行政等课程。还安排听中师部举行的部分专题讲座，以及课堂或小组讨论、社会调查等活动。还包干双旌山西山坡种植相思树及浇水，好几个周末还参加开辟西湖山后广场的劳动。通过轮训，学员提高了思想政治觉悟和小学行政管理能力，效果显著。

访谈者：你们已当上小学校长、教导主任，年纪又比普通师范生大，参加轮训会习惯吗？学校有没有特殊照顾？

林：当年学校要求学员遵守各项规章制度，学员们都比较自觉，没有什么特殊照顾。大家严格遵守学校的作息制度，清晨有早操，下午课外活动进行体育锻炼，晚上自修，不得穿木屐进教室或出校门，都与中师生一样严格遵守规定。当年韩师校园动静有序，清晨出操整齐，课堂上师生互动，下午课外文体活动龙腾虎跃，生动活泼，晚修万籁无声。当年的美好情景，仍留在我们这些韩园学子们的记忆中。

访谈者：请您谈谈当年韩师举办小学行政轮训班的作用，以及对您的影响。

林：我从学院综合档案室查阅了小学行政干部轮训班的计划、总结等方面资料。结合本人参加轮训的亲切感受，认为轮训班对学员进一步学习政治理论、党和国家的方针政策，掌握教育理论，提高思想政治觉悟和教育行政管理能力，确实大有帮助。1955—1959年期间，韩师共办了八期小学行政干部轮训班，结业学员700多人。这批办学水平和管理能力得到提高的小学行政干部，对办好潮汕专区小学教育，发挥了积极作用。

我于1956年2—7月参加第二届轮训，收获很大。宪法、党史等课程获得优秀成绩，操行甲等，还获准参加中师部高考复习一个月，以参加当年高考。①

当年8月中旬，潮安县文教科发文，调我到县文教科工作。我于8月13日回上荣小学，把工作移交给陈家荣副校长（1955年韩师中师毕业后由学校推荐、潮安县文教科派任上荣小学副校长）。14日我到县文教科报到，庄科长关心暑假期间刚调来机关工作的干部，给休假五六天后才来上班。当日下午，我接到华南师院录取通知书；同样参加高考的陈家荣也于15日接到华南师院录取通知书。我们两人于16日到县文教科请求调配上荣小学校长（当年各区中心小学校长由区政府报批或县直接调配）。县文教科调古巷小学校长林仕臣接任上荣小学校长后，我和家荣一起回上荣办理移交手续。

当年广东中小学教师、中师应届毕业生，只可报考华南师院、广州师专和广州广雅、梅州东山两所中学开设的中学教师培训班。韩师8个中师毕业班，320多人，除个别工作需要或家庭特殊困难等原因，绝大多数毕业同学都参加了高考，取得良好成绩，考上华南师院、广州师专和两所中学培训班的共190多人。当年考上华南师院的韩师历、应届毕业共47人，其中历史系录取的101名新生中，有第一名的李以严和第三名的本人等应、历届韩师生13人。

8月26日清晨，潮安县文教科组织我们考上华南师院的考生，乘坐货车

---

① 1956年4月，根据教育部通知，本年度普通师范科毕业生和中小学教师，均可报考高校，广东省教育厅限定中师和在职教师只可报考本省师范院校和中学师资培训班。

赴穗，当晚宿惠阳稔山。经过两天的颠簸，27日下午四时许到达华师报到。华师对我们这些来自中师的韩园弟子十分眷顾。我被编入历史系一甲班，可能因为有韩师毕业后当过五年小学校长和区教师团支部书记的经历，且高考成绩好，还被指定为班团支部临时召集人（据系新生欢迎会上老师透露，当年师范院校生源多，录取分数比中山大学等综合大学高）。历史一甲班33人，来自韩师的应届毕业生2人，历届生3人，团员4人。开学后成立班团支部，选举支委3人，都来自韩师。我担任支部书记，曾拔科任组织委员，陈植继任宣传委员。二年级以后，我任系团总支宣委、学生会干部和学院宣传组成员。史一乙班有李以严和另两位韩师同学分别任班长和班委。其他中文、政治教育、地理、教育、数学、物理等系，都有来自韩师的同学担任学生干部。这都是因为母校韩师的教育培养奠定了良好的基础。我们当年进华师的47名韩师学子，于1956年12月韩师校庆①时聚会，奉函祝贺母校韩师校庆，抒发铭记母校培养教育的感恩之情。

----

① 二十世纪五六十年代，韩师以1949年12月27日，即潮安县军管会军代表接管韩师日期定为校庆日。

三进韩园报春晖

访谈者： 林老师，请您介绍一下您是什么时候三进韩师的？

林： 我第三次进韩师是在1960年9月，那时从华南师院毕业后到韩师任教①，寸心初报春晖。

前面说过，我第二次进韩师参加小学行政干部轮训班后考上华南师院历史系。作为年龄偏大的调干生②，我十分珍惜进高校学习深造的好机遇，入学后即较好地适应高校的学习生活。1957年整风"反右"斗争后，历史、政治两个系合并为史政系（四年级恢复历史、政治两系）。当年，学院贯彻"教育为无产阶级政治服务，教育与生产劳动相结合"的方针，政治运动、生产劳动多，课程设置和教学时间受到一定影响。我又连续担任系团总支宣委和学生会干部、院宣传组成员，这亦必须付出一定时间和精力。但我珍惜学习深造的要务。一方面科学安排作息，争取多点时间学习，做到学习、工作两不误；另一方面勤学苦钻，提高学习效果和质量。在就读华师的4年间，我这个已有妻室的调干生，寒暑假回潮仅60多天，两次寒假没有回家过春节。4年间考试科目20多门，一年级古代史考4分，四年级上学期社教课上因对"向党交心"运动发表不同看法而被扣除1分，只得4分，其余课程都是5分（优秀）。

1957年寒假到黄埔公社车陂大队参加生产劳动。1958年暑假，任史政连指导员，带队驻岑村水库，顶着风雨修筑水库。开学后至11月，到番禺

---

① 1958年9月，韩师升格为高等专科学校（省属），校名为汕头韩山师范专科学校。

② 1953年起，凡是国营企业、事业单位和机关、团体以及中国人民解放军系统的正式职工，经组织上调派学习或经本人申请组织批准离职考上高、中等学校享受调干助学金待遇的，都称调干生。

大石参与办公社的锻炼。回校后，搞教学改革，内外结合，师生互动，活跃课堂教学。史政系还办印刷厂，排印出版《燎原》杂志，系党总支副书记兼团总支书记黄家驹任主编，我担任责任编辑。后来史政系印刷厂转办为学院印刷厂。1959年8月至11月，到梅州东山中学教育实习。1960年寒假，我和柯为岳同学，又与学院王燕士书记、党办石虹主任一起，到黄埔公社黄村一个生产队参加"三同"活动。这些活动，也都使我受到教育和锻炼。

经过华南师院师长的培养教育和自身的努力学习、锻炼，我在思想政治觉悟、史政专业知识和实际工作能力等方面，都得到了较大的提高，基本达到品学兼优的要求。

1960年7月下旬，广州地区各高校进行毕业分配教育。我们华师毕业生徒步到广州市中山纪念堂，聆听省委书记区梦觉的动员报告。当时国家处于"大跃进"后经济困难之时，省委要求大学生认清形势，服从分配，到祖国最需要的地方去。我们在学习讨论中纷纷表示：祖国需要即我愿，组织令下就策马。

8月2日，系党总支副书记黄家驹和政治秘书何其轼都告诉我："学院毕业分配方案已上报，你将留校工作。"要我这个已有妻室的毕业生先回潮安顿好家，8月15日返学院。毕业分配方案下达后，就直接上班。我于8月4日回潮，未等到孩子出生即遵照系领导所嘱，于15日返学院。等到8月下旬，省委才批下留校和分配到大、中专学校任教的方案，不同意华师多留毕业生，要把马上能任教的毕业生分配到缺乏师资的专科学校任教。学院人事处还指定我带队到潮安县教育局和韩山师专报到。

9月3日清晨，我们分配到潮安县教育局和韩山师专的毕业生22人，登上由人事处先购票并开到华师的专车，长驱480多公里，于当天午夜抵达潮州西车站，未领行李，22人同行，12人先去时在海阳县学宫办公的教育局报到。中文、历史、数学、物理、化学、生物等专业毕业生10人到韩山师专报到，已是凌晨一时多了。

当年韩山师专面向汕头专区辖属的潮汕、兴梅、海陆丰、惠阳、龙川共20多个县市招生，共设置文史、数理、生化、外语四个科八个专业。[①]

我到任后，学校安排我为文史科政史专业教师，担任世界近现代史的教

---

① 1960年9月，增设外语科英语专业，开办俄语教师培训班。

学工作，并任政史乙班班主任。1960年政史专业招收两个班，学生60多人，其中部分是调干生，学生的年龄差距较大。年龄最小的不足18周岁，有几位调干生已届而立之年；大多数是党团员，学生整体素质好。当时教学抓得紧，在没有统一教材的情况下，我参照北京师大、华东师大、华南师院等高校的相关教材，编写讲义印发给学生。还要写讲稿，争取在课堂上能脱稿熟练讲课，受到学生的欢迎。按"教育为无产阶级政治服务，教育与生产劳动相结合"的方针，生产劳动列入课程。一是到本校农场参加劳动；二是进行勤工俭学创收劳动。我跟乙班学生一起参加农场劳动，到瓷泥厂挑瓷土，每百斤两角钱，大家劳动所得作为班会经费。1961年清明前，我还跟乙班学生一起，挑着行李，到意溪下津大队驻队，冒着严重春寒，支援春耕。1961年初夏，这个班又到潮安县江东公社参加生产劳动，并调查江东遭上年溃堤重创后消除灾痕情况，撰写调查报告。

政史乙班在学习、劳动、社会实践活动等方面，都比较突出，成为学校的先进班。班长黄益成，1949年9月就读潮安二中时已参加新民主主义青年团，新中国成立后参加人民解放军，还曾就读于南方大学。入读韩师前已在区乡工作多年，实践经验丰富，组织活动能力强。经过两年的大专师范教育，进一步增长了才干。韩师毕业后，他历任潮安四中、高级中学政治教师，潮安华侨中学校长。毕业时刚20岁的郑开隆，经过多年的实践锻炼，历任汕头市纪委副书记、揭阳市纪委书记、汕头市人大常委会副主任。甲班的张浦骏历任普宁县委副书记、县长，揭阳市副市长、政协副主席。这两个班还有20多位毕业生成为科处级干部，中学行政领导和教学骨干。

1961年3月，广东省委、省政府召开全省教育工作会议，研究和贯彻执行"调整、巩固、充实、提高"的方针，调整压缩教育事业。暨南大学、广东师院等十多所院校停止招生，全省师专只保留韩山师专和海南师专两校。1961年韩师继续招收数学、物理、生物、化学、中文、政史、英语七个专业新生300多人。

当年全省高校停止招生近三分之一，而韩山师专仍继续招生，这使韩师师生受到很大鼓舞。学校组织师生学习陈毅副总理关于红专关系的讲话，教师们都拟定红专计划。校工会亦举办英语、俄语学习班，为报评专业技术职务做准备。

孰料1962年5月，中共汕头地委工作组莅校，为"反右倾"运动中被打为"反党集团"而贬下农场劳动的干部平反，①引发那些受害者的强烈不满。地委工作组认为，韩师是省属高校，汕头专署代管，校址在潮州，跟着当地搞政治运动，三个层次管不好，三管等于"三不管"，还是要求省让韩山师专"下马"。6月，由汕头地委文教部上报省教育厅后，韩师停止招生，没有任课的老师陆续调离韩师。

访谈者： 林老师，上面您说到1961年省教育工作会议后，压缩教育事业，暨大等高校停止招生，"下马"。"下马"是什么意思？韩山师专"下马"前，您在韩师做了哪些工作？

林： "下马"这个词，原是泛指某个单位、某项工程撤销或停办之意。1960—1963年国家经济困难时期，贯彻八字方针，部分高校停办就都称为"下马"。

1962年上半年，我继续担任政史二年级的世界近现代史教学工作，甲班班主任已调离韩师，全年级毕业鉴定和毕业分配全由我负责。1962—1963学年度，我的主要工作：一是接任1963届政史班教学和班主任工作；二是做好学生毕业鉴定和分配工作；三是主持政史组鉴定会，对调出教师评议鉴定，帮助调出教师办好有关手续；四是帮助学校处理好"下马"的有关事务。②

在经济困难时期，文教科研系统对大专毕业生需求不多。广东省委第一书记陶铸提出选派300名高校毕业生加强政法战线。省教育厅要求韩师分配70多名毕业生到政法系统并安排工作。当年毕业生分配方向主要有三个方面：政法系统、中小学校，调干生也可回原单位工作。全校召开毕业分配动员大会，要求毕业生"一颗丹心，服从分配，到祖国需要的地方去"。各科政治秘书、各班班主任参加动员会，组织毕业生讨论，提高认识，服从分配。通过细致的思想工作、严格的审查和合理的安排，终于顺利完成毕业生分配任务。分配到政法战线工作的韩师毕业生连同带队老师、团干共77人，普遍表现良好。后来升任厅级干部10多人、处级干部20多人。获得"全国人民满意公务员"，公安部授予一等功、一级英模，广东省模范共产党

---

① 1960年秋，开展"反右倾"和批判"反党集团"的斗争，一些干部受到批判贬下农场劳动。1962年5月，中共汕头地委给予平反。

② 1963年秋，韩山师专改回原中等师范学校建制，名称为韩山师范学校。潮安师范学校并入韩师。汕头地区教师进修学校从惠来葵潭迁入韩师校内，两校共存。

员，正厅级干部朱明健用自豪的口气说："我们韩师毕业生学历比中大等本科院校低，但韩师良好校风的熏陶使毕业生传承了艰苦奋斗的优良精神，积极肯干，并善于用心理学、教育学的观点分析案情，做好侦破工作，完全能够同重点大学的毕业生相媲美。"同时调往省公安厅的化学科青年教师钟娇容，为高级工程师，长期从事刑侦技术和消防工程研究，成绩突出，多次获得省部级科技进步奖，曾任广东省公安厅消防总队（局）副总队长（副局长）、授大校军衔（副军级），广东省政协委员，广东省政府授予"有突出贡献专家"称号，荣获国务院颁授"为我国科学技术事业作出突出贡献"表彰证书，享受政府特殊津贴。

1960年9月至1963年8月的三年间，我在母校韩师竭诚尽力，积极做好教学和班主任工作，兼任校工会副主席，又积极协助学校领导解决教职工的一些生活福利问题。师专"下马"前，热情参与毕业生分配工作和学校"下马"的收尾工作，直至8月19日才离校。

访谈者：我们访问"老韩师"姚世雄老师时，他对1963年韩山师专"下马"感到可惜，损失很大，请问林老师有什么看法？

林：姚世雄老师是我1950年就读韩师时的政治老师，他一辈子从事师范教育，贡献良多，我完全赞同他的看法。联系当年的实际情况，更可说明问题。

1961年3月，省教育会议决定将暨大、广东师院（创办于1956年的广州师专）等十多所高校"下马"。全省只保留韩山、海南两所师专。1961年，韩山师专继续招生，这对当年师专师生有很大鼓舞，大家教学很努力，不仅老名师教得好，好几位年轻教师教学也各具特色。张存辉讲政治经济学，课前在宿舍或山坡对着手表反复诵读讲稿，到课堂上就宣告："同学们，这节课我讲××分钟。"精彩讲述，分秒不差。1950年就读于韩师一年制简师科，1957年毕业于北师大的数学教师刘绍谋，上课只带几支粉笔，讲课简练、透彻，解题流畅准确，深受学生欢迎。1962年没有教课任务的教师陆续调出40多人，韩师的教师资源大量流失。穷家儿、韩师弟子蔡育兴[1]，考上华师政治系毕业后留校任教，后为照顾失明慈母调回母校，同样上讲台不带讲

---

[1] 蔡育兴（1935—　），潮州人，1950—1956年就读于韩师中师。1956年考上华师，毕业后留校任教。1962—1995年回韩师任教，是连任中师、高师领导职务年期最长的韩山人。

稿，熟练地讲授中共党史课。

1961年，韩山师专继续招生，学校还组织师生学习陈毅副总理关于红专关系的讲话，教师们都制订了红专计划，工会也组织教师学习外语，为报评专业技术职称做准备。1962年停止招生，翌年要"下马"，师生哪有心思去又红又专。

1962年年初，韩师已上报翟肇庄、陈哨光、林仕松、杨德润等评定为讲师的名单，也因当年已不招生，即将"下马"而没有得到批复，以致著名生物教师翟肇庄没有评上专业技术职称；复办师专后①，老教师陈哨光也只评上讲师便退休。校园也缺乏管理，1962年后，学校没有组织学生夜间巡逻，韩祠一度成为流窜人员藏匿之所，以致挂于振华楼前大木棉树上的大铜钟被盗贼偷去。汕头地委莅校工作组干部晒于教工宿舍的衣服也被偷。1963年汕头专区教育局调走部分所谓"中师教学不需要"的分析天平等设备和图书。这些对后来师专的复办都有不良影响。校产的流失更为严重，"文革"期间，六泳道的游泳场被填平作农贸市场，山仔垒18户房产和山边10亩实验地被占用和流失，韩祠正前方江边沐浴场地及设施被修路占用。韩山师专"下马"前，由政府划定红线和地产契证的校园面积有480亩，到复办师专时只剩下120多亩。

访谈者： 师专"下马"后，您到潮州哪些单位工作？

林： 师专"下马"后，我于8月19日到潮安县教育局报到，这是师专"下马"后我的第一个工作单位。因我曾于1956年8月调入县文教科，尚未上班就赴穗入读华南师院。韩师"下马"后再到县教育局报到，就被留在局里担任教育行政股科员。当时局里正在开工资调整会议，王永昌局长对我说："你原属韩师的编制，师专已经给你升一级工资，局里的调整工资会议你不必参加（韩山师专为我提升一级工资的指标，后转照顾县教育局一位多子女的老教研员）。你立即到县高级中学调查高三学生在黑板上书写反动标

---

① 1977年，学校教育工作逐步恢复正常。11月，全国恢复高等院校统一招生考试，韩师获准开办中文、数学、物理、化学专业4个大专班，学制三年，面向潮汕地区招生。1979年4月，中共汕头地委任命刘雨舟、张文宏、陈作诚、蔡育兴为韩山师专党委委员、副校长，刘雨舟主持学校全面工作。6月，中共汕头地委任命刘雨舟为韩山师范专科学校党委副书记。1980年8月，中共汕头地委任命刘德秀为韩山师范专科学校党委副书记、副校长，主持党委和学校全面工作。1977—1980年四届共培养毕业生1 385人。

语之事。"随后又召开毕业生工作汇报会，负责起草关于对中小学毕业生进行"一颗红心，两种准备"教育向省教育厅上报的文稿。1964年，为学习解放军，加强思想政治工作，县教育局成立政工办公室，我成为政工办

1964—1966年在县一中蹲点与学生关系密切，2011年正月初四应邀参加团聚，合影留下"同窗留友谊，团聚沐春风"纪念

成员。我在县教育局的主业是教育行政管理和思想政治工作。局里开全县性会议时，则成为资料组成员。当年，局里分派两个组到潮安一中和六联小学蹲点。局教研室张真吾主任带领丁百中、黄士田、吴镜玄、蔡秀岩（教研室人员）、我（教育行政与政工干部）、周锡铭（武装干部）等到县一中。张主任、丁百中和我等参加学校行政领导会，丁百中兼参加语文教研组活动，我则参加班主任会议和政治教研组会议，并兼任高二（1）班副班主任，负责批阅学生周记，开展一些讲座、家访、班会活动以及下农场劳动。

蹲点期间，我还多次被县委或县局抽调下乡或开展局里的教育活动，被调驻浮洋陇尾大队办业余夜校；参与创办潮安县共产主义劳动大学的工作，为潮安县委起草关于举办共产主义劳动大学的决定和办学方案，并负责起草县委组织部部长关于培养接班人的报告稿和县委宣传部部长关于形势与任务的报告稿。局里开全县中学政治教师会议，我参与会议的有关工作，并起草刘光复副县长的讲话稿。创办县林业学校，则随王局长背行李登上草岚武林场，抓新生入学教育。

1964年12月被抽调筹办潮安县劳模大会成就展览。

1965年全县掀起办农中热潮。春耕时我与同在一中蹲点的丁百中一起，到陈桥大队参加农场劳动，并上顶湖山，协助创办陈桥农中。孟秋之时，连续一周，骑单车到浮洋等几个公社了解农中的创办情况。其中在桑浦山后东山湖招待所留宿两天，参与沙溪农中的创办工作。

1966年春耕时节，潮安县教育局干部分头下乡参加春耕和抓新学期入学工作。新学期各有工作安排，回潮安一中蹲点就只有我一人。照常规，我参加学校行政会议研究整个学期的工作部署，参与政治教研组的活动和负责高三（1）班班主任工作。当时，国家政治风云开始涌动，波及潮州。潮安一中学生有的贴出大字报批斗教师，还有的到潮安县委机关门口贴大字报批判县领导干部。学校领导为稳定学校教学秩序，决定由高三（1）班（学校重点班）团支部倡议学习毛主席《关于正确处理人民内部矛盾的问题》，由我代起草党支部按语，希望学生不要批斗教师，也不要到县委贴大字报。

6月份起，"文革"风起云涌，遍及全国。从中央到地方都向行动起来的单位派工作组。潮安县委派工作组进驻潮安一中后，我回到县教育局。

从此至1970年的"文革"动乱期间，我受过冲击，因驻点时起草党支部按语压制学生造反，被红旗中学（一中）学生揪到一中与柯光政书记一起被批斗。后来参加局里群众组织的反对县委一月"夺权"事件，获得支"左"解放军的支持。潮安形成两派斗争后，曾受批判，也批判对方，我的态度是观点不同互辩论，既不结怨，也从不说假话，从不害人。曾被批判，被列入跟所谓的地叛集团有牵连的人。好在根子正，一贯表现好，尚未被揪进"牛栏"。实行"大联合"时被军训团抽调参加筹备成立县"红代会"工作。1968年10月参加学习班后到县"五七"干校学习、劳动，并担任文教连资料员。

1969年参加潮安县斗批改工作队，驻赤凤公社，在队部当资料员，并驻峙溪大队，参加该大队的有关工作和劳动。1970年4月24日，我国第一颗人造地球卫星上天。当晚23点与公社政工组组长彭少哲一起，听记新华社广播记录稿，然后研究翌日上午开庆祝大会的具体安排。我还继续熬夜编写"三句半"。25日上午在公社前大埕召开庆祝大会，热烈庆祝我国第一颗"东方红"人造地球卫星上天，我也表演自编的"三句半"节目助兴庆贺。下午乘客轮下潮城，参加县革委会召开的学习毛泽东思想积极分子代表大会。

当晚，大会安排预备会议，分组活动，我被推选为工作队组记录员和大会资料员。这次会议召开了整整6天，每天晚上讨论后，从21：00开始，我要抓县直各战线、"三代"会、各工作队组的汇报工作，然后到大会资料组汇总，并参与编写大会简报，每晚都要干到凌晨二三时。

5月2日，乘客轮溯江上赤凤。5月3日参加生产劳动，并决定晚上在大队部召开大队干部和生产队长会议，传达贯彻县学毛著积极分子代表大会精神。

峙溪大队辖属6个村落15个生产队，5个村落在韩江之东，还有1个村落在韩江之西。当晚大队干部和生产队长八时多到齐。十时多才由我传达县学毛著积极分子代表大会精神。刚完成传达任务，顿觉头晕胸闷痛流冷汗，我告知江队长后提前离会跑回公社，抓住大门环急促拍门后昏倒在门前。公社干部听到凌乱的敲门声，急忙开门把我这个昏厥在地，头发、"三八"内衣都湿透的人扶进工作队部队室，并急电当时下放在赤凤卫生院的陈诗礼医师赶来诊治。诊断为劳累过度感风寒，发热虚脱才昏厥，即给打针服药，病躯稍安。

在公社内工作队部服药休息4天后，于5月8日乘客轮回潮州。从金山脚码头艰难徒步到中山路岳亲家中，感到很不舒服。当晚即畏冷打疙瘩后发高热41.6摄氏度，咬破探热针昏迷。65岁的岳父大人就近到中山路卫生诊所，请王毅君老医师急来诊治后熬过一宵。5月9日清晨，即请襟弟推着单车载我到潮安县医院急诊室。李望耀、沈观钦等医师诊断，症状与上月份入院的庵埠公社社长李成发相似。他经汕头地区医院心电图检查，诊断为急性心肌梗死，正在住院治疗。有前例比照，旋即接我住进内科病房。第二天，救护车送我赴汕检查，由莅汕的中山医学院附属医院心电图医师为我检查，心电图显示为急性前间壁心肌梗死。确诊后成为住院的重危病号。卧床两月特护治疗，值夜班医师巡查看护。饮食、便溺、洗澡都在病床上。不足40岁就心梗两次昏迷尚能活下来实属罕见，主治医师沈观钦和时在潮安县医院实习的单维恩医生，根据医学杂志上年度京、津、沪三大城市心梗病人的统计数字，在几百例病号中，只有10例不足40岁。我入院医治后，县革委对工作队重新调整，我被安排在驻庵埠公社工作队，队长到医院探望，询问医师我何时能出院归队。医师的回答是短时间内难以康复，无法参加工作。我庆幸自己被从死亡线上抢救而活下来，又很不服气，认为自己原来是参加体力劳动和体育活动较多的人，未到不惑之年就因心梗而难以恢复工作，心里烦躁不安，影响医治效果。卧床两月，还常有心区痛感。后来总结造成心区痛的几个原因，在医师们的治疗指导下，制怒、戒躁、克悲、消愁、节力，保持良好的心理和精神状态，配合医师诊治，度过危险期后，继续住院，中西医结合服药疗养一整年。出院后先是在爱人任教的潮安高级中学西湖边的宿舍休养，小儿子延缓入学充当"保卫员"。

1972年秋，回"五七"干校继续休养（小儿子陪同前往），与县公安局患严重脉管炎的干部同住一室，干校安排一位较年长的同志照顾我们。当时，干校学员有的已安排工作，有的还在插队，有的退职回家。我还不属这三个方面，据医师意见，可能很难恢复参加正常工作。按国家规定，我已有20多年工龄，可以提前退休领取60%的退休金。我不接受劝退，不愿意三个儿女才10岁上下就开始背医疗债护理父亲。自己靠共产党和社会主义祖国的多年培养才成为大学毕业的文教干部，自信"毛发未衰志未微"，还应尽自己的才干报效祖国。结合住院期间自己的体验，也有经过疗养康复参加工作的信心。度过危险期后，单维恩医生曾测验我的记忆力，认为健忘不多，情况良好。住院期间，我也在病房读报、帮助办壁报，参与医师医治病人的一些工作。干校也没强求我办理退休手续，但认为我原来是潮安县属机关干部，下乡办事多，患病后恐难适应，遂于1973年1月把我调入潮州镇文教科继续疗养。这是离开师专后的第二个工作单位。

1974年暑假，广东省教育厅在华南师院举办儒法斗争史学习班。潮安县由县委宣传部主办干事黄兰淮带领红旗中学革委会副主任陈君谨、县教育局干部叶瑞祥以及镇文教科一名干部参加。当时镇文教科在岗管教育的干部只有一人，就安排我赴会，同时又可到中山医科大学附属三院体检。四个人都先后从韩师毕业，都曾在潮安县教育系统工作。我爱人曾是潮安八中、高级中学等校政治教师，与同上省赴会的干部都相识。启程那天清晨，特到车站拜托这几位同行关心照顾我。

经过一整天的颠簸，我们中午后在惠州搭乘轮渡时，还遭风雨淋洒，导致我受暑感风寒。直至午夜才抵达广州越秀南汽车站，徒步至广卫路省教育厅招待所报到，却找不到省厅干部。招待所值班人员告知床位已满，无法安排住宿。经黄兰淮据理陈告，才获准在楼上公厅自打地铺住宿（黄兰淮、陈君谨按会议通知，到华师参加会议自带帐被）。我自信与华师多位老师、同学常有联系，能借到帐被，没自带，便到省教厅对面省二轻公司招待所，找潮州镇二轻公司驻省的经销员找两个床位，与叶瑞祥入住三几个小时。

第二天上午赴华南师院参加学习会，带领汕头地区各县干部赴会的是前韩山师专马列室主任、中师副校长、革委会主任，已调任汕头地区教育局副局长的张和经。他关心我的健康，同意我请假到中山医科大学附属三院检查诊治。来穗后我请当年曾为我治疗的中山一院温、单两位医师为我诊治。经全面检查，心梗还有痕迹，心力仍欠佳，还需继续疗养。鉴于往返穗潮车旅颠簸，张和经副局长建议乘飞机回汕较为安全。但当时乘飞机要求是县团级干部，且须有单位证明。由我电请潮安县教育局陈平局长批示。陈局长即回答：如大会安排，则坐飞机回汕。黄兰淮因已先一天乘穗揭班车回棉湖老家，我和陈君谨、叶瑞祥三人同机回汕。

回潮后，我把中山医科大学附属三院医师诊治报告单呈交潮安县心血管病防治研究所，成为定期跟踪免费诊治对象。因在省参加学习会缺席两场，领会不深，归潮后举办的儒法斗争史学习班，只安排我简介省学习班概况。

1974年秋，我被镇委宣传部借用。翌年初，镇委组织工作队，进驻部分居委和街道工厂贯彻整顿方针，抓革命、促生产，镇文教科必须抽调一名干部参加。在岗干部难抽出，遂报被借用的我参加驻一办工作队。于是我服从政治中心，参加驻一办五金厂的工作组，组长为一办蔡副主任，我任副组长。起初我还被照顾，边工作边疗养，夜间免上班。后蔡副主任回办事处不任组长，由我当组长，不能特殊照顾，开始日夜到工厂搞整顿工作。

1975年8月底，驻镇一办五金厂工作队告一段落。9月初，即被镇委调往镇工会，任镇工人马列主义业余大学的专职干部，兼抓工人理论组的组织辅导工作。这是我离开师专后的第三个工作单位。凭老关系，我请母校华师马列主义教研室和政史系赐寄马列主义、毛泽东思想、中共党史和中国近代史等学习资料，请韩师陈作诚校长挂任镇工人马列主义业余大学副校长，请韩师张存辉、方宁生等老师莅校任教。1979年8月，潮州恢复市级建制后，我任市总工会宣教部部长，兼抓工人文化宫和职工业余教育工作。1981年8月至11月，我参加全国总工会干校思想政治工作学习班学习。此次学习班，传达邓小平和胡耀邦总书记的重要指示，聆听宋平、王任重、倪志福等党中央政治局委员的重要报告，听取中央党校、国家计委、社科院以及首都高校廖盖隆、何建章、李燕杰等专家有关党的十一届六中全会关于若干历史问题的决议、国家经济发展计划，以及思想政治工作和社会主义精神文明建设等方面的专题报告，受到很大的教育，得到重大收获，成为较专职的宣教干部。回潮后，曾向工会干部职工、全市干部和一些企业、部门、街道、学校作过有关爱国主义、"五讲四美"、理想道德教育、马克思主义三个组成部分、毛主席哲学思想、实践是检验真理的唯一标准，以及先进人物典型等专题报告。办职工业余夜校、职工中专，则敦请韩师陈哨光老师带领师专学生和中学教师任教文化课；专业技术课则请工厂专业技术干部任教。还兼抓人秘、政策落实等工作，为多位县市领导起草专题报告稿或会议讲话稿。1982年我被评为潮州市先进工作者、广东省职工教育先进工作者。

四进韩园勤作为

访谈者：林老师，您在潮州工会工作时，已与母校韩师有较多联系，您是在什么情况下第四次进韩师的？

林：我是在1983年潮安县并入潮州市时调回韩师的，这也是我人生中经历的第四次进韩师。

1983年，潮安县并入潮州市。韩师也在这一年开办干部专修科，向汕头市委组织部报调我回韩师管干部专修科。其时汕头市委工作组莅潮抓县市合并工作，组织部张第高副部长通知潮州市和韩师调我到韩师工作，直接办理调动手续。韩师人事科黄文廉科长通知我向潮州市委组织部明确表示要调往韩师。市委组织部陈贤烈副部长找我征询意见说："汕头市委组织部来潮州商调你到韩师工作，潮州这边也需要你留在市工会，你可表明个人的意见。"我即表示，共产党员服从组织决定，但我还是市心血管病防治研究所跟踪诊治对象，恐难承担市工会较繁多的工作任务，请组织照顾我调往韩师任教。9月7日，潮州市委组织部为我办理调动手续，直接到韩山师专报到，担任干部专修科党支部书记。①当时，韩师首届干部专修科学员已入学一星期了。

访谈者：干部专修科是什么学制？韩师设置干部专修科，办得怎么样？

林：干部专修科是在普通高校中设置，经选送考试入学的在职干部脱产学习的全日制成人大专教育。

20世纪80年代初，党中央在加强社会主义四个现代化建设的同时，提出干部队伍要实现革命化、年轻化、知识化、专业化。当时有三种途径：一

---

① 1983年9月，韩山师专开办干部专修科，学制2年。按省委组织部和省高教局规定的条件，在报考的在职干部中择优录取，首届政治专业学员有40人。

是从高等学校选拔优秀毕业生到党校学习后分配到党政机关，充实干部队伍；二是从党政机关中选拔大学老五届（1961—1965年入学）毕业生和"文革"期间的大普毕业生到基层挂职锻炼；三是委托高等学校开设干部专修科，挑选35岁以下的青年干部经过考试录取，脱产学习提高。广东省委组织部委托开办第一批专修科学校的有中山大学、华南工学院、华南农学院、华南师院、暨南大学和省委党校。第二批19所，汕头市委组织部委托汕头大学和韩山师专开办的干部专修科属于第二批，而且韩山师专是全省第一个承办干部专修科的专科学校，设置较早，也办得较好。

韩山师专十分重视办好干部专修科，一位党委领导分管，我和陈恩南两位科级干部专管，安排多名骨干教师任教。

我于9月7日到韩师报到履任，首先是学习上级有关开办干部专修科的文件、资料，明确目的要求、学制、教学计划；与学员见面后，开始组建班党支部、班委会。

韩师首届干部专修科文教班有学员40人，其中共产党员37人、共青团员3人，绝大多数是来自市、县、镇各级机关的科员和股级干部。学员对开设的文教专业及教学计划有疑问，认为他们多是机关干部，学习文教专业，特别是安排教育学、心理学各144节时，专业设置和课程安排定位不够确当，建议研究修改。我向学校领导反映，并对照师范专科教学计划（教育学、心理学各授课72节时），经请示校领导同意，我参照普通高校政治专业的课程设置，调整教学计划（后正式上报省委组织部和省高教局，文教专业改为政治专业）：教育学、心理学节时减少一半，与师范生一样；删去教育史，增加伦理学、社会调查活动和开设专题讲座。调整教学计划后，我拟在第二年任教中国近代史和伦理学。

学期初，我们对学员进行入学教育。我作了《明确目的要求，努力完成学习任务》的报告，强调办干部专修科是贯彻党中央关于干部"四化"战略方针的具体措施，希望学员明确干部"四化"的重要意义和就读干部专修科的目的要求，努力完成学习任务。组织学员学习上级党委关于高校附设干部专修科的决定，贯彻高校的有关条例，教育学员明确学习目的，自觉遵守学校规章制度，克服困难，努力学习，做普通师范生的榜样。学员们都具有良好的政治素质，我们平时主要靠该班党支部和班委会召开联席会议，及时掌握情况，发现问题，向班主任和有关部门反映，协助老师做好工作，除此之外主要还是学员自己管理自己。入学后，这个班的表现特别好，主要有几个方面：一是学习自觉性、积极性高，课堂上认真听讲，课后主动复习，多读书；二是尊师守纪，教室备茶水、清水供教师饮用；三是带头参加学校各项政治文化活动；四是管好分配的校园卫生美化工作。第一个学期就多次受到学校的表扬。

1983年寒假，学校领导班子换届。①1984年2月20日，学校宣布省高教局关于韩师机构设置的通知，②以及汕头市委宣传部关于党政各科室负责人的任命。我和陈恩南两个抓干部专修科的干部被任命为党委办、学校办主任和副主任，干部班的工作由我俩再继续兼抓一学期。

我们虽不再专管干部专修科，但学校领导仍分工我们办公室联系马列室和干部班，同他们仍保持良好的关系。1984年4月，省委组织部在中山县召开干部培训会议，各地市组织部和已办或将办干部专修科的高校派干部参加会议。第一批开办干部专修科的中大等五所高校和省委党校、韩山师专的代表七人，在会上介绍办学情况。在小组讨论中，与会同志夸奖我校干部专修科办得好，我无意中说我们办学还有困难，干部专修科的基建专款尚未筹集到。省委组织部吴扬民处长即说，省财政厅早已按学员数每人基建补助款5 000元拨给第一批办干部专修科的中大、华工、华农、暨大、华师等高校了，怎么你们还没有得到基建补助款？他马上要我代省委组织部起草给汕头市委林兴胜书记的信，请林书记解决拨给韩师干部专修科的基建补助款一事。吴处长回广州后，正式发函。林书记接到省委组织部的信后，请程春耕市长落实，市财政局先后两次拨给韩师26万多元，韩师才在校门南侧建设了干训楼。

1984年，继续招收第二届政治专业干部班。入学教育时，我仍像第一届一样，向学员作了报告。此后，学校决定把干部专修科交归马列主义教研室专管，把办好干部专修科的责任落实到科室。

韩师附设的干部专修科一直办得很好，《广东组工通讯》1985年第51期

①1983年12月23日汕组干字〔1983〕268号文：蔡育兴任校长、党委副书记，黄文廉任党委副书记，陈作诚、吴诰燕任党委委员、副校长，谢仲铭（组织人事科长）任党委委员，1984年8月陈诚美任党委副书记。

②设置党委办公室、学校办公室（合署办公），党委组织科，党委宣传科，人事科（与组织科合署办公），教务科，总务科，学生科，保卫科，马列主义教研室。

还刊载我校总结的办好干部专修科的文章——《加强教育管理，提高教学质量》。至1990年共办了七届，毕业学员288人，为地方干部队伍的"四化"建设作出了积极贡献。这些学员，经过高校的大专教育和实践锻炼，成为汕头地区各市县、镇干部队伍的骨干力量，有的还成为县处级、地厅级领导干部。第一届汕头市学员刘远珍，毕业后历任汕头特区人事科长、组织部副部长、汕头市妇联主席、市政协副主席。第二届揭阳县学员谢烈鹏，入学前为揭阳县委办公室资料组组长，毕业后历任揭阳县委办公室副主任，揭阳市委办公室副主任、主任、副秘书长，揭阳市委常委兼秘书长，潮州市委常委、副市长、市人大党组书记、副主任。潮州市和饶平县第一届8名学员，入学前分别是党政机关的干事、科员、小学校长和中学总务主任。毕业后经过实践锻炼不断提高，担任正处级领导职务4人，其中一人为市长助理；副处级2人；正科级2人。

访谈者：林老师，您第四次进韩师，原已任干部班党支部书记，还准备主讲伦理学和中国近代史两门课，任命您当学校党委办、校办主任，事前是否知道？上任后是如何履行职责的？

林：任命我当学校党委办、校办主任，我之前确实不知道。我进韩师也没想到要当办公室主任。因为1982年传达贯彻中央组织工作会议精神，干部队伍要实现革命化、年轻化、知识化、专业化，汕头市委领导班子平均年龄不足50岁。而我当时已年过半百，虽有大学本科学历和教育行政机关工作经历，但主要是宣教工作，抓干部专修科管理和教学工作，自信可以胜任，但从未想当学校党委办、校办主任。

1983年元宵节后，学校党委副书记黄文廉通知我被中共汕头市委宣传部任命为党委办、校办主任，要我参加党委会（负责记录）。我询问领导，为什么事先没有征求我的意见，我已在准备教干部班的课了。得到的答复是："开过教师座谈会征询意见，好多人认为你对潮州、韩师两边都比较熟悉，推荐你当主任。"为感谢组织的信任和同事的支持，也为继续报效母校，自己下定决心，在校党委和学校领导的直接领导下，积极履行办公室主任职责，为母校韩师事业的发展竭诚尽力。

新学期开学，我正式到振华楼（行政楼）上班，担任党委办、校办主任。1989年5月，党办、校办分署，我担任校长办公室主任。在担任中层行政综合管理干部的七年半时间，我全部心力投入"两办"工作，节假日很少休息，先后与副主任陈恩南、范友英、吴伟成、林国冲和办公室一班人，通力协作，认真履行职责，在党委和学校领导的直接领导下，较好地发挥参谋、秘书、助手、联络和协调作用，取得了较好的工作成绩，为韩师事业的发展奉献一份力量。

访谈者： 林主任，您在韩师连任学校办公室主任七年半时间，是不是任职期间较长才被称为老林主，请老林主介绍当好办公室主任的老经验。

林： 我衷心感谢大家的厚爱，称我为老林主，这主要是指我年纪较大、连续当了七年半主任老而退休，谈不上什么老经验。办公室是行政管理服务机构，事无大小，无昏无晓。办公室干部要有敬业奉献精神，高度的责任感，以及热诚的服务态度。通俗地说，就是协助学校领导处理好上下左右内外的协调关系，虚实并举，抓好软件、硬件建设，促进学校事业的发展。

学校中层机构调整后，党办、校办联署办公，编制共7人，其中资料员被省高教局借用。新学期，我和副主任陈恩南、吴伟成以及办公室另外三位干部职工工极协助学校新领导班子，抓好学习《邓小平文选》，通过组织专题讲座和分科室学习讨论等形式，加强教职工思想政治建设。本人就曾作《明确战略方针，努力办好学校——学习〈邓小平文选〉的体会》的专题报告。邓小平肯定上海交通大学的管理改革，交大党委常委陈章亮（韩师校友）寄来《上海交通大学的管理改革》，我们即组织教职工学习交通大学管理改革的经验，陆续制定一系列管理制度和办法，建立健全各项规章制度。主要有五个方面：一是在职责范围和岗位责任制上，制定和颁发了《关于科室部门职责范围的规定（试行）》，后又颁发了《关于扩大系（室）管理权限的规定》《教职工岗位责任制的考核与奖励试行办法》；二是在人事工作上，制定了《定编、定员、定岗实施办法》；三是在教学工作上，制定了《关于教师工作量的试行办法》《关于执行教师任务书的若干规定》；四是在财务后勤工作上，制定了《教育经费的分配管理办法》《关于预算外收入管理办法》《校园卫生绿化管理责任制》《关于食堂作业组经营管理承包责任制的实施办法》；五是在学生工作上，制定了《关于加强学生思想政治工作的若干意见》《关于"三好生"、奖学金的评奖办法》《学生宿舍内务卫生管理条例》《关于开展"文明班级""文明宿舍""文明寝室"评比活动的意见》。由于及时制定了比较健全的规章制度，照章办事，加强规范管理，保证学校各项工作的正常开展。当时，学校明确职责范围，实行岗位责任制的管理改革，受到省高教局和汕头市直机关党委的表扬。汕头市政府还给予增加一个千分之一的奖励工资指标。韩师教职工400人左右，只有一个奖励工资指标，市政府嘉奖给予两个指标。在学校领导会上根据蔡育兴校长的建议，给罗英风教授和黄文廉副书记各奖励一级工资。已在韩师工作、生活了三十多年的翁敬铨老师，喜见新班子朝气蓬勃，学校各项工作都呈现新气象，使韩山之麓春意融融，特撰文《韩山之春》在校刊发表，祝韩山师专沐浴春风，发展繁荣！

访谈者： 林老师，您多年从事宣教工作，当了学校办公室主任后怎样协助学校领导，加强对学生的思想政治教育？

林： 我自己的主要经历是小学校长，大学政史教师、班主任，机关行政、宣教干部，对加强学生的思想政治工作算是略晓一二，学校《关于加强学生思想政治工作的若干意见》，就是我同吴伟成副主任合作起草的。主要抓几个方面：一是通过政治课和专题报告会等形式进行四项基本原则和形势任务的教育，教育学生坚定社会主义方向，拥护党的方针政策；二是组织党章学习小组，对学生进行共产主义教育，学习党的基本知识，在大学生中培养发展党员；三是突出抓好专业思想和师德教育，每届学生都抓入学教育、经常教育，结合本校历史，进行优良传统和校风的教育。1984—1990年间，除了有一次我出差，由宣传科郑传威科长作新生入学教育报告，其余六次都由我作题为《悠久的历史，优良的传统》的校史报告，并组织新生参观校史馆；四是结合节日纪念活动，寓教育于活动中。以上多方面的教育活动，取得了良好的教育效果。我校对学生加强思想政治教育的经验，受到省委宣传部和高教局的肯定。于1985年6月，被省委宣传部推荐参加中共中央书记处指示中宣部召开的全国高校思想政治工作会议，由党委黄文廉副书记赴京参加会议。

访谈者： 林老师，前面您说过办公室要处理好上下左右内外的协调关系，请您介绍一下这方面的情况。

林： 好的。我履任期间，韩山师专是省属高校，汕头市人民政府代管，校址却在潮州市，这种情况全国罕见，处理好上下左右内外的协调关系尤为重要。前面谈到干部专修科干训楼的建成，就是靠好几次向汕头市领导汇报，并得到省委组织部的关心催促才解决的。1985年暑假前，潮汕各市县教育局局长座谈会召开，要求韩山师专开办体育专业，培养中学紧缺的体育教师。当时，学校接受这个意见，派我上广州向省高教局申报，说明韩师中师有开办体育专业的历史经验，复办师专后的1978年也办了一届。如今潮汕地区各中学又急需体育教师，请求省高教局批准韩师增设体育专业。省高教局计财处李锦彩副处长在审议韩师申报办体育专业时说："省高教局拟同意你们开办体育专业，但为了帮助师专争取地方财政支援，你们要请求汕头市地方财政拨款补助，像韶关市地方财政拨款支持韶关师专建体育馆，该校就开办了体育专业。"我回校后，向校领导汇报，并与吴伟成副主任一起草拟向汕头市申报拨款支持开办体育专业的请示。此事未获批复，当年也未能开办体育专业。

1986年4月，我陪陈作诚副校长赴汕，再次向汕头市政府申报拨款支持开办体育专业的请示，由汕头市政府副秘书长黄赞发带见市委陈厚实副书记。陈副书记在学校的请示公文上加具意见："我市急需体育教师，应当支持韩山师专开办体育专业。此事去年没有解决，今年应予解决，请市财政局拨款给予补助。"市财政局拨给补助款，这一年韩山师专就获准开办体育专业。①

韩祠跟韩师的关系问题，更是经过上下左右内外的多次联络、协调、请示，上传下达，才比较圆满地解决了。"潮人以思韩之故，而有庙祀，而有书院，匾以韩山。"宋元祐五年（1090），潮州知州王涤在城南建昌黎伯韩文公之庙，置膳田，养庶士，号称书院。从宋元祐五年（1090）到清康熙二十七年（1688），在城南和城西南的韩文公祠和韩山书院，祠院同体，"韩山书院即城南祠"②。这是中国封建社会"庙学结合""祠院结合"的教育规式。康熙三十年（1691），城东建了昌黎书院（1732年复称韩山书院），虽不再是祠院同体，但关系仍很密切。"文庙为展谒释奠之地，书院则讲学课文之所，相须有成不可阙也。"（史起贤：《昌黎书院碑记》）清代曾有僧人代管韩祠。民国时期至20世纪50年代，地方政府文教统管，韩祠由韩师代管。1926年和1947年两次重修韩祠，都是韩师董其事。韩祠曾作韩师附小，也曾是中师学生宿舍。20世纪60年代初韩祠被定为市级文物重点保护单位，但至1983年之前仍然没有管理机构和人员。韩祠失修，"文革"期间又被民办工厂所占，有颓圮之虞，也是韩师呈文请市政府和文化主管部门处理。

---

① 1986年9月24日，增设体育系，与体育教研室合署办公。
② 饶宗颐：《饶宗颐潮汕地方史论文集》，汕头：汕头大学出版社1996年版，第207页。

1984年1月，潮州市委市政府和韩山师专联合向汕头市人民政府报告，拟将韩祠地域划归韩师，韩祠迁建，经费由省高教局拨给，达成协议，联合报告获得汕头市政府批准，但遭到市文化部门和部分市民反对，迁建韩祠的协议没有执行。1984年2月5日，中共中央总书记胡耀邦莅潮视察，赐题"韩文公祠"匾额。2月18日，潮州市修建韩文公祠领导小组及其办公室成立，重建韩祠的工程虽启动，但祠校相连，扩建韩祠景区，祠校存在矛盾。在领导小组及办公室会议上，有的同志提出，韩祠景观线要在韩祠前埕见到韩江东岸，东北见到金山，西南见到涸溪塔和凤凰台。韩祠前韩师宿舍楼必须拆除，韩祠几十米外左南侧韩师校内的六层教工宿舍楼也要拆除一层。在领导组办公室编印的简报上，还登载潮州文化界人士座谈会和市民职工座谈会的报道，对韩师以前在韩祠边建校舍和曾拟迁建韩祠表示极大愤慨，公开声讨韩师领导。"官方人士"宣扬对韩师在校内六层楼前申报建五层学生宿舍楼，只批建四层是市长办公会议决定的，韩师要服从（据了解，市长办公会议并没有决定此事）。"如果恁韩师敢建五层，潮州也会找把粟给恁噬！"有一位官方人士还说："胡总书记为韩文公祠题匾，不仅对潮州、广东、全国意义重大，而且具有世界意义，韩师要服从韩祠。"这些都使学校领导承受了很大的压力。

　　当时听说省委书记林若要王屏山副省长莅潮解决韩祠重修与韩师发展的有关问题，我与吴伟成副主任便为学校起草给林若书记的信函，申述祠校关系：宋代至清初建于潮州城南的韩文公祠和韩山书院是祠院同体相属，祠祀讲学结合；清初建于城东的昌黎（韩山）书院与韩文公祠，祠院相连，"文庙为展谒释奠之地，书院则讲学课文之所，相须有成，不可阙也"。民国时期至20世纪50年代，则是韩师代管韩祠。文教分管以后，处理祠校关系不能一方服从另一方，建议按"保护文物，发展教育，全面兼顾，相得益彰"的原则处理好祠校关系问题。这封信经校领导审定后，请离休教师钟庆华呈送林若书记。林书记请吴南生主席一同批示，按我们提出的建议妥善处理，由王屏山副省长协调解决。

　　1986年7月12日，王屏山副省长莅潮，在韩祠内召集汕头、潮州两市领导和韩师领导参加协调会。他开门见山地说："林若书记和吴南生主席要我来潮州协调解决保护韩祠与发展韩师的相关问题，使之相得益彰。胡总书记为韩祠题匾，韩祠前影响韩祠景观的韩师宿舍楼要拆除。"然后对着韩师蔡育兴校长问："老兄，你有什么意见？"蔡答："服从政府安排，学校已报省高教局，高教局批复：要给退路，并补偿拆迁费。"王副省长站起来说："好，韩师拆迁韩祠前的宿舍楼，潮州市解决拆迁去处，拆迁费省里适当补助，先建后拆。省委省政府已规划韩山师专升格为韩山师院，但现在韩师校园比我当年当校长的华师附中还小，潮州市还要为韩师升格为本科学院规划足够的建设用地。"会上，王副省长还请汕头市委陈厚实副书记、潮州市郑名榜副市长负责协调此事。

7月25日，汕头市人民政府召集潮州市人民政府及有关部门和韩山师专负责人举行联席会议。根据王屏山副省长的指示，经过各方面协商，对解决拆迁韩祠前韩师宿舍楼的具体问题，取得一致意见：拆除旧楼迁建新楼基建费约需40万元，报请省政府拨给；潮州市同意韩山师专按规定手续办理征地二亩；按王副省长指示"先建后拆"原则，接省拨款后先择地重建韩师教工宿舍楼，然后拆除旧楼。

7月30日，潮州市人民政府和韩山师专联合向广东省人民政府上报《关于申请拨款解决韩山师专在韩祠前左侧的三层教工宿舍楼拆迁问题的请示》，加"同意潮州市政府、韩山师专的报告，请省政府在资金上支持解决"的汕头市人民政府的签印。

8月初，学校派我赴穗，到省高教局办事的同时，请广州市政府副秘书长吴紫彦校友帮助联系约定，直接到王屏山副省长家，呈送潮州市政府和韩山师专的联合请示公文。王副省长阅文后说："你们报来的只是解决韩祠前韩师宿舍楼拆迁的协议，还要请潮州市政府同时为韩师升格规划足够的建设用地。此事不一定个把月就能规划好，你回去后跟汕头、潮州的领导转达，争取两三个月内，尽快规划好韩师升格发展的建设用地。"

访谈者： 林老师，您怎样参与潮州市为韩师升格解决建设用地问题？

林： 我先向韩师领导汇报向王屏山副省长呈送潮州、韩师联合请示文件的情况。然后分别向汕头陈厚实副书记和潮州郑名榜副市长转达王屏山副省长的意见，请两位领导同志关心催促潮州城建部门编制好韩师升格建设用地发展规划。两位领导同志都表示要尽快抓紧解决。郑副市长还叮嘱我："你地方较熟悉、人缘关系好，要主动到有关单位联系和串门，商议交流解决韩祠、韩师关系，商议韩师建设用地发展规划，争取会前有共识，意见较一致，为汕头市领导莅潮开会解决问题做好准备，打下良好基础。"

从1986年8月下旬至国庆之后，我带着韩师总务科编绘的发展规划草图，先后到潮州市政府办、计委、宣传部、文化局、名城办、城建局等单位联系，征询意见，也了解潮州城建部门对韩师建设用地的规划框架，请潮州城建部门注意接纳韩师意见。还利用晨昏和节假日休息时间，登门拜访市城建局、文化局、名城办等单位的有关干部，交流解决韩祠与韩师关系的有关问题。多数同志积极提出解决的好意见，特别是林庭皆主任。对相互商讨交流的情况我又及时向陈副书记和郑副市长汇报，请郑副市长催促、指导有关部门干部编制好重修韩祠与发展韩师的具体规划。在此基础上，才举行联席会议讨论解决问题。

1986年10月11日，中共汕头市委副书记陈厚实莅潮，在韩山师专中山纪念堂二楼会议厅召开市校联席会议，解决保护韩祠与发展韩师的相关问题。参加会议的有汕头市委宣传部副部长张辉群，市政府副秘书长黄赞发，市文化局副局长陈历明；潮州市委副书记秦昌大，市人大副主任、名城办主任林庭皆，副市长詹友生，市政府办公室副主任王道桂，市文化局副局长陈俊舜，市城建局副局长蔡修国、建筑工程师林训波；韩山师专校长蔡育兴，副书记陈诚美、黄文廉，副校长陈作诚，办公室主任林英仪，总务科科长郭树宏，共16人。会议按"保护文物，发展教育"的原则，确定笔架山韩文公祠保护区、宋窑保护区、韩山师专校区的地界及韩山师专发展建设用地规划。与会同志在地界及规划图上签字定案。会议上潮州市有的干部还提出按韩祠景观视线，韩祠左前南侧六层楼要拆除一层，在其南面新建的五层学生宿舍楼也要拆掉一层，要潮州市城建局蔡副局长会后发通知拆除。汕头市文物专家、文化局副局长陈历明对韩祠景观视线作了说明，认为韩师老校区建楼一般不要超过六层就行。为解决潮州城建部门只批建四层而已建了五层的矛盾，由韩师向潮州市政府呈文说明：因急需解决学生住宿问题而建五层楼，如以后市政建设需要拆除一层，学校服从地方政府安排。当晚，我到市城建局蔡副局长家请他切莫下"拆除一层楼通知"，已建五层要拆一层之事，也就不了了之。虽有一段小插曲，这次会议还算是较圆满地解决了保护韩祠与发展韩师的相关问题。

10月24日，潮州市政府批准市城建局编制、并经10月11日联席会议讨论签字的《韩师建设用地发展规划》。11月13日，潮州市政府和韩山师专联合以潮州府〔1986〕90号文件向广东省人民政府报告韩师建设发展用地已规划好，请省政府拨给拆迁补助款40万元，以便及早重建教工宿舍，解决旧楼拆除问题。

11月15日，学校派我专程乘夜车赴穗，翌日清晨六时到吴紫彦校友家中，请他帮我联系约定，当晚到王副省长家呈送潮州府〔1986〕90号请示公文。王副省长阅后，听取我汇报两三个月来汕头、潮州两市领导以及韩山师专落实省委省政府关于保护韩祠与发展韩师的指示所做的工作情况，对陈厚实书记主持联席会议划定韩祠、宋窑保护区与韩师校区地界，以及韩师发展建设用地规划的确定感到满意。并表示，韩祠前韩师宿舍楼拆迁补助款，他将通知省计委，列入1987年省财政预算，上半年拨款。王副省长还指示，韩师扩大建设用地，汕头市政府亦要像湛江市政府拨经费补助雷州师专征地一样，给韩师拨征地补助款，省市共同支持师专的发展。

1987年5月29日，学校派我到省高教局办事。当晚八时，我到王屏山副省长家，王夫人说不知道王副省长何时归来，要我留下字条，约通电话。22时通话十分钟，主要是询问省和汕头市给韩师拨补助款之事。王副省长说：省拟拨给韩师80万元，先拨49万元，已经通知计委两星期了，你们要询问省高教局；省拨给80万元，你们也请汕头市政府跟省一样给经费，要争取把当地政府给学校的钱拿到手；补助款的具体开支情况要反馈说明。

6月6日，我询问省高教局计财处黄处长，得到省计委批文已寄到高教局的答复。当月学校收到省拨款49万元。根据王副省长的指示，我于1987年9月为学校起草向汕头市政府请求拨给征地补助款的请示。公文起段叙述有点特殊："师专属省市双重领导，近几年，各地市党政的支持，促进全省师专事业的发展。例如韶关市拨款给韶关师专建成体育馆；湛江市拨给雷州师专征地补助款，使该校扩大了建设用地，为升格打下基础。我市也同样，拨款建干训楼，拨补助款支持开办体育专业。"后面才说明省规划韩山师专升格，潮州市已规划好建设用地，请汕头市政府拨给征地补助款，为韩师升格做准备。随后，我陪蔡育兴校长和陈作诚副校长，赴汕呈送向汕头市政府请求拨给征地补助款的请示公文，并直接请求李练深常务副市长审批。后来学校获得汕头市财政局拨征地补助款56万元。

1988年2月，我又一次赴穗到王副省长家，询问他答应补助韩山师专80万元，先拨49万，已跨了年度，尚未拨下的31万何时可下拨。王副省长口气平和地说："老林同志，我答应补助款80万，尚未拨31万，如果我继续当副省长，我拨还你们。上个月，省人大已开换届大会，我超过任职年龄规定一个月，不可再当副省长，另当选为省政协副主席，不可再批拨款。现在我写条子给省计委王伟光主任，说明给韩山师专的补助款是我答应的，未拨部分请他在新年度安排拨给。"言毕，王副省长即提笔用信笺致函王伟光主任，请他解决给韩山师专续拨补助款问题。当时我接过王副省长写给王伟光主任的信函，再三向王副省长对我们韩山师专的关心表示衷心感谢。

翌日，我把王副省长的信函交给省计委王主任。随后省计委再批拨款31万元经省高教局拨给韩师。学校还请求汕头市政府拨给征地补助款56万元。

在1987—1989年国家和地方财政较困难的情况下，韩师能得到省和汕头市拨给拆迁和征地补助款136万元，这是十分难得的。

按王副省长对拆除韩祠前宿舍楼要先迁建新楼后拆除旧楼的指示，韩师于1987年接到省拨拆迁补助款后，学校曾按潮州市给予征地二亩建楼的协议，在城西北郊察看过三个地方未果。当时潮州市正在加固南北堤防，成立了市南北堤加固工程建委会及其办公室，并在吉利后街建一批宿舍楼，安顿南北堤加固工程的拆迁户。为加快韩祠宿舍楼的拆迁和韩祠景区的建设，我陪陈诚美副书记拜访潮州市蔡元勤副市长，请他安排后街韩安里宿舍楼给韩师。在蔡副市长的支持下，由我找南北堤防建设委员会办公室刘守护科长等商议落实，按优惠价把韩安里"韩师楼"整座10套（三房二厅）、九号楼一梯12套（二房一厅）售给韩师。1987年年底前，韩师安排22户教工乔迁新居。

1988年10月，20世纪70年代初筑护架垒山坡建于韩祠前甬道南侧的韩师宿舍楼完全拆除，韩祠甬道南边成为一片空地，辟修花圃和建成"天南碑胜"，使韩祠门面秀丽壮观。随后潮州市领导与韩师协商，拆除韩师1952年建于韩祠南侧的U字型学生宿舍楼，并补偿韩师12万元，韩师领导给予支持。韩祠景区在平坦宽敞的地面建成庭园式仿古建筑"天水园"，立"韩愈别赵子"雕塑体现韩祠配祀赵德的历史文化内涵。接着又拆除U字楼后面的平房及公厕，连同韩师让出的边界地，建立勤政廉政展览馆，成为全国廉政教育示范基地。由于韩师支持拆楼让地，经过1984年以来的重修和扩建，韩祠及其景区规模空前扩大，历史文化品位大幅提高，从1960年的市级重点文物保护单位，到1999年的省级重点文物保护单位，再到2006年的全国重点文物保护单位。这是韩师对韩祠扩大景区建设作出的重大贡献。那些说韩山师专破坏韩祠的观点不攻自破。

1990年2月9日下午，中共中央政治局委员、国务委员兼国家教委主任李铁映莅临韩师视察。在座谈会上，当我汇报广东省委省政府已规划升格我校为本科师范学院时，李铁映打断汇报说："国家宏观调控期间（指1987—1990年因财政赤字过大，经济发展有问题，国家实行宏观调控政策），一律不批升格，一律不办新大学。"韩师的升格因之延缓了三四个年头。"文革"期间韩师被占的300多亩校园校舍收不回，原潮州市政府于1986年已批准的《韩师建设发展用地规划》范围的南校门内100多亩山窝和山坡地，也已被潮州市建泰佛殿和凤洲阁所占用，升格还面临解决建设用地问题。

1992年1月，邓小平走访广东深圳、珠海、顺德等地，号召进一步解放思想，加快改革开放与经济发展的步伐，建设有中国特色的社会主义。按照"发展才是硬道理"的要求，省计委和高教局又把韩师的升格提上议程。其时我已退休，在潮州市志办上半班，参与史志编修工作。学校领导要我参与起草升格申请报告及附表，并请郑名榜副市长补签1986年10月24日签发的《韩师建设发展用地规划》。一方面借以向省和国家教委说明对韩师升格问题，广东省和汕头市、潮州市早已做了准备；另一方面，原规划部分用地已被建泰佛殿时占用，必须重新规划，而且要按"规定"办学，达到最大规模学生5 000人的要求，扩大用地发展规划，请潮州市重新划定狮球山后、卧石路南、东山路北范围内原桥东供电所、桥东水厂和部分农田，作为学校升格的建设用地。

学校在按国务院《高等学校设置暂行条例》做好各项工作的基础上申报升格。1992年11月底，省高教局莅校召开专家论证会，就韩师申请升格为本科学院问题进行论证。与会专家一致支持韩师升格。陈浩文副市长代表潮州市政府与会。1993年10月19—21日，全国高等学校设置评议委员会在长沙举行评审会议，蔡育兴校长、林立聪副校长赴会。经过专家评议投票，获得通过新办或升格的院校共28所，韩师是两所全无异议并获全票通过的学校之一，升格为本科学院。

自1986年省委、省政府规划韩师升格为本科学院以后，我们办公室一班人积极协助学校领导，努力创造条件，为升格之事尽心尽力，乐于奔忙，切实做好文秘、上下内外联络各项实际工作，为韩师升格为本科学院发挥应有作用。

1993年12月11日，国家教委批准韩师升格为本科学院后，韩山师专蔡育兴、陈诚美、谢仲铭等领导，趁热打铁，主动请潮州市委市政府支持，批准韩师升格的建设用地规划。随后，抓紧办理征地手续，于1994年10月完成征地工作，开辟

1997年2月21日，陈伟南先生察看韩师新校区

东区校园280多亩，在韩师新班子组建前，主动为韩师升格征用扩大建设用地。1995年1月21日，省委、省政府任命韩山师院领导班子。①10月13日，师院新班子主持东校区总体规划设计方案论证会，讨论决定该设计方案。1996年东校区建设启动。但到1997年初，规划区内已征用的原桥东电厂、水厂房舍因拆迁赔偿费分配有矛盾而未拆除，影响东区建设。我直接找陈书燕市长关照此事，并转告学院派干部登门拜访陈市长及时督促其下属单位解决矛盾，尽快拆迁，以保证顺利建设好韩师东校区。

访谈者：林老师，前面您说过办公室是行政综合管理服务部门，请您继续讲讲这方面的工作情况。

林：综合管理服务对于远离省城、规模不大的省属高校，更是重要之事。20世纪80年代，还是计划体制时期，省高教局按学生数拨办学经费，当时韩师规模不大，人力不足，经费也较紧张。学校领导为发挥办公室的综合管理服务作用，也为节省上广州的的差旅费开支，总是派我们办公室人员上省城参加有关会议和请示汇报解决有关问题。

先讲讲1984年暑假协同教务部门筹办夜大之事。

潮州市和韩师，历史上都未办国家承认学历的职工中专或夜大。1984年秋韩山师专校办协同教务部门筹办夜大，报请省高教局特殊照顾，先借用汕

———————

① 党委书记、院长汤慕忠，党委副书记黎羡君，副院长、党委委员吴翰文、余浩明。

头职大名义招生，开办夜大中文专业。韩师夜大报批备案后，1985年才正式招生，开办中文、英语、电子技术等专业。此事经过追述如下：

1984年成人高考，汕头市职工业余大学在潮州市职工中专附设大专中文秘书专业，招收两个班的学生。因报考人数多，录取两个班学生后，达到录取分数线的人数还很多，潮州市总工会和市招生办都希望韩师办夜大，录取达到成人高考分数线的考生。学院领导决定新办夜大成人教育，按职责分工，由教务科起草向省高教局申报办夜大公文，校办修改核稿后，校长签发。7月21日，学校以"韩字〔1984〕12号"呈文向省高教局申报办夜大招生，未获批复。7月底，学校派我和教务科叶瑞祥科长一起赴穗，向省高教局另呈送校办起草的《关于筹办夜大并开始招生的请示》。省高教局成教办林广科长认为韩师未设置夜大，没有夜大户头，不能招生。我向他反映，我调进韩师前在潮州市总工会担任宣教部部长，参与筹办潮州市职工中专（办学方案和报批公函都是我起草的）。省高教局中专处和省总工会宣教部于1983年9月17日莅潮审定潮州职工中专筹办工作。当时我已调至韩师，还是我回去汇报。经审定，省高教局批准潮州市总工会开办职工中专。1984年招收职工入读职工中专，并得到汕头市总工会支持，开设汕头市职工业余大学潮州大专中文秘书专业。1984年，经省成人教育统一招生考试，潮州职工中专附设的职大班录取后，还有较多生源，请省高教局批准韩师借用汕头职大户头，录取考生到韩师就读。林广同志表示可以酌情处理，但要有工会的联合报告。当时，我即径奔省总工会宣教部找雷部长，说明原委，请省总工会同意韩师借用汕头职大之名录取考生。雷部长表示支持，但已来不及联署印信公文，由我们直接请省高教局审批。我们再恳请林广科长酌情审批。林广同志请示省高教局领导同意后，即于8月2日发文批复韩师："同意你校夜大学（筹办）的中文专业，今年从潮州市原报考汕头职工业余大学未被录取的考生中招收代培生100名，录取分数线为200分。鉴于你校夜大学尚属筹办，未报教育部审定，可先以汕头职工业余大学的名义招生，待夜大学成立后，今年招收的100名代培生学籍再转归你校夜大学管理，毕业由夜大学发给毕业证书。"我们回潮后赴汕请汕头市总工会支持联办此事，以汕头职大名义录取中文专业学生，加发到韩山师专报到的通知。

9月，由汕头职大名义录取的96名中文专业考生，到韩师报到入学，成为韩师夜大的首届学员。随后，韩师夜大报批备案后于1985年度正式招生，设置中文、英语、电子技术等专业。1987年7月，首届中文专业学员毕业，因他们是以汕头职大的名义录取入学，校办在盖校印发的毕业证书时，特加发说明书，说明这些学生是在韩师筹办夜大时，省高教局同意以汕头职大的名义录取，经韩山师专三年学习，完成夜大大专中文专业教学计划，由韩山师专颁发毕业证书，国家承认其学历。此事由我们办公室参与联络疏通、文书印信等工作，发挥办公室的综合管理服务功能，才能及时解决问题。

访谈者：林老师，刚才您讲的是办公室协同教务部门到省高教局解决报办夜大开始招生之事，您能再介绍一些办公室人员或者您本人上省城综合办理多项工作的事例吗？

林：好的，那就随便举一些事例吧。

1987年5月，旅泰韩师校友会寄来邀请函，邀请蔡育兴校长，陈诚美、黄文廉副书记，陈作诚副校长，郑烈波副教授和我组成广东韩山师专友好访问团赴泰访问。其时县处级的机关学校单位出访的还很少，加之当年财政赤字较多，国家实行宏观调控，出访审批甚为严格。蔡校长先交代校人事科蔡修赋科长填报出访人员登记表，由我带报汕头市委组织部审核加署同意出访签章。韩师是省属高校，出访须经省高教局审批后报省政府办公厅，由杨立副省长审批发文。上省城办此事需要花相当时日。学校派我赴穗报批出访之事，同时办理教务、后勤工作的有关事情。

1987年6月5日，我乘班车赴穗。当晚入住省高教局招待所。翌日上午到省高教局办公楼，先到计财处找黄处长，办理三件事：一是请该处复印省计委按王副省长批示拨给韩师韩祠前宿舍楼拆迁补助费的批文；二是请省高教局拨给韩师安装校内电话补助款（批拨7.5万元）；三是韩师申报1987—1988学年度基建经费，黄处长交代该处基建科何科长另安排时间向我传达说明。

6日下午继续在省高教局，向人事处李处长汇报韩师组团访泰之事，呈报韩师友好访问团访泰审批表，附旅泰韩师校友会寄来的邀请函。李处长接阅后表示同意报周鹤鸣副局长审批。7日，周副局长出差回来，即批"拟同意，请省政府审批"。他同时提示："现在省政府审批出访甚严，恐怕难批那么多学校领导出访，你们要请省领导关照。"

7日晚上，我到省文化厅宿舍拜访韩山师专老校长、时任省人大华侨委主任的李雪光书记（1958—1963年，李雪光任中共汕头地委副书记时兼任韩山师专校长，我们习惯称他为李书记），请他帮忙审批出访之事。回省高教局招待所后，我还与柯义林、吴紫彦、朱明健等韩师校友通电话，请他们帮忙办理出访审批手续。

6月8日上午，我到省政府请省档案局局长柯义林校友带我到省政府办公厅找综合处梁处长，呈送经省高教局已签报的韩师友好访问团出访审批表，说明是学校首次出访，恳请省政府批准。吴紫彦、朱明健也请有关领导帮忙解决此事。

候审批期间，我于9日到华南师大，先到教务处同黄裕胜副处长了解韩师在华南师大插班生12人的表现，向华南师大表达我校意见，如插班生学习综合成绩达到该专业毕业生前10名的同学，我校都要接收回校任教。中文专业的黄景忠、陈远程，政治专业的许晓鸿，教育专业的陈洵等，当时都受到肯定（当年韩师在华南师大的插班生毕业成绩居于各专业前10名的有10人）。当日，我还到该校中文系座谈，该系除对我校插班生表示赞许外，还要我回潮后向韩师中文系转达两点意见：一是新学期中文专业插班生考试，试题覆盖面广，请考生做好准备；二是省委宣传部批准成立广东省高校比较文学会，拟请韩师中文系为理事单位。

10日，我到省高教局计财处找何科长，了解省审批我校1987—1988学年度基建计划情况。何科长向我转达：省高教局已与省计委联合审议，对韩山师专申报的基建计划已经确定，作了比较照顾的安排，计：学生宿舍3600平方米，投资83万元；教工宿舍3000平方米，投资72万元；教学楼4500平方米，投资72万元。计划下达后，要求我们分别向汕头、潮州两市计委等部门申报立项，报批基建物资，以及办好基建各项手续，及早开工，保证质量完成下达的基建任务。

12日，柯义林局长告知：省政府办公厅把韩师出访审批表报杨立副省长后，杨副省长已签批韩师四人出访。13日，接到省政府办公厅批文后，我与吴紫彦、刘兴孟、朱明健等校友通电话，他们都说，当时，省市机关申报出访，原则上都批少人数，同一单位党政领导不能同时出访。大家都说要请韩师老校长、省人大华侨委主任李雪光书记，再找杨立副省长酌情按邀请方邀请名单批准。

14日，我再拜访李雪光书记，请他直接找杨立副省长照顾学校实际，按旅泰韩师校友会邀请名单批准出访。15日李书记拜谒杨副省长，面陈韩师访泰之事是他年初在汕参加迎春联谊活动时，与旅泰侨领校友会顾问李建南、梁润潮建议，学校领导蔡育兴校长、郑烈波副教授和我也到汕头龙湖宾馆与李、梁两位校友会晤，初步商定访泰名单和时间。经旅泰韩师校友会理事会讨论决定，邀请母校友好访问团于1987年暑假期间访泰，往返交通及旅泰期间食宿交通等费用全部由邀请方负责。暑假期间多位领导出访，对学校工作影响不大，恳请省领导给予特殊照顾。杨立副省长终于同意另发增加出访二人的批文，与12日签发的批文合在一起办理出访手续。当时办公还未自动化，要按程序逐级签批，最后方能打印成文。省政府补批韩师出访的第二张批文，我于16日下午到省政府办公厅，等到下班后才拿到手。我再三对省政府办公厅领导和文秘人员表示衷心感谢。

从6月5日到6月16日，我出差广州共12天，算是完成了学校领导交办的各项任务。①

访谈者：请林老师再讲一些发挥综合管理服务作用的例子。

林：好的，我再举四个例子。

一是协助学校领导把关，节约行政办公费用。当年学校办学经费较紧张，分管后勤财务工作的陈作诚副校长要校办主任协助把关，严格控制公款接待、订阅报刊、假期值班补助等方面的经费开支。规定上述事项的经费开支，各科、处、室负责人要如实核定签署，经校办主任严格审批方可到学校财务部门报销，尽量杜绝虚报、多报、滥报，节约办公经费开支。1986年11月份接待省高教局、省团委、汕头市委宣传部、汕头大学、惠阳师专、汕头教育学院等客人10次，报销接待费共1 083元。当时有"咸（杏嗇）校长、咸主任"之戏称。安装干部家庭电话，也想办法节约开支。1987年下半年，潮州市开始为正科级以上干部安装家庭电话。市委市政府直属单位干部，每部电话收初装费1 000元，其余单位要3 000多元。我校住宅在城内的正科级以上干部10人，其中陈诚美副书记还住在市委的机关宿舍。我到市邮电局电讯科，向该科领导反映，我们的陈副书记原是市委副书记调往韩师的，现还住市委机关宿舍，陈副书记连同在城内的我校正科级以上干部共10

---

① 1987年7月29日至8月10日，韩山师专友好访问团赴泰访问。此行拜访中国驻泰大使馆，访问泰国中华总商会、旅泰潮团、朱拉大学、培华学校等。

部家庭电话，请照顾与市委市政府正科级以上干部一样，每部初装费1 000元。该科两位科长表示，如市政府同意，则可给予照顾。于是我开列安装家庭电话的干部名单，请潮州市政府办公室陈钦智主任签署，同意按市政府干部家庭电话的安装费标准办理手续。这为学校节省了2万多元。

二是1988年，报批开办新专业之事，学校已呈报1988年度物理系增办电子技术专业。当时汕头工艺美术学校领导来韩师，要求合办工艺美术专业，由韩山师专招生，并负责教育学、心理学教学。由该校派员赴省高教局办理此事，未获批准。为请省高教局批准已上报增办的电子技术专业，另外再增报合办工艺美术专业，我应命赴穗。高教局计财处李锦彩副处长向我通报韩师增设电子技术专业已获批准。对韩师和汕头工艺美术学校合办工艺美术专业的请示，李副处长表示同意，要我找教学处陈传朴处长审定。我当即直奔华南师大，请在那里主持教学工作会议的陈处长审批。陈处长听取我汇报后，认为省计委、省高教局招生计划已下达，再增新专业来不及正式审批。他便采取折中办法，在我们两校的联合请示文件上签批：同意韩山师专与汕头工艺美术学校合办工艺美术专业，招收委托代培生，为农业中学、职业中学培养工艺美术教师。这样，韩师1988学年度新增的工艺美术专业就开办起来了。

三是上报学校机构设置文件与办理校友赠车进口手续之事。1989年3月，学校领导班子换届后的中层机构设置急需向省高教局和高工委报批。刚好省档案局局长柯义林校友来电告知：去年11月学校上报省政府审批旅泰韩师校友何才林先生赠车"小霸王"，已列入批准名单，学校要派人上省城联系。我受命赴穗办这两项差事。此次出差时间是3月14—17日，往返机票先订好，在穗三天时间，要跑省政府、省侨务办、省高教局办事，故请广州市委接待处处长刘盛志校友安排我入住越秀宾馆。14日下午赴省政府找柯义林校友，他带我去办公厅，被告知侨务办尚未把接受赠车审批表报省政府发文。15日，我到省高教局呈报《关于韩山师专内部机构设置的请示》。16日上午，我到位于海珠广场的省侨务办公室，请求批准旅泰韩师校友何才林先生给母校的赠车，说要告知何先生汇款至香港，请香港韩师校友陈伟南先生到驻港广东公司代购进口。省侨办科长说韩师校友的赠车已列入批准范围，但省政府批文尚未下发，还要稍等一两天时间。我出示回程机票，请他特殊关照，才获应允告知：到香港华润公司，报广东省政府批文接受赠车列X号办理购车手续,从广州进口交车。下午我到省高教局询问韩师内部机构设置批文何时下达,获悉局里将于下周审核批复。再到邮电局,先挂香港长途电话,请陈伟南先生向华润公司报上广东省政府审批赠车序号,代何才林先生办理购车手续。然后挂泰国长途电话,电讯员说要先交押金200元,通话后才结算。我一时尴尬,因身上只剩几十元。电讯员觉察后提示,可挂对方记账。于是我只好厚着脸皮挂对方记账的长途电话,请何才林先生汇款给香港陈伟南先生代购赠车。陈伟南先生"好公事",接电后未收到何先生的汇款,18日便办好购车手续,比省政府下达批文的日期还早一天。

四是上报1990学年度招生计划和解决与华南师大合作办本科招生的问题。1990年1月23日(农历腊月二十七日),吴伟成处长赴穗参加高教局会议归来,传达省高教局要求韩师应于春节后即上报1990年度招生计划和与华南师大联合开办本科专业的意见。其时正放寒假,林邦光书记不在校。自1989年5月党委办、校办分署办公后,我续任校长办公室主任。按职责范围,确定招生计划之事,正常的程序应是教务部门协助主管教学工作的副校长拟订初步计划,校长先审定后,报党委会或党政联席会议讨论决定,并由校长签发上报。但当时党委会或联席会议尚未形成制度,此事又急需办。于是我请示蔡校长,于1月24日上午,由校长办召开会议,请教务、人事、学生、总务四个处负责人参加,一是讨论拟订1990年度招生计划;二是议定与华师大合办中文、数学两个专业的招生安排。首次联办本科,招生人数不多,主要录取汕头、潮州的考生,适当照顾录取汕尾考生。当天中午,我把会议初定的招生计划和与华南师大合办本科专业的意见整理成文稿。前面加请示便函:"各位领导,省高教局通知我校上报1990年度招生计划和与华南师大合办本科专业的意见,经校办、教务、人事、总务、学生等部门负责人开会研究,初步拟订以下计划和意见,请审阅批示,以便定稿上报。"下午复印后,请办公室廖略分别呈送各位学校领导,请他们审改,于正月初一团拜时告知校办。初一团拜后,我根据各位校领导的意见改好呈报省高教局的文稿及附表,请林邦光书记和蔡育兴校长审定,由校长办许名谦同志抄写上报(放寒假,打字员回揭阳,只能手抄公文上报)。

2月21日,林邦光书记和林立聪副校长赴穗参加省高教工作会议。3月2日,学校召开各处、室、系干部会议,林邦光书记和林立聪副校长传达省高教工作会议精神。林书记还说:"会议期间,各专科学校都争着要同华南师大合办本科专业，我和林立聪副校长争到合办本科，经与华南师大商定，定向招收山区考生。"两位校领导传达后，教务处吴修仁处长首先发言："前几年，省定向招收山区考生的本科录取线，向来比我们韩师的专科录取线低。首届办本科，不能全招收山区定向生，要求要严些，可适当照顾粤东山区生。"我第二个发言："如果定向录取山区考生到韩师本科专业就读，录自潮汕平原市县的专科生，比录入本科的山区定向生成绩好得多，对内难以管理；对外则难以向积极支持韩师升格的汕头、潮州两市交代；韩师招收本科生，潮州市和汕头市区、澄海县等非山区考生不能报考韩师本科。"会议没有专门讨论此事该怎么办。

当时，直接管理校长办公室的蔡校长正在省委党校学习，春节后经学校领导一致同意上报的招生计划是本人起草的，其中已提出与华南师大合办的首届本科生主要招收汕头、潮州两市的考生。于是我自找麻烦，向林书记建议如何处理此事。3日上午，我走进党委办公室找林书记，建议同华南师大合办本科专业，定向招生的协议要重新商定。同时报告党委陈诚美副书记和纪委黄文廉书记。随后，我同雷州师专校办主任赖一韬、华南师大教务处副处长黄裕胜通电话，提出两师专同华南师大合办首届本科专业的招生安排应另再商议。同时报告省高教局招生办：两师专同华南师大在省高教工作会议上商定合办本科专业的招生协议候分别商议后另定。

是年6月，华南师大教务处黄裕胜副处长来校。在伟南楼接待厅，双方商议合办本科专业首届招生安排，蔡校长、林立聪副校长、吴修仁处长和我参与讨论。黄副处长表示尊重我校的意见：合办首届中文、数学专业各招生50名，共100名，汕头、潮州两市录取92人，照顾录取汕尾市考生8名。保证首次招收本科专业能录取高质量的考生入学。

访谈者： 现在在韩师工作的一些年轻干部、职工，都还感谢林主任当年帮忙教工子女读书就业之事，请您谈谈这方面的情况。

林： 办好学校，要靠全体教职工和学生的共同努力，当然要关心帮助教职工解决子女教育、就业的实际问题。办公室协助学校领导办好此事是责无旁贷的。我任职年间，主要是计划体制时期，韩师每年招生几百到一千多人。因校址在潮州，学校基本建设、物资供应等诸多方面都要靠潮州市支持，因而每年招生录取潮州市的考生要占20%~25%。而当时潮州市人口只占韩师招生服务地域人口的10%，潮州考生较多，也只占服务范围考生的

13%左右，其他市县对多录潮州考生有意见，我们要多做解释工作。但潮州市招生、招干都未对韩师照顾。我在潮州教育部门工作了十多年，人缘关系较好，便陪学校领导请潮州市教育局每年招生要与驻潮部队子女一样照顾：凡小学毕业升初中考试达到录取分数线的韩师教工子女，一律录入当年潮州市的重点初中城南初级中学。每年中考前，校办公室发登记表给各系处科室填写报考初中名单，然后累交招生办，达到初中录取分数线的全部录入城南中学。对读幼儿园、小学或考高中的，我们力所能及的也给予帮忙。

潮州市招干的指标也没有分给韩师，我陪校党委黄文廉副书记到市委和市劳动局请求照顾。之前，省高教局曾给韩师招收20名全民职工的指标，当时韩师招工要由市劳动局办理手续，韩师亲属与潮州干部亲属各占一半。请潮州市按安排潮州干部亲属进韩师一样，招工指标应适当分给韩师。就这样潮州市开办海洋胶带厂时给韩师三个名额，学校安排教工子女9人应试，被录取3人。同时，请罗英风老师向汕头市人民代表大会提案，请求解决韩师子女的就业问题。随后，汕头市人事局发文，汕头市、潮州市人事局和韩山师专，按"三个一点"的办法解决韩师教工子女就业问题，即汕头、潮州、韩山师专各解决一点。

校办公室还协同人事部门，帮助教工家属解决农村户口"农转非"问题。除按政策规定办理外，能参照适当条件解决的，也积极帮助解决。有一次出差深圳，我与刘司机同住一室，他反映：市委市政府的司机，家属户口在农村的都已解决"农转非"问题。我校司机班长老孙是复员军人，军龄工龄加起来较长，家属户口还在农村，学校应想办法帮助其家属转为居民户口。回潮州后，我到潮州市公安局找曾局长和李副局长请求给予照顾，终于先后解决孙司机妻儿"农转非"问题。

访谈者：林老师，近几年学院聘请您为校友联络办公室顾问，请您谈谈校友工作的情况和体会。

林：好的。韩师历史悠久，毕业生遍布海内外。国家实行改革开放政策后，陆续有一些韩师校友回母校探望、观光。1984年新班子成立后，在坚持社会主义办学方向，搞好教育教学和后勤工作的同时，注意加强校友工作。学校办公室作为综合管理机构，自然要积极认真地把校友工作切实抓好。下面概要谈谈几点做法和体会。

一、要真诚主动勤联络

1984年10月，旅港校友陈伟南先生莅汕参加潮汕民间音乐欣赏会。9日上午，他由校友、潮州市侨联丁翀主席作陪，探访沙溪家乡。中午驱车潮城，探望阔别48载的母校韩师。到达校门口，门卫送上"闭门羹"，说是午休时间不开大门。丁翀下车说明校友要见学校领导，门卫说领导不在校内住宿。陈伟南笑着说："算了，走着进去看看更好。"丁翀找到住在校内的郑传威科长作陪，在大操场望望依山而建的教室和宿舍，在山脚下的中山纪念堂周围转了转，便登车离去。下午学校领导上班，听说旅港校友陈伟南莅校，即电询丁翀主席，但陈伟南已离开潮州了。为此，校办即起草由校长签署的信函，寄奉陈伟南先生，对未能会晤陈先生表示歉意，诚邀陈先生方便之时再光临母校。

11月29日，陈伟南先生欣然再回母校韩师，我随陈诚美副书记和陈作诚副校长，陪陈先生参观新落成的图书馆，游览韩师校园。临别时陈先生为图书馆捐赠购书专款。学校购书后放置于六橱"校友陈伟南先生赠书专橱"中，供师生阅览。1985年6月，陈伟南先生又一次光临母校，蔡育兴、陈诚美、黄文廉、陈作诚、吴浩燕等学校领导陪同陈先生观看已陈列标明陈先生赠购的六橱图书，并与学校领导商议校庆82周年筹备工作，陈先生即决定在香港赠印校庆纪念册。陈伟南先生感到韩师领导真诚接待校友，努力办好学校，很值得信赖。此后，每年都有好几次回母校韩师，为建设母校多作奉献。

1984年11月29日，陈伟南先生回母校

1984年10月中旬初，中文系陈新伟老师之胞兄介绍泰国《新中原报》记者陈振泰先生莅临韩师，向学校领导介绍旅泰韩师校友对泰华社会经济文教发展的贡献和影响，并提供《旅泰广东省立韩山师范学校校友会第二十二届

理事一览表》。学校领导决定主动致书跟旅泰韩师校友会联系，由我和吴伟成副主任起草信函，请书画教师许瑞翰老师用毛笔直行书写，诚邀旅泰韩师校友明年组团参加母校82周年校庆，由蔡育兴校长签发，并附上校园照片，于10月16日托陈振泰先生带交旅泰韩师校友会执事诸君。接到母校的书信和照片后，旅泰韩师校友会理事会开会宣读母校信函，传阅母校照片。并通过《新中原报》以两版的篇幅刊登"潮州韩师近貌"的照片和学校简介。同时由泰中友好协会副会长，旅泰韩师校友会顾问李建南代表校友会复函，表达对母校"春风化雨，永记于怀"之深情。

1985年4月，以林锡荣为团长，郑睦鑫、丁翀为副团长的潮州市访问团赴泰访问，我请中文系罗英风主任指导，引用《诗经》"青青子衿，悠悠我心"的诗句，请书法家邢风梧老师书写，到潮州旗帽店绣成锦旗，托韩师校友丁翀抵泰后拜访旅泰韩师校友会。旅泰韩师校友会对母校的深情眷念感到欢欣鼓舞，特在当年4月28日举行的聚餐联欢会上正中展示合影留念。加上政史系郑烈波老师赴泰探亲的多次联络，学校与旅泰韩师校友会的关系日益密切。1985年10月，旅泰韩师校友会组成校友庆贺团莅临母校参加建校82周年庆典活动。

学校与其他韩师校友的第一封信和第一次联系，多数也是校办公室起草和联络的。第一封信说明对方在母校就读的时间、班级、情景，唤起校友眷怀母校之情，主动诚邀校友回母校欢叙师友情谊。毕业于第九届乡村师范科的陈复礼先生，[①]接到学校邀请参加校庆庆典的信后，即复函母校，并为母校82周年校庆献上摄影佳作4帧，摄影集2册，给校史馆陈列。1985年6月14日，获悉韩师高中部第八届毕业校友邢平博士莅汕讲学，我请邢博士当年的韩师同窗罗英风教授，陪蔡育兴校长同赴汕头拜会邢博士，并请他翌日回

---

① 陈复礼，1916年生于广东省潮安县官塘镇。1931年考入省立第二师范学校乡村师范科，1934年以"总评甲等"成绩毕业。翌年赴东南亚谋生，先后侨居泰国、柬埔寨、越南等地。1952年组织越南摄影学会，任副会长。1955年迁居香港。1958年任香港中华摄影学会副会长。1961年考获伦敦英国皇家摄影学会高级会士衔。1957—1961年连续5年列美国摄影学会年度统计世界国际沙龙入选成绩前十名。1978年出版《陈复礼影集》。拍摄有《流浪者》《月光曲》《漓江》《迎客松》《朝晖颂》《九寨飞瀑》等大量优秀作品。在国际影展中，获金、银、铜牌数百枚。1979—1984年，连续5届当选全国政协委员。1980年当选中国摄影家协会副主席。历任全国文联委员，中国摄影家协会副主席、顾问，世界华人摄影学会名誉会长，香港中华摄影学会永远名誉会长。

母校观光、讲学。《人民日报》刊登旅美国旧金山中国和平统一促进会会长翁绍裘的回潮汕观光文章，提及他年轻时曾在韩师读书。我便查阅韩师学籍簿，知道翁绍裘是第十一届乡村师范科学生，籍贯潮阳铜盂。旋即致电潮阳县侨联，请他们提供翁先生的通讯处，随后奉函邀请翁绍裘校友方便之时回母校观光。1986年2月，翁先生莅汕参加迎春联欢节。15日学校邀请他莅校参观，并向师生作"东西方文化之比较"的专题演讲。1993年10月，学校举行90周年校庆暨校史馆落成庆典，翁绍裘应邀参加庆典活动，并到沙溪参观由陈伟南赠建的宝山中学，耳濡目染，大赞陈伟南爱国爱乡爱校之高尚精神，感慨题词："宝山中学是一块宝，而且应该说是国之瑰宝，应该竭尽所能地向全国展示，还要向外国人展示才好。"返美后，翁绍裘撰写的《入乡寻宝记》，刊载于美国旧金山《侨报》和《人民日报》（海外版，1994年6月18日）。

对国内各地韩师校友，同样要主动做好联络工作。1985年为筹备举行改革开放后第一次校庆——韩师82周年庆典活动，6月初，学校派我和宣传科郑传威科长专程赴穗，与在穗工作的韩师校友商谈组团参加母校建校82周年校庆活动和筹建广州地区韩师校友会之事。我们于6月初启程，身上只带现金300元，住于省高教局招待所。当时家庭电话还不普及，出租车收费又要外汇券，我们每天只能乘公共汽车后步行走访在穗的原韩师领导，及在机关和大中学校工作的部分校友，经过四五天的劳累奔波，郑科长足趾起泡，还要艰难地登上省高教局招待所六楼的房间。经联络约定，6月7日上午在广州市体育馆召开座谈会，接待费由吴紫彦校友安排。原韩师校长李雪光、郑淳，20世纪30—60年代同学文迅、方泽蛟、吴紫彦、刘兴孟、罗东升、郑会为、朱明健、梁观铃等16人与会。经过座谈会讨论决定，请李、郑两位校长当顾问，由吴紫彦、罗东升、刘兴孟、郑会为等负责组织广州韩师校友团

1985年6月27日，广州部分校友在广州市体育馆商谈成立广州地区韩师校友会事宜。这里有20世纪30—60年代的学生，也有当时的韩师领导人。图右排左起一、二、四、五分别是吴紫彦、文迅、郑淳、李雪光。

参加母校建校82周年庆典，同时开始为筹建广州韩师校友会做好有关工作。

深圳、珠海、潮州、汕头、揭阳等地的校友联络和组织工作，都是根据学校领导的安排，由校办公室主动热情与各地校友联系，请他们组团参加建校82周年庆典，开展校友联谊活动。

每次校庆活动，既遍发请柬通知，又向部分校友特殊致书。如1988年筹备建校85周年暨伟南楼落成庆典，致书文化部电影局顾问、中国电影总公司总经理洪藏校友，附寄去他1929年入读二师图工乐体科的照片请他为校庆惠赐翰宝，回母校参加庆典。洪藏校友当时正在秦皇岛疗养，接到我们办公室的信函后，在复函中动情地说："接到母校所寄的已很难得到的几十年前宝贵照片，十分感动，虽参加革命后搁下画笔，还是特作《韩师长青》国画祝贺母校华诞。"该贺校庆画作，编入《爱我韩师，建设韩师——韩师建校85周年纪念》文集。

二、要热情接待多服务

校友莅校探访、观光，不论个人、结伴还是班级、组团，都要满腔热忱做好接待交流服务等工作。校庆或大项目庆典活动，更应认真细致地做好组织领导和具体安排等工作。我在职期间，学校举行四次大型庆典活动，都在校党委和学校领导统一领导下组织庆典筹备办公室或建设委员会办公室。我作为办公室主任，积极协助学校领导认真筹划，具体安排，得益于罗英风、黄挺等专家的指导，吴伟成、林国冲、吴平河、郑松楠、陈新伟等干部、老师的积极实干，以及各部门系党政干部师生的大力支持，每次大型活动都搞得有声有色，效果显著。

1988年，韩师建校85周年暨伟南楼落成庆典，组织安排和接待服务工作都比较完美细致。伟南楼于1987年7月12举行隆重的奠基典礼，请罗英风名师撰联："伟构将兴，学子修文有所；南针既定，先生爱国情深。"校伟南楼建委会加强该楼的施工管理工作，保证工程质量。1988年上半年即进行校庆和伟南楼落成庆典的筹备工作。奉函请省市领导和知名校友赐题贺词、书画，编辑《爱我韩师，建设韩师——韩师建校85周年纪念》和《伟南楼落成纪念》。本人起草《兴建伟南楼记》，请罗英风教授修改、学校领导审定，请黄挺教授撰书立于伟南楼墙上：

伟南楼为校友陈伟南先生所赞建。先生字国宪，祖籍潮州沙溪，一九三六年毕业于我校乡村师范科。尔后旅居香港，创业有成，历膺社团要职，热心公益，令誉广载。先生常怀昔日振铎之德，年来对母校颇多襄赞，去冬复捐巨资助建教学大楼。当年腊月始兴版筑，今岁三秋巍然落成。右吞山光，左挹江濑，澄川翠树，光影往来。自兹而后，教学再扩规模，校容更增美奂，于我校之发展，造益良多矣。先生心系故园，功在教育，此情此德，岂可忘怀。爰以先生芳名命楼，更立斯石，沩先生义举于其上，俾使典型永在，垂式后代，于热心建设桑梓之人士有所励焉。

韩山师范专科学校　立
一九八八年十月

伟南楼落成，罗教授再撰联祝贺："伟业所系兮，洋东西文化赖师道以赓继；南风之熏兮，海内外桃李沐春晖而芳菲。"国际汉学大师饶宗颐教授特为伟南楼门亭撰书门联为贺："伟业昌文教，南州重德徽。"《爱我韩师，建设韩师——韩师建校85周年纪念》校庆纪念册9月底定稿。《伟南楼落成纪念》等到10月3日大楼拆架拍整幢楼照片补上后定稿。10月4日晚上，我才与宣传科郑伟光同志乘夜车赴深圳，凌晨4：30到达深圳车站，坐等天亮。5日上午8时许到陈伟南先生的屏山公司驻深圳办事处，把两本庆典纪念册交给香港美雅印制公司的老板带往香港承印。10月中旬，全面落实庆典活动各项具体工作。旅泰韩师校友团于17日晚上抵汕，蔡育兴校长当晚赴汕迎接，18日留下接待人员陪客人在汕活动，19日下午莅潮，参加校庆活动。17日中午赴深圳关口接运校庆纪念册的丁伟斌老师来电：在香港印刷的校庆纪念册未办审批手续不能入关。我请他往广州请省委宣传部出具证明，再到深圳关口办理纪念册入关手续。海关人员要按规定征税3万元。我与陈诚美副书记商量后，拟向屏山公司驻深圳办事处借款交税，由我电禀陈伟南先生。其时通信较麻烦，陈先生在广州却联系不上。等到晚上十点，陈先生回港才通上电话，他决定将全车纪念册运回香港，等候19日由他同韩师校友和访港回汕的李练深副市长一行，把纪念册2 000本作为"行李"，随班机运抵汕头，供校庆活动分发。其余纪念册，候以后海运至汕头。经过周密细致的具体安排和热情周到的接待服务工作，韩师建校85周年暨伟南楼落成庆典，取得圆满成功。

韩师在《伟南楼落成纪念》中还特别介绍："该楼矗立于校园的云树山水之间，为幽静的校园益添浓彩精华。"陈伟南先生亦高兴，但他似乎犹有不满意之处，多次出入伟南楼后，他总算琢磨了出来。原来，出潮州东门，过湘子桥，走几十米便是韩师校门，从校道往南走数十米便是伟南楼。伟南楼在校内"体量壮观，规模最大"，而横亘在楼前的校道狭小崎岖，校门简陋破旧，显得不协调，有碍景观。于是，陈伟南又主动捐资35万，请学校重建校门，整饬校道。新校门耸立于湘子桥东，与桥西古香古色的东门楼对望，雄伟壮观；重新修铺的校道、花圃、操场，宽阔舒坦，与新校门连成一体，与高大的伟南楼相辉映，使校容焕然一新。为旌彰陈伟南捐建新校门、校道的贡献，学校特于西苑花圃中树立罗英风教授撰写的《美范碑》：

> 陈君伟南　母校是眷　增饰校容　再捐巨款
> 校门巍峨　校道坦坦　花圃煌煌　操场坦坦
> 乡心如斯　足为美范　勒石旌彰　用垂久远

对旅外多年首次回母校的老校友，更应热情做好接待服务工作。1936年毕业于韩师的老校友林进华[①]，旅居马来亚奋斗半个多世纪，功绩辉煌，荣膺马来西亚丹斯里勋衔，曾任该国上议院议员。1990年，他年逾古稀始首次回归故里。潮州市委书记林锡荣、韩师蔡育兴校长等都亲赴汕头机场迎接，莅潮时潮州市和韩山师专联合在潮州宾馆前隆重举行欢迎仪式。林锡荣书记陪林进华伉俪在潮活动和参加韩师的进华楼落成庆典。在潮活动结束后，林进华先生提及就读韩师时曾赴穗参加体育比赛，迄今已五十多年，拟携家眷赴广州游览。林锡荣书记即派一干部陪林进华伉俪一行赴穗。我同蔡育兴校长商量后，电告广州韩师校友会会长、广州教委主任吴紫彦和广州海外联谊会秘书长刘兴孟校友，代表母校陪林进华老校友等游览广州，请广州校友代

---

① 林进华，祖籍潮安县金石古楼村，1917年1月9日出生于马来亚山打根。遵亲命回古楼读书，先后就读于潮安县东莆联立第一小学和广东省立韩山师范学校。1936年从韩师毕业后远渡重洋定居于马来亚山打根。经过几十年的艰苦奋斗，成为当地知名侨领和实业家，为马来西亚合众办庄公司董事长，山打根潮州公会名誉理事长。曾任马来西亚国会上议院议员，受封为沙巴州拿督，荣膺马来西亚国家元首赐封丹斯里勋衔。

表到中国大酒店与林进华老校友联系。广州校友重视母校的委托，特安排专车、专人陪林进华伉俪一行在广州愉快地游览了两天。其间，广州市政协副主席司徒梅芳还宴请林进华伉俪等嘉宾。林进华先生回港后，特致书蔡校长和我，对潮州家乡和韩师母校表示亲切谢意。从1990年至今，林进华先生同林锡荣、潘春青（时任潮安县委书记）和我三人，一直保持友好的关系。2011年7月11日，林进华先生打电话给我，询问母校韩师办学和校舍建设情况。经过五次电话的亲切交谈，进华先生主动捐资1 000万港元，为母校建设校友楼。

在职时，我担任过校庆筹办主任和才林楼建设委员会办公室主任，努力做好联络接待、施工管理和庆典筹备等具体工作，为加强校友工作尽职尽力，发挥应有作用。1991年6月1日，学校召开党委扩大会议，党委办、校长办主任都列席参加，研究布置期末工作。按会议安排，本人有四项具体工作：一是作为才林楼建设委员会办公室主任，要起草《兴建才林楼记》，并请书法家题写匾额；二是为广州地区韩师校友会补充提供新中国成立前和20世纪60年代至80年代在广州工作的韩师校友名单；三是起草《关于韩山师专发展规划的意见》；四是作为校办党支部书记，"七一"前要做好"争先创优"的评选工作，还要讨论通过一名预备党员转正。会上还研讨筹备校庆暨才林楼落成庆典，要我担任筹委会办公室主任。我表示自己已届退休年龄，不可担任。会议决定我干到10月参与校庆筹备工作，延缓办退休手续，候暑假与返聘教授一起办理。6月7日，学校党委组织部发文通知我从6月份起退休，10日办理移交手续。党委办副主任郑传威、物理系副主任李长进也接到同样内容的通知书。人事处也相应通知我6月份到工会领退休工资。退休证上注明："副处级、副研究员，工龄41年，退休工资153.33元。"加上生活和交通费补贴，共256元。我即询问蔡育兴校长："6月1日学校党委扩大会议布置我干的那几项工作，我移交给谁？"蔡校长说："只知你要退休，还没有研究移交之事，那你就先把学校和校办印章移交给林国冲副主任。至于那几项工作，特别是关系校友的事，就请你继续办好吧！"

于是我领了退休金，但不忍心放下手中的工作，照样天天上班。还专程赴汕头，请罗英凤教授修改润饰《兴建才林楼记》：

韩山灵秀，木铎长传，郡庠千载，桃李纷披。揭邑何君才林，辛巳负笈韩师，学成赴泰，奋斗有年，备历艰辛，煌煌立业。尔乃怀沐风之故谊，兴赞学之义举，斥资百万，襄建斯楼。庚午孟冬奠基，辛未仲秋落成。建筑面积三千平方米，厅室凡六十有四间，竦立于校园中心，曾闳都丽，与伟南进华二楼鼎立相望，珠璧交辉。其与督学掌教，为用闳焉。爰以何君芳名命楼，立石铭记，宣昭厥德。并著"才历琢磨方隽，林经霜雪弥荣"一联于记末，砥砺诸生以之为锐志勉力之箴规，进德治学之轨范也。

韩山师范专科学校　立

一九九一年十月

同时，请中文系副主任黄挺教授书写碑记，请潮州书法家詹励群撰书"才林楼"匾额。其间林邦光书记曾问我："传威怎么没来上班？"并通知我参加学校职称改革领导小组会议（林书记是组长，领导小组成员共七人，我是成员之一），我回答说："党委组织部通知我和传威等三人的三份退休通知书，都是经您批示签发的，传威接通知后办好移交手续，当然不必来上班。我的工作还没有移交好，故还须来上班。至于职改领导小组会，我就不要参加了，包括中级职称评委、计划生育工作领导小组副组长等非常设机构职务，退休了就不必办移交手续而自然消失。"

我在职时热情地抓好校庆活动和对校友的服务工作，退休后也多次参与其事。

1993年10月，学校举行韩师建校90周年暨校史馆落成庆典。其时，蔡育兴校长和林立聪副校长在长沙参加全国高等学校设置评审会议，接受审议和投票，解决韩师升格为本科师范学院之事。林邦光书记已于1992年8月调离学校，在校的校领导只有校党委陈诚美副书记、纪委黄文廉书记、谢仲铭副校长。10月15日，陈副书记通知我回学校共谋校庆事务。当年是逢十大庆，诸多嘉宾莅潮，迎陪嘉宾缺少领导和车辆。陈书记等三位校领导、两办主任和我商定，黄副书记、谢副校长与两办主任，在校内抓庆典布置和迎宾队伍的组织安排，我跟随陈副书记到潮州宾馆，带领接待组、秘书组做好来宾住宿安排和组织来宾莅校参加庆典。我向潮州市、潮安县和湘桥区请人借车援助韩师迎陪贵宾。19日从白天到晚上，我分别致电恭请：潮州市委陈远睦书记陪陈伟南先生，黄福永市长陪何才林伉俪，汕头市李练深副市长、潮州市陈浩文副市长陪翁绍裘先生，潮安县陈佩珊副县长陪陈昌亮伉俪，湘桥区刘昌钊副区长陪澳门潮安同乡会嘉宾，潮州市旅游局副局长陈荣明校友陪香港潮安同乡会嘉宾，已于19日驱车抵潮的深圳许瑞翰校友陪珠海市韩师校友；已住进潮州宾馆的泰国、广州等地的韩师校友，分乘9—11号三辆中巴。我随陈诚美副书记陪省高工委、高教局领导和广州韩师校友会会长吴紫彦乘坐前导车引路，再安排一辆面包车乘坐接待人员殿后。

20日上午，韩师门亭飘彩旗，挂喜联，乐队演奏迎宾曲，黄文廉、谢仲铭两位校领导带领各系处室干部和师生组成迎宾队伍，列队于校门两边迎接嘉宾莅校参加庆典活动。笔架山麓湘桥东之韩师校园，洋溢着隆重热烈的喜庆气氛。

1998年，韩师建校95周年，学院成立筹备机构，召我参加宣传校史组，起草校史稿。因亚洲金融危机影响，旅泰韩师校友会不能组团莅校，校庆活动规模压缩，校史稿暂停编写。其时，我在潮州市志办参加史志编修和历史文化资料征集工作，已为韩师图书馆、潮汕历史文化研究中心和潮州谢慧如图书馆征集了陈复礼先生的摄影集和有关书籍。福建省、武汉大学、汕头大学都请陈复礼赠予摄影作品和有关资料，拟建立陈复礼摄影艺术馆或陈复礼摄影艺术研究会，复礼先生都谦逊婉谢未予应允。原潮州市文化局陈俊燊副局长建议市征集小组向市领导报告，申请拨经费资助谢慧如图书馆建立陈复礼摄影陈列室，未获一致意见。陈副局长建议韩师请陈先生送摄影作品及有关资料，建立陈复礼摄影陈列室。于是，我于3月15日致书陈复礼学长，请他惠赠珍贵作品资料，供母校建立陈复礼摄影陈列室，向校庆95周年献礼。3月18日，我和丁翀学长（复礼先生同窗好友）两人以校友身份致书学院领导，建议院领导致书复礼先生，请他惠赠摄影作品、资料，供校庆95周年建立陈复礼摄影陈列室之用。陈复礼先生接到汤慕忠院长的信函后，即分别打电话给丁翀学长和我说："建陈列室之事，都是恁两人'猴头'首先提出的，好啦，我准备回信应允。"①

8月28日，陈复礼先生复函给汤院长，支持母校建立陈复礼摄影陈列

---

① 学院领导请陈复礼先生为陈列室惠赐墨宝，陈先生忆思起60年前韩师校园的情景，对母校眷恋之情萦绕胸臆，浮想联翩，夜夜成寐，凌晨三时许，欣然伏案命笔，动情地题书："师恩永记——韩师母校建立95周年之庆，学生陈复礼敬贺，时年82岁。"1999年春，陈先生又把经辗转泰国、越南、中国香港等地珍藏了一个甲子之久的毕业证书回赠母校。

馆，因要赴京开会及其他事务，陈复礼先生委托其胞弟陈复疆先生承办献赠摄影作品、资料之事。9月下旬，陈复礼先生献赠的摄影佳作及有关资料，由陈复疆先生乘海轮托运带抵汕头。如按正常程序，必须到省政府办理接受捐赠审批手续，捐赠者不在场，进关验收更为麻烦。9月21日，余浩明副院长与我一起到汕头海关办公室，请求海关给予通融解决。得到海关的支持后，我又两次赴汕办理有关手续，并于24日早上与院办许名谦等人到汕头港接陈复疆先生。经海关查验后，把陈复礼先生献赠的摄影作品和其他物品、资料运回学院。我协助吴伟成部长对陈复礼摄影陈列室内容作了编排，并奉电恭请复礼学长为陈列室赐题墨宝。复礼学长于10月8日凌晨3时参加全国政协会议前深情地撰书"师恩永记"之题词。当时陈列室设于校史馆3楼，装修设计及陈列布展，均由吴伟成部长带领郑松楠、林奕群、林励吾、王立玲、廖略等参与其事，陈复疆先生也亲临指导。经过国庆期间至十月中旬半个多月夜以继日的紧张工作，陈复礼摄影陈列室于10月18日如期开幕展出，为校庆95周年增添光彩，并在《潮州日报》上专版宣扬。其间，我算是在联络接待宣传等工作上尽点绵薄之力。

2003年初，薛院长召我参加校庆100周年的筹备工作。主要是协助学院领导和校庆办吴伟成主任办三件事：一是依靠历任校办同事的支持帮助，执笔编写《韩师史略》初稿，经吴伟成部长修改、学院领导审定，于2003年9月出版发行，向建校100周年华诞献礼；二是协助学院领导搞好联络接待工作；三是筹备伟南国际会议中心落成、陈复礼摄影艺术馆和陈其铨书道馆开幕等项剪彩活动。

7月份开始联络诸位杰出校友。首先受杨炳生书记、薛军力院长嘱托电禀陈伟南先生，落实他捐赠新图书馆启动资金300万元的纪念标志。

陈先生于1999年10月参加母校韩师主办的第三届国际饶学研讨会时，主动为母校新建大图书馆捐赠启动资金300万。新图书馆已于2003年7月完工并交付使用，为什么纪念标志还未落实？其中原委，本人比较清楚。当年陈先生向汤慕忠院长表示捐赠新建图书馆启动资金，回港后即电传来捐赠书，并先汇款150万元给母校。汤院长也向陈先生许诺：新图书馆冠名"陈伟南图书馆"。2000年元宵后，陈先生莅潮，在潮州迎宾馆把饶宗颐教授赐题的"陈伟南图书馆"墨宝交给汤院长和黎羡君副书记。省批准并拨款为韩师新建大图书馆后，汤院长已退休。饶教授给图书馆题匾墨宝又不知所踪。继任院领导考虑到冠名惯例，捐赠额要占整座图书馆建筑物总造价三分之一以上（西区伟南楼、进华楼、才林楼都是如此），拟在大图书馆内首层建筑面积1 000多平方米的后座建成大礼堂，冠名表彰陈伟南先生为新建大图书馆捐赠启动资金的贡献。整个图书馆匾额由薛院长赴京请启功大师赐题。此事没有报告陈先生。2003年初筹办韩师建校100周年大庆，学院发布征集韩园纪念标志和认捐公告，陈先生函告学院领导，为1999年汇交母校的建图书馆启动资金150万元，在韩园中建一座纪念标志。在此情况下，杨书记和薛院长才委托我电禀陈先生，落实冠名陈伟南国际会议中心之事。在通话中，我回避上述诸多细节，大力肯定陈先生捐赠大图书馆启动资金300万元，引起省领导重视，拨巨款为韩师建设28 000平方米的大图书馆。为褒扬陈先生热爱母校的业绩和崇高精神，学院特在图书馆首层建筑面积1 000多平方米的后座辟建伟南国际会议中心，配置现代化先进设备，附设贵宾接待室和展厅，将成为学院和潮州市最新型的会议中心。学院领导委嘱我报请陈先生认可后，抓紧进行装修，将其列为百年校庆盛典中的一项剪彩仪式。在通话中，陈先生赞同和感谢学院的安排，当即表示把未汇的150万元汇交母校韩师，并把母校百年华诞庆典活动的安排，先向广州地区韩师校友会通报，赞助他们组团莅潮参加盛会（陈先生赞助的3万元由时在驻港中联办的陈鑫涛校友交给我转交广州校友）。

接着，我致电泰国，报告旅泰韩师校友会何才林先生：韩师杨炳生书记、物理系党总支王晶书记、林瑞高主任、吴伟成部长一行，将于8月5日赴泰拜会韩师旅泰校友，敬请组团莅潮参加母校百年华诞盛典，请执事诸君给予安排。随后陆续致电饶宗颐、林进华、陈其铨①、邢平②等校友，内地柯高、洪藏、梅振耀、丘志坚、陈登才、陈章亮、柳青、吴紫彦、朱明建等校友，邀请他

───────────────

① 陈其铨（1917—2003），祖籍丰顺，生于潮安县城（今湘桥区），号奇川。1931—1934年就读于广东省立第二师范学校乡村师范科。1934年毕业后任教于丰顺汤坑小学。1949年赴台后任台湾东海大学文学院书法教授。其用笔老练，沉实厚重，有《中国字体源流》《中国书法概要》《台湾五十年来的书法发展与传承》等篇（部）论文（著）传世。

② 邢平，原名汉声，祖籍广东省揭阳县。1923年生于泰国，1935年随父亲回国求学。1942—1945年就读于省立韩山师范学校高中部（第8届）。1947年赴港达德学院专修文学。1949年赴美留学，于1962获得纽约大学经济学博士学位。1973年曾作为华盛顿乔治敦大学代表到北京与教育部商谈留学生事宜。1985年应联合国文化机构之邀到北京为外贸部学习班讲学1个月。赴京前曾来汕头特区讲授英语、经济学和财务管理等。1986年再次应联合国文化机构邀请到大连和西安财经学院讲学。

们参加母校百年华诞盛典。其中，饶宗颐教授和林进华先生未能莅临，分别委托郭伟川、林佩辉先生参加庆典。邢平、柯高原通信处和电话变更，则找线索想方设法联系上。

我找到中央党校博士生导师陈登才校友并通电话，他已与韩师1955届丙班同学商定，回母校参加百年华诞庆典，并带上他参加编辑、审校的《中国共产党编年史》巨著（精装12卷，426.4万字）献给母校韩师。我还与他约定，请他向师生作一场报告。1963年韩师中文专业毕业、在省公安厅任职的朱明建校友，从事公安特别是刑侦工作40年，屡立殊功，荣膺全国"人民满意的公务员""全国公安一级英模""广东省模范共产党员"等光荣称号。因十月下旬要参加省人大常委会议，他与政法系统的李文南、梁观铃等十多位校友，决定十月中旬回母校韩师，提前祝贺母校百年华诞。我即与他约定，莅校时向师生作一场报告，介绍从事公安刑侦工作的经验和体会。

在做好校友联络工作的同时，我积极协助校庆办吴伟成主任，抓好陈复礼摄影艺术馆、陈其铨书道馆的布展和伟南国际会议中心剪彩仪式的有关工作。陈复礼摄影艺术馆，是将西区校史馆建于1998年的陈复礼摄影作品陈列室，迁移到东区新图书馆六楼，充实内容，重新布展：馆中立石铭刻陈复礼"师恩永记"的墨宝，壁橱里陈列着陈先生珍藏六十多年的毕业证书；国内国际获奖的奖品，获中华文学艺术家金龙奖的金龙像座，国际摄影沙龙十杰的奖章、奖匾等；各种荣誉证章、证书，获中国文联荣誉委员金质证章、连任全国政协委员纪念证书等；陈复礼的摄影集，介绍陈复礼的书刊、资料、影碟等；全馆的展壁展出陈复礼摄影精品及书画名家的题赞墨宝。复礼先生的胞弟复疆先生和汕头市摄影家协会副主席马卡先生指导美术系师生，把这个艺术馆布置得很好。①

2002年8月9日，我陪陈其铨、张月华伉俪莅校观光。②陈其铨学长正式

---

① 2003年韩师在哈萨克斯坦国立师大举行陈复礼摄影展，哈国总理、教育部部长和文教界人士前往参观，国家电视台和当地媒体作了专题报道并给予高度评价。

② 1998年8月中旬，汕头市老干部活动中心举行陈其铨教授书法展。余浩明副院长、吴伟成部长、丁翀学长（陈先生同班好友）和我前往参观展览，并会晤陈其铨、张月华伉俪。此后我与陈其铨先生一直保持经常的电话或书信联系。2000年春节前后，我在给陈先生寄送《翰宝传风神》一文的附函中，请陈先生光临韩师。同年6月4日陈先生复函列明暑假到内地的活动安排，我于7月27日赴汕头陪陈先生及夫人张月华女士莅潮，先拜访丁翀、黄婵英伉俪。然后一起到韩师，会晤学院领导，参观校史馆和陈复礼摄影陈列室。陈先生书题"教泽流徽，师恩长仰"的墨宝给母校留念。在此后的联系中，陈先生已表达了向母校赠送书法作品的意愿。

提出向母校献赠书法作品，建立陈其铨书道馆。2003年春节后，陈其铨伉俪把图书馆七楼建筑平面图带往台湾，拟请专家对书道馆具体设计，候暑假期间亲自指导装修布展。6月，陈其铨学长先寄来书道馆设计图，表示校庆前才赶到韩师布展，并请学校代表他恭请饶宗颐教授赐题馆名。学院决定伟南国际会议中心、陈复礼摄影艺术馆、陈其铨书道馆都请饶宗颐教授赐题牌匾。校庆办吴伟成主任按牌匾名字、宽度、长度分别标明，函请饶宗颐教授赐题墨宝。8月8日晚上，我陪黎羡君副书记到潮州迎宾馆拜会陈伟南先生，带伟南国际会议中心效果图请先生审定，并拜托陈伟南先生请饶宗颐教授赐题墨宝。8月15日，杨炳生书记等访泰后回程经香港时领取饶宗颐教授赐题墨宝，带回学院，书塑上牌匾，为会议中心、摄影馆和书道馆增光添彩。

新学期开学后，陈其铨伉俪尚未莅校，我多次致电台湾转拨陈先生家，都没人接电话。直至10月9日十点半才与张月华女士通上电话，方知陈其铨学长病重住院，张女士要在医院护理。陈先生在北京美术馆展出的全部书法作品，存于汕头陈先生寓所，要悉数献赠母校建立书道馆。她要我电告其外孙婿陈伟斌，将在汕书法作品径送韩师布展。张月华教授要等到10月19日下午才能赶到韩师。10日我致电陈伟斌，他正出差东北办印刷业务，还要到北京。我约请其12日上午回汕，清点其外公献赠韩师母校的书法作品，交我们运抵韩师布展。12日早晨，我与院办许名谦科长、司机孙耀辉等赴汕，把陈其铨书法作品及相关资料运来韩师。随后，校庆办吴伟成主任带领院办卢裕钊科长、校庆办陈佳杨和我、图书馆冯广贺和艺术系师生，抓紧书道馆的布展工作。我还协助吴伟成编辑《陈复礼摄影艺术馆》和《陈其铨书道馆》两本小册子，待开馆时分发。19日下午3时30分，张月华女士赶到韩师图书馆，直接到七楼书道馆，我陪她对大展橱中的书法条幅，展柜中的影照、书法集、荣勋证等展品都认真做了适当调整。直到学院在白玉兰酒店举行欢迎宴会开始后，我才陪张月华女士赴宴。当晚，张女士向我通报陈先生的病情，期望他早日康复回韩师母校传承书法艺术，但她也做了思想准备，万一陈先生无法康复，她将继承陈先生弘扬书道之职志，以韩师陈其铨书道馆为基地，开办书法讲座，推广书法教育。2003年12月15日，陈其铨先生不幸逝世，薛军力院长和我都致电悼念，并向张女士表示慰问，还以薛军力院长名义撰寄悼念文章。2004年1月27日和2月1日，张女士两次来函，并附开办书法讲座计划，"愿义务推动""以符先生理念为宗旨，以重振我中华优秀文化为依归"，要我转达学院领导给予支持。我把张女士的信和举办书法讲座的计划转呈薛院长。薛院长决定由院办、宣传部协同图书馆办理此事。校友联络办公室成立后，此项工作由院办、校友联络办、宣传部、图书馆协同办理。张月华女士受聘为韩师陈其铨书道馆教授，义务为书法讲座授课。张女士及陈其铨的高足——台湾书法家翁坤山、陈辅弼、施永华、尹港生、詹坤艋等，成为书法讲座的讲授导师。

在韩师百年华诞庆典活动中，我在联络接待、宣传服务等方面做了一些工作。

对知名校友在潮州襄赞之善举，韩师领导、办公室和我本人也给予热心支持和尽力服务。1992年2月，陈伟南先生参加

韩山师范学院陈其铨书道馆书法讲座留影（2004年7月5日）

纪念陈其铨教授活动

2006年10月，学院派遣校友联络办陈佳扬、林英仪和图书馆冯广贺赴台湾参加陈其铨书道研讨会，两岸共同传承中华书法艺术

潮州元宵联谊活动，决定捐赠一所完全中学，向潮州市升格和扩大区域献礼。2月20日，陈先生邀我同往沙溪选定校址。市县镇各级领导陪同陈先生察看村西南一片田野和龟山地带。沙溪镇在"文革"前没有全日制中学。1965年深秋时节，当时我在潮安县教育局工作，曾到东山湖参与沙溪农中的创办工作。"文革"期间，潮安县华侨中学曾迁至沙溪贾里，后迁至龟山沙溪农中原址，办为沙溪初级中学。经研究比较，沙溪初级中学校舍虽狭小破旧，但地近桑浦山东山湖风景区，前方田间小山堆上还有孔子石屹立，正是兴学育才胜地。于是决定对原校舍拆旧建新，扩大规模，在龟山地带新建一所完全中学。时任沙溪镇委书记马锦成建议新建中学命名为伟南中学，陈先生婉谢后说："校址所在地龟山，东朝金龙山，西望眠龙山，民间称为'双龙夺宝'，是宝山福地，命名为宝山中学，正好应兴旺发达之兆。后代兴旺发达，才是建校本意，个人名位无须计论。"4月12日，我随蔡育兴校长、陈诚美副书记参加宝山中学奠基仪式。在奠基仪式上，陈伟南先生一抒宏愿："我年轻时读书在韩山，现在为家乡建一所中学称宝山；如今韩山已是桃李满天下，期望宝山也能栽桃育李竞芬芳。宝山与韩山相连，共同培养更多人才，为振兴中华贡献力量。"

在宝山中学的建设过程中，我多次随陈伟南先生视察工程进度、检查工程质量，受其厚爱而被聘为宝山中学校董会名誉会长。我与马锦成、陈茂光、陈勤忠、洪永杰等合力编辑《宝山中学暨沙溪水厂落成纪念》，并协同林国冲主任，带领韩师礼仪小姐和节目主持人，帮助宝山中学办好落成庆典活动。韩师还派后勤人员为宝山中学种上苍松翠柏，绿化美化校园。此次庆典活动，规格高、规模大、效果好，取得圆满成功。母校韩师支持陈伟南校友兴建宝山中学、搞好庆典活动，使陈伟南先生与母校韩师的关系更加密切，陈伟南先生也更加热爱母校韩师，更加竭诚尽力报春晖。

饶宗颐教授是韩师杰出校友、国际汉学大师，多次与陈伟南先生一起光临韩师，为韩师伟南楼门亭、西区校门内匾额撰书，赐题"伟业昌文教，南州重德徽"名联、"勤教力学，为人师表"校训，对韩师垂爱、眷顾，感情深厚。1991年12月初，中大曾宪通教授莅韩师参加潮汕文化研讨会期间，询问年初已确定建立饶锷纪念馆为什么尚未动工，要我们韩师了解、支持。我询问潮州市副市长詹友生，詹副市长说明缘由：一是馆名饶锷纪念馆展出饶老先生创业和藏书及文史研究成果，而把从家学起步，成为国际学术艺术大师、蜚声四海五洲的饶宗颐之辉煌业绩附于后面，不够恰当，拟改称饶宗颐学术馆；二是国家刚批准潮州市升格和扩区域，建饶学馆之事，须市新领导班子研究决定；三是要请饶宗颐教授出具文书印信给潮州市政府，愿把饶家房产献给政府安排，然后政府才能安排房产给饶家居住，才能在饶家房产的基础上新建、扩建成饶宗颐学术馆。12月中旬，我把詹副市长的上述意见，打电话禀告饶教授，请他致函潮州市政府办理有关手续。饶教授亲笔撰写"书巢"木匾，由陈伟南先生从香港海运至汕头，也嘱我到汕头市来取并交付潮州市名城办。1993年11月12日，我陪同陈伟南先生参加饶宗颐学术馆的奠基仪式。当时，文教各兄弟单位，曾约定学术馆建成后要捐献相关设备，以支持学术馆的配套建设。

1995年11月10日，饶宗颐学术馆落成剪彩，我随陈伟南先生参加庆典。当时韩师已升格为师范学院，于1995年初配备学院领导班子。学术馆也向韩山师院发了请柬，邀请师院领导参加学术馆落成庆典，但未见师院领导光临。事后，我向汤慕忠院长和余浩明副院长建议给学术馆补送上书画室的恒温设备。2006年12月，学术馆扩大为颐园建成后，根据潮州市委领导同志的建议，请韩师为颐园接待厅配备瓷花版屏风。我向韩山师院薛军力院长报告，学院安排院办卢裕钊副主任与学术馆陈伟明馆长和我一起，到工艺美术大师陈仰中的厂房，挑选八件花草画面的瓷版屏风作为礼品，敬贺颐园落成。

三、要持之以恒常联系

在学校领导的直接领导下，我们办公室把校友工作作为一项常规工作，持之以恒，加强与校友的联系。概括起来，主要是四个方面的常规工作：

一是庆典、聚会紧联系，增进青衿爱校情。通过母校庆典活动或各地各届校友活动，加强母校与校友之间的联系。本人履行校办主任职责时积极协助学校领导举行三次大型庆典活动，加强校友工作。退休后仍参与其事，在校友联络工作中发挥应有作用。对各地（届）校友会活动，因本人掌握校友资料较多，也在各地（届）校友活动中当个联络员，密切校友之间的联系。

自1985年6月，学校派我和郑传威科长赴穗开校友座谈会后，广州韩师校友会已连续几年开展校友活动。陈伟南先生获悉广州地区有很多韩师校友后，由我搭桥，与吴紫彦、刘兴孟、罗东升、郑会为等校友联系，表示要参加广州校友会的活动。广州韩师校友会执事诸君决定扩大校友会组织，希望母校进一步提供在穗工作的韩师校友名单。1991年7月，我根据学校掌握的资料，开列几个时段（迁揭时段、新中国成立前后、20世纪60年代、复办师专后）在穗工作的韩师校友120多人的名单，供广州校友会执事诸君与之联系，请他们参加校友活动。扩大组织的广州地区韩师校友会于1992年9月28日召开大会，与会者200多人。陈伟南先生专程赴穗，荣任广州地区韩师校友会名誉会长，赞助活动经费。校友会还决定奖励从教30年以上和荣获广东省和广州市先进工作者的韩师校友。此后，广州地区韩师校友会持续开展校友联谊活动，换届或大型活动，都邀请母校领导或代表参加。我曾随蔡育兴校长和陈诚美副书记等赴穗参加韩师校友会的三次活动（2010年的换届大会我收到邀请但因家事未能赴会）。

2001年韩师第二届简易师范科毕业50年重聚韩山、2006年普师1956届丁班毕业50年回母校欢聚、2008年韩师中文专业63届毕业45周年重聚母校等活动，我都充当一名联络员。

二是年节祝福传友谊，一张贺卡一份情。年年奉寄贺年卡，表达母校韩师对校友思念祝

参与组织韩山师专63届中文系学友毕业45周年回母校团聚。该班班长朱旺健从警，功勋卓著，荣获公安部一级英模，国家人事部授予"全国人民满意的公务员"光荣称号，回母校团聚时特向师生作报告后合影（2009年8月）。

韩师中文专业63届毕业45周年重聚母校活动（2008年）

福之深情。

三是高龄校友敬祝福，寿德双辉耀韩园。陈复礼、林进华、饶宗颐、陈伟南等高龄校友寿诞之日，校友联络办都请院领导签署生日卡奉敬校友寿星，敬祝福寿康宁。我也编印《韩山师院高龄教师、知名校友诞辰日期表（2008—2018）》给院办、人事处、校友办、老干科各一份，以便及时祝寿。2006年上半年，我和吴伟成部长为学校与潮州市志办联合出版《潮州》杂志"走近陈伟南——贺陈伟南先生米寿"专刊和"走近陈复礼——贺陈复礼先生九秩华诞"专刊。12月，我撰写论文《饶宗颐与潮州志》，参加饶宗颐国际学术研讨会和九秩华诞祝寿盛会。2007年12月，协助学校收集师生撰写陈伟南人生价值观的文章，同时函请外地专家学者撰写论文，与潮州海外联谊会文史专家曾楚楠共同修改文稿，编辑《懿德仁心——陈伟南人生价值观研讨会文集》（本人担任副主编）。2008年2月，参加陈伟南人生价值观研讨会和庆祝陈伟南先生九秩华诞庆典。

四是畅叙家常事，电话寒暄总关情。三十多年来，学校和我本人都是通过互访和电话联系的方式，加强校友工作，学校历届领导班子都很注意做好校友工作。2010年3月林伦伦院长上任，4月即同领导成员赴港拜会饶宗颐、陈复礼、陈伟南等杰出校友。他从履任以来，热情接待诸多校友，加强与校友的密切联系。

从1984年至2013年，韩师经历六任领导班子，校友工作基本保持了连续性。

四、要依靠校友互支持

自1984年以来，学校把校友工作列为经常性工作常抓不懈，依靠校友互支持，则是加强校友工作的有效途径。旅泰韩师校友会，是海内外最早建立并持续开展活动的韩师校友组织。1984年我们主动联系上后，即通过该会理事诸君以及郑烈波老师的多次赴泰探亲联系，加强校友工作，密切旅泰韩师校友与母校的亲密关系。深圳、珠海与潮汕各市，也是通过能力较强的热心校友组织校友会或联谊活动，加强校友工作。依靠校友的支持，为母校办事和建设母校出力。

陈伟南先生联系促成兴建进华楼、才林楼之善举，更是校友相互支持建设母校的成功典型。1988年10月20日，学校举行韩师建校85周年暨伟南楼落成庆典大会。会上，陈伟南发表了热情洋溢的讲话："我们虽不能和陈嘉庚先生相比，但爱国同心，报国同理，爱国爱乡，不分先后；兴学出力，不分大小；涓涓细流，汇而成川；粒粒细沙，积而成山。只要人同此心，心同此理，愿为国家教育事业效力的人就越多，国家民族兴盛富强的希望就越大。我希望韩师校友，不论是国内还是国外，都要为母校出力，集腋成裘，共同为母校建设作出贡献。"

会后，我随蔡育兴校长等校领导陪陈伟南先生登上山顶田径场，俯瞰韩师校园，喜见伟南楼耸立于校园中，分外秀丽壮观。陈先生兴致勃勃地说："学校还需要多一些大楼，你们校长主任别出面，请校友捐建校舍的事由我来负责。"当日，他对莅校参加校庆和伟南楼落成庆典的旅泰韩师校友团团长何才林先生说："才林兄，今天您来给我赏脸，我很感谢。您财力雄厚，下一次让我来为您热闹热闹！"何先生马上回应："好呀好呀！"当晚，我随蔡育兴校长到潮州大厦拜谒何才林伉俪，并落实何先生献贺校庆礼物之事。校庆前何先生从泰国电示：拟献款10万港币，托伟南先生在港购买电脑设备或空调机，为校庆献礼。接电后我与校领导商定回复何先生："感谢先生爱校盛情美意，电脑设备可请高教局拨给，潮州电力供应尚不正常，空调设备可缓购置，赠款买什么候先生莅校参加庆典活动时商定。"学校领导是希望何先生赠车献礼。当时潮州市委、市政府各有丰田"小霸王"车1辆，我先到市政府抄录"小霸王"的英文符号，代起草捐赠"小霸王"的信函稿，征得何先生同意后，请何先生用其泰国公司用笺书写给母校捐赠"小霸王"的信寄给蔡育兴校长，以便向省政府报批接受赠车手续。其时，何太太一旁插话："捐一部汽车有什么意思，用几年就坏了，不如建伟南楼那样长久。"何先生爽快地说；"楼是要建的，一步一步来嘛！"

先说陈伟南先生联络同班好友建进华楼之事。1988年年底，韩师谢仲铭副校长、总务科郭树宏科长与潮州市城建局干部赴港考察。陈伟南先生做东，特邀请老同学林进华先生与谢副校长一行欢宴畅叙。在融洽欢愉的气氛中，陈伟南先生举杯对林进华说："进华兄，韩师准备好地皮，就等您去建楼。"林进华早有思乡爱校之心，此前已曾托人向母校要了建校82周年纪念册，早就想回家乡、回母校观光，做点好事，只是由于所在国政策上的原因而未能成行。因此，林进华听了陈伟南的话，不但不觉得唐突，反而感激挚友知心，帮了自己的忙，圆了自己的梦，欣然应诺捐资100万港元，赞助母校兴建学生宿舍楼。翌年暑假，学校组成进华楼建设委员会及下设办公室和技术室，加强对进华楼建设的管理，平整好山麓汝平亭畔的旧三联教室地基，于1989年11月3日举行奠基仪式。罗英风教授撰联赞誉："进德育才，百年大计；华侨兴学，一代美谭。"我亦作《菩萨蛮·贺进华楼奠基》：

> 汝平亭畔旌旗舞，奠基石上兴楼宇。
> 立德追前贤，乡心绕故园。
> 文公风范著，岭海称邹鲁。
> 橡木正花繁，韩山景更妍。

在进华楼施工过程中，陈伟南先生多次亲临工地巡视，叮嘱韩师领导把楼建设好。韩师领导下足力量，加强管理，使工字形六层高的进华楼终于雄立于韩师汝平亭畔山麓之间。该楼位于韩师老校园中心区的山腰，都雅显敞，既丽且崇，有寝室64间，可居住学生500多人，是当时学校最大的宿舍楼。我为学校撰《兴建进华楼记》以志其事：

> 笔架山麓，韩师校园，有重楼巍然郁起。楼名进华，为校友林进华先生所赞建。先生祖籍潮州古楼乡，一九三六年毕业于我校乡村师范科。尔后南渡马来西亚，爰始爰谋，鸿猷用展。创业既成，乃热心公益，眷怀桑梓，享有盛誉，遐迩交称。先生具崇文重教之卓识，襄兴学育才之义举，昔岁曾为故里兴筑黉舍，去秋复为母校赞建斯楼。己巳初冬奠基，庚午孟秋落成。楼分六层，建筑面积三千平方米，备学生寝室六十有四。楼宇呈工字型，都雅显敞，既丽且崇。湘桥风光，凤洲烟景，俱揖于廊庑之下。莘莘学子，弦诵休憩于斯，咸沐春风矣。为铭载先生劝学之盛德，爰作是记，勒石垂远云尔。
>
> 韩山师范专科学校　立
> 一九九〇年八月

1990年10月20日进华楼落成剪彩时，我告诉林进华伉俪，这座楼就是他们捐建的学生宿舍楼。他俩感到惊喜，真想不到，一座如此雄伟壮观的大楼竟是他们捐建的。剪彩后到伟南楼会议室，林太太吴静娟女士还凭栏眺望进华楼，感到十分惬意！林进华伉俪还为母校捐赠了教育基金。

下面再谈陈伟南先生促成建才林楼之事。1988年10月，伟南楼落成剪彩后，陈伟南先生请何才林先生为母校赠建大楼，何才林先生表示："楼是要建的，一步一步来嘛。"但1989年国内发生了那场政治风波后，他对此事却有点淡化起来。1990年10月6日，何才林先生莅校。下午，我随蔡育兴校长、陈诚美副书记、罗英风教授在校长办公室与何才林先生座谈，罗英风教授说已为才林楼撰拟了对联："才历琢磨方富，林经霜雪弥荣。"何先生当场未予允诺建楼之事，还是说考虑定妥以后再说。礼节性会面后何先生离校赴汕头。10月8日下午，陈伟南先生打电话来校办，告知他即要赴泰，学校有没有事托办。我即拜托他赴泰会晤何才林先生时请他赞助母校建综合办公楼。陈伟南先生赴泰后拜会何才林，开门见山地问："才林兄，你答应为韩师建楼之事怎么办？"何说："年底我要回汕头参加鮀岛宾馆董事会，届时再说吧！"陈伟南以挚友身份，告以国内接受赠建项目必须逐级报批，陈以母校翘首，建议他还是先定下来，让母校有所准备，年底才有方案图纸可以看，好正式拍板。何才林觉得有道理，当即表示捐助100万港元，为母校献建综合办公楼。

11日下午，陈伟南先生返港后即急电母校韩师报喜，并建议："尽快写信向何才林先生致谢；立即找人设计；以华侨捐资为由，向上级申请拨款补助。"我接听陈先生报喜后立即向蔡育兴校长汇报，商议给何才林先生奉函

1990年10月20日，韩师举行进华楼落成庆典。林进华先生偕夫人吴静娟，陈伟南先生及海内外校友参加了庆典活动。图为林进华先生、陈伟南先生等为进华楼落成剪彩。

要点，由我起草感谢信，内容大意是："何才林先生阁下：顷接陈伟南先生来电报喜，阁下在会晤伟南先生时表示捐款100万港元为母校建设综合办

韩山师专才林楼奠基典礼

公楼。学校拟立即成立才林楼建设委员会，下设办公室和技术室，具体抓好大楼的有关筹建工作。拟即发布通告，动员师生为大楼建设设计图纸，组织专家评议初步选定设计图纸，候阁下莅校审定。同时，即上省向高教局汇报，申请拨给补助款，保证把综合办公楼建设得更好。专此奉函致谢！敬祝事业兴旺发达，家庭幸福安康！"此感谢信由蔡校长签字后于10月12日邮寄泰国何才林先生。

1991年10月20日，韩师举行庆祝才林楼落成、韩师教育基金会成立、陈伟南奖学金颁奖大会。

1991年10月20日，韩师举行才林楼落成剪彩暨教育基金会成立庆典，何才林先生、陈伟南先生等莅校参加庆典。

何才林先生在庆典迎宾会上讲话

兴建才林楼记

1991年10月落成的才林楼

（五）要宣扬青衿赤子情

青衿悠悠心，"三爱"赤子情。在从事校友工作过程中，我深切感受到了广大韩师校友普遍具有爱祖国、爱家乡、爱母校的炽热感情，认识到校友的"三爱"精神和业绩，是一笔宝贵的精神财富，必须大力宣传，使之发扬光大。我们办公室协同宣传等部门，主要通过三种途径，宣传校友的业绩和"三爱"精神：一是通过校庆或校友赠建项目剪彩活动，编印纪念册或文集，加强宣传工作；二是通过校友回校团聚或联谊，宣传校友的先进事迹和崇高精神；三是通过校刊登载宣传校友先进事迹的文章，弘扬校友的"三爱"精神。

退休后，我继续参与宣传校友的业绩和精神。与陈伟南、陈复礼、林进华、陈其铨、何才林等多位校友，继续保持联系，他们莅潮，我同以前一样，到宾馆或其寓所拜会叙旧，密切校友情。

1992年4月12日，陈伟南先生邀我随林邦光书记、蔡育兴校长和陈诚美副书记前往参加沙溪宝山中学奠基仪式。当时陈先生委托我参与两件事：一是参与宝山中学的创建工作（前面在热心支持校友乐襄善举部分已作说明）；二是参与编写有关广州荣誉市民小册子的工作。1991年陈伟南先生荣获"广州市荣誉市民"称号，广州市要编印介绍其业绩的小册子，陈先生多次婉辞后应允，要我先了解其在潮汕广襄善举的情况，五月底赴穗参与此事。赴穗前，我先后到汕头、潮安、沙溪、潮州市有关部门了解陈先生的嘉言善行，多方面积累素材。

1991年12月18日，《汕头日报》刊载江泽民总书记接见参加汕头特区建立十周年庆典的港澳知名人士18人，陈伟南先生名列其中，但刊载的照片没有他的身影。为了寻找陈伟南先生受江泽民总书记接见的照片，我请汕头市委宣传部张辉群副部长帮忙，他介绍我到汕头日报社找现场拍照的马记者。我再请《汕头日报》林大明（原与我同在潮安县教育局工作的同事）带见马记者。马记者找出四个月前他用黑白胶卷拍摄江总书记接见港澳知名人士的底片，拉开细看，终于找到汕头林兴胜书记陪江总书记会见陈伟南等的镜头。剪下这个镜头底片回潮洗晒放大，就成为陈伟南业绩文集或勋绩展览馆的宝贵照片。

5月29日，我带着在潮汕收集积累的有关陈伟南先生青少年经历，1984年以来在母校、家乡以至潮汕地区广襄善举的资料，赴穗参与陈伟南业绩小册子的编写工作。广州市委接待处处长刘盛志校友安排我入住越秀宾馆。30日上午，陈伟南先生抵穗，住于花园大酒店，约我下午到酒店会晤。我把与广州海外联谊会秘书长刘兴孟校友合拟的《爱国实业家陈伟南》编写提纲呈送陈伟南先生审定，并利用下午休闲时间，请陈先生介绍他两渡香江的奋斗经历，以及到广州办合资企业与乐襄善举概况。晚上，我跟随陈先生到广州少年宫，参加庆"六一"儿童节晚会，广州市委书记高祀仁等市领导陪陈伟南先生等贵宾在主贵宾席就座，还对陈先生给该少年宫图书馆捐赠图书、设备敬送荣誉证书。翌日上午，陈先生应邀到广东华侨中学与该校校长、教师座谈，我随同前往，陈先生应聘担任该校名誉校长。下午，陈先生又到穗屏公司①看望合作伙伴诸君，我也陪同前往。6月1日，陈伟南应广州儿童活动中心之约，撰写了《肩上事业须后继，兴国兴家育新人》的文章，表示他对儿童十分关爱。与陈先生一起在广州这四五天的活动，使我感受到广州市领导、陈先生合作伙伴以及陈先生办好事的受惠群众和少年儿童，都对陈伟南先生充满亲热和敬佩之情。这也激励我在广州努力搜集、充实陈先生善举嘉言的实际资料，以便编写好有关陈伟南先生业绩的小册子。于是，我在广州市教委主任吴紫彦、海外联谊会秘书长刘兴孟等校友的帮助下，以一个星期的时间先后走访了广东省妇联、广州市教委、广州市妇联、广州穗屏企业有限公司及其饲料厂、广州儿童活动中心、华南农业大学、华南师范大学等单位，了解陈伟南先生的业绩和风范，提取介绍或报道陈先生业绩的文字资料和照片。根据从家乡带来的资料和在穗采集的笔录、资料，我按记叙文体，开始以"爱国实业家陈伟南"为题撰写文稿。经过十几天的编写，完成文稿近4万字，请广州教委主任吴紫彦校友复印，并由他主持开会讨论、研究。参加者为穗屏公司董事长温文、韩师校友刘兴孟（广州海外联谊会秘书长）、罗东升（华南师大中文系教授）、郑会为（华南师大高教研究室主任）、李家明（广州大学中文系副教授）等，与会者普遍认为，文稿材料翔实，事迹生动感人，不仅要编写小册子，还应该改写补充，撰写成文学传记。我坦言自己是写文稿的杂木料，不是富于文学修养的写作人才，请求在大学中文系任教的校友担当此事。会议决定，由广州海外联谊会和广州市教委作为编印单位，编写组3人：罗东升、李家明和我，罗东升任主编。

1992年暑假，罗东升、李家明莅潮，我们三人连续几天往返潮州、潮安、沙溪、汕头、潮阳等地。走访潮州市委书记、市长、副市长，外事侨务局局长、侨联主席、名城办主任，潮剧团，市、县教育局局长，沙溪镇村干部，中小学、幼儿园师生；汕头市委领导、政协主席、宣传文化部门负责人、汕头市政协港澳委员。再复印韩师一些档案资料，根据初稿和新采访材

---

① 1985年，陈伟南与广州畜牧总公司合作创办全国首家合资饲料企业——穗屏企业有限公司，并建立养鸡场，穗屏公司曾荣获"全国外商投资双优企业"等多项奖励。

料，分引言和四个部分编写，加上附录。四部分分别为：一往情深、两渡香江、三枚金牌、四句箴言。我主要负责配上照片并作说明。经过前述吴紫彦、温文等七人和陈伟南先生两次讨论修改，于1995年8月，由广东人民出版社出版发行。

1995年12月，中华英才书画报社和中国新闻社两家在国内外有影响的新闻单位，联合举办以"我的一天"为主题的世界华人征文活动，函请陈伟南先生赐稿应征。根据陈先生讲述1993年11月13日回故里参加宝山中学和沙溪水厂落成庆典的情景和感受的口述记录，我为之整理成《难忘的一天》文稿，呈送陈先生审改后应征获奖。

2000年，广州海外联谊会和广州教委基金会拟为《爱国实业家陈伟南》编续集。经研究决定以原书为基础，增添新内容，重新编写修订出版。当时李家明校友因病未能参与其事。罗教授莅潮商定，全书分为18题，我分工撰写6题，并为其他各题补充事例，为全书提供照片及加注说明。我撰写的6题、其他题的补充事例以及照片和说明快递至广州交罗教授统稿，我自然是第二作者。为方便出版，照原编著者按原书名加"（修订本）"字样，于2001年3月由广东人民出版社出版发行。

2006年，我还与潮州市志办黄继澍等编研人员协同韩师吴伟成部长合编《走近陈伟南》图文专栏，刊载在《潮州》杂志上；参与韩师和潮州海外联谊会联合主办的陈伟南人生价值观研讨会论文集和《懿德仁心》图文集的编印工作，宣扬陈先生的功业和"三爱"情怀。

2008年协同学院团委郑文锋书记，为陈伟南德勋陈列馆起草陈列纲目要点，包括文字说明与照片实物。经讨论定稿后我负责陈列馆展览板的校核工作，共同努力建好这个馆，展示陈先生的勋绩，弘扬伟南精神。2011年2月，遵院领导之嘱，我又为伟南亭题诗勒石纪念：

陈君伟南，采芹韩山。

励志兴业，香江扬帆。

情系母校，弼辅万般。

灿灿南星，遨游蓝天。

懿德仁风，垂范韩园。

建亭勒石，薪火永传。

2012年10月，潮汕三市社科联与韩山师院联合举办陈伟南精神研讨会。会前潮州市社科联把送来的电子文稿编印成册，发给与会人员。陈先生回港后细读文集，于2013年春节后电示："文集尚有不少错漏，不好意思请你和黄挺教授、潮州市志办黄继澍主任详加校核，并配上会议相关照片、题咏编成文集。"我当即表示："先生年届九五，还这么凝神认真审校几十万字的文集，我们要向您学习，认真校核，协助编好文集。"我们三人经过一段时间的校核，与启慧文化发展有限公司编印设计人员共同研究，排出《感恩与奉献》清样本，呈送陈先生审定。2013年9月28日，陈先生电示：文集要在韩师110周年校庆和宝山中学20周年校庆时分发，请编委终校后付梓。主编林伦伦院长约请各编委于9月30日开会落实终校工作。启慧文化发展有限公司陈利江君先于28日晚上送清样本给我终校。10月6日，收回清样本校稿，交电脑室订正。同时送来陈先生增选的《晨运名言录》19条，嘱我协助编校。遵嘱我把新增语录分别归入各条目排序，并加上增辑附记，与《感恩与奉献》文集同时发行。对此，我算是尽到助编和校对员的一份责任。

从1984年在韩园迎接陈伟南学长，到1992年学长垂爱邀我参与筹办宝山中学、充任校董会名誉会长，并参与《爱国实业家陈伟南》一书的编写工作，迄今已达30多个年头。我同伟南学长也从相识、相知到成为忘年交。频繁的会晤、文电的往来，韩园校友之情缘，特别是对学长的崇敬之热忱，使我同伟南学长的关系特别贴心亲切。多年来伴随伟南学长在沙溪故里、母校韩师、潮汕以至广州等地的活动，以及自己多方面调查采访的过程中，我较全面地了解了伟南学长奋斗成功业、无私多奉献的事迹，进一步感佩学长的懿德仁心和无私奉献的爱国主义精神，成为学长广襄善举的直接受教育者和宣传员。

对杰出校友陈复礼、林进华、陈其铨、何才林以及王亚夫、张望、陈远高、柳青等知名校友，方乃斌、关翰昭、翁辉东、詹安泰、翟肇庄等校长、名教师，我也撰写了专题文章，在报刊上发表宣扬。在与吴伟成合作编著的《韩师史略·韩山人物》中载录了更多校友的事迹。

访谈者：老林主，当人们夸奖您为韩师和潮州干了不少好事时，您总是谦称自己是个配角，只是充当一名联络员、宣传员、资料员而已，请您谈谈这方面的情况和体会。

林：我前面主要是按时间先后谈工作情况，其中诸多方面都与联络、宣传、收集与整理资料有关。谈到自己"配角"和"三员"的定位，则是根据自己的年龄、经历、身体健康状况而定的。我年刚届不惑而患危重的心肌梗死，经陈诗礼、沈观钦等名医抢救和组织的养护而获得第二次生命，要感恩报答。身体条件受到一定限制，随着年龄的增长，日益不符合干部"四化"的要求。第四次进韩园，年已过半百，汕头市委宣传部还任命我担任韩山师专委党办、校办主任。我十分感谢组织的厚爱信任，决心不辜负组织的信任，勉力履行办公室主任的职责，当好学校领导的助手、配角，主要是联络员、宣传员、资料员的角色，为办好母校韩师而竭诚尽力。特别是对诸位杰出校友，都是我协助党委和学校领导，最先当好联络员、资料员、宣传员，做好具体工作。列位杰出校友发扬"三爱"精神，作出杰出贡献，并都建立了荣勋陈列馆或学（艺）术馆，奕世留芳。我在职时兼任潮州市地方志编纂委员会委员，退休后参加潮州史志编修工作与潮州历史文化资料征集工作，同样是当好在职干部的配角，发挥"三员"作用，为潮州地方志事业的发展尽点绵薄之力。下面就综合概括地谈谈当"三员"的情况和体会。

关于联络员：

在职期间，我积极协助学校领导，做好上下左右内外的汇报、联络、沟通、协调等工作，为办好学校尽职尽力。同时，争取上级和地方政府对学校的支持；广泛联络海内外校友，努力做好校友工作，促进学校事业的发展。前面讲的解决保护文物与发展教育互相兼顾，建设韩祠与发展韩师之事，我都充当联络员、通讯员的角色。退休后仍充当联络员的角色，在加强与地方党政领导和有关部门的联络，以及与韩师校友的联系上，继续发挥余热微光。

1992年请潮州市郑名榜副市长补签1986年编制的《韩师建设发展用地规划》图。1992年暑假，韩师团委与潮州团委联合举办青年科技月活动，我受委托，请三环、名瑞、宏兴三家公司赞助支持这项活动。同年9月底我随蔡育兴校长、陈诚美副书记赴穗参加广州地区韩师校友会活动，潮州市政府林静观副秘书长嘱托我请省政府办公厅发公文，函告潮州市政府代管韩山师专（省政府于10月23日发文，汕头、潮州两市于1993年1月20日完成交接有关手续）。1993年韩师90周年校庆，韩师两位校长外出参加升格审定会议，迎宾缺人缺车。由我联络敦请潮州市、县领导支持，帮助韩师陪贵宾莅校。

2009年11月—2010年2月，当好韩师与潮州海外联谊会合办陈伟南人生价值观研讨会的联络员。在没有建立筹备机构的情况下，为抓紧时间筹备，潮州市政协副主席、海外联谊会会长沈启绵，要我联系外地专家学者和陈伟南先生的好友，邀请他们撰写论文参加陈伟南人生价值观研讨会。我请市志办陈子新主任支持，由潮州市地方志办公室发函，加署联系人林英仪。同时，由韩师陈三鹏副院长召集宣传、科研、团委、学生等部处负责人开会，发动师生为陈伟南人生价值观研讨会撰写论文。教师论文交科研处，学生论文交学生处，集中后交市志办。全部论文由我和市政协文史委原主任曾楚楠修改。市委统战部黄德发、蔡少贤、蔡建林等干部三校后，曾、林两人到印刷厂终校定稿付样。至2007年腊月二十八日认真完成编校任务付样。2008年2月18日（正月十二日），"一个高尚的人——陈伟南人生价值观研讨会"在潮州市党政会堂举行，由沈启绵策划，曾楚楠任主编，黄德发和我任副主编的《懿德仁心》（研讨会文集），与会者人手一册。研讨会内容丰富，气氛热烈，取得圆满成功。

参与潮州史志编修工作，同时充当联络员，恭请陈伟南先生赞助《潮州人物》和补编重印饶宗颐总纂《潮州志》的出版经费。先后奉函恭请饶宗颐教授赐题"潮州人物""潮州通览""潮州志""潮州三山志""潮州史志资料选编"等墨宝，多次致电向饶宗颐教授汇报请教，解决旧志整理编辑上的问题，还受饶教授嘱托从香港带回五叠《潮州志》丛稿。我还陪市志办黄继澍主任请韩师黄挺、庄义青、吴二持等专家参与和指导旧志整理编印工作。潮州市社科联举办"韩江论坛"，我提供外地部分潮籍专家学者的通讯处、电话，有的还协助联系，恭请他们莅潮主讲。

2008年年底，潮州市和韩山师范学院商定共建潮学研究院，拟在寒假期间举行挂牌仪式，陈伟南先生和饶宗颐教授都很高兴。2009年1月11日，陈伟南先生特嘱托我转告薛军力院长，建议挂牌仪式安排在汕头市政协会前之2月20日，届时他将到会祝贺。后因汕头市政协会期推迟，陈先生又电示我转告薛院长，挂牌仪式延至2月25日。挂牌仪式那天上午，我随陈先生同车赴韩师。途中陈先生询问祝贺要不要讲话，我说："潮学研究是饶教授首倡，您最先发动潮团支持才开展起来。您就讲潮州家乡和母校韩师联合开展潮学研究，力量强大，您和饶教授都很高兴，特来祝贺，并讲点鼓励、期望的话。"在仪式上，陈先生没有讲稿，即席讲话。他兴高采烈地说："潮州市和韩山师院共建潮学研究院，饶宗颐教授和我都十分高兴。挂牌仪式定在今天，是我请薛院长确定的，我一定要来祝贺。潮州是我的家乡，韩师是我的

潮学研究院成立暨揭牌仪式留念（韩山师院，2009年2月25日）

母校，市校合作，力量强大，事半功倍。希望大家齐心协力，共同推进潮学研究的发展提高！"肺腑之言，情深意切，言简意赅，鼓舞人心！我这个联络员，十分敬佩陈先生爱家乡、爱母校的深厚感情和推进潮学研究的热切期盼之情！

2009年10月和2013年8月，请卢瑞华老省长赐题"陈伟南星""光耀谱裔"匾和"陈伟南天文馆"匾，我亦充当联络员，请市政府驻广州办领导办妥此事。

对饶宗颐、林进华、陈复礼、陈其铨及夫人、何才林等杰出校友，以及内地的许多韩师校友，我仍然充当韩师联络员的角色。2003年韩师百年华诞，学院召我参加校庆工作。7月，吴伟成主任命我函请饶宗颐教授赐题墨宝"韩师史略"（书名）、"勤教力学，为人师表"（校训）、韩师百年华诞题词（饶宗颐教授赐题"发扬幽潜"）。"陈复礼摄影艺术馆""陈其铨书道馆""伟南国际会议中心"的题匾，则由吴主任量定匾额及每个字的大小尺度，附图标明，于8月8日晚上由我陪学院黎羡君副书记到潮州迎宾馆，请时来潮州的陈伟南先生带往香港，恭请饶宗颐教授赐题中心和两馆匾额。8月15日，杨炳生、王晶、林瑞高、吴伟成等领导，访泰后经香港时敬接回学院上匾。

2011年7月11日，杰出校友林进华先生来电询问学校发展情况，我如实向他介绍，并通报母校发展需求。几次通话后，他主动表示捐资1 000万港元建校友楼。12月17日，我陪陈庆联书记、林伦伦院长、杨旸主任等赴港接受林进华先生签字汇款，以至邀请进华先生亲属参加奠基仪式，我都充当联络员。

我还充当学校解决名老教师、老领导病疾、终老问题的联络员、通讯员，维护韩师尊老明礼的好传统。著名生物教师翟肇庄，因师专"下马"调至潮州劳大，劳大"散伙"后由市民政局发工资，没有归属单位。1985

赴港接受林进华先生签字捐款（2011年12月17日）

年翟老师人事关系归回韩师后，一直是办公室廖略代领工资送上门。二十几年间，我和廖略每年春节都登门拜年，平时也经常前往她家探望，及时关心、解决实际问题。2005年春节后翟老师不能到医院体检治疗，我告知学校卫生室后，请名医到她家诊治。11月，翟老师因疱疹感染卧床，两大褥疮深度溃烂，神志混乱，亲属已在准备后事，学院却无人过问。我获悉后前往探望，并电请院领导组织有关处室负责人上门慰问、解决医疗及护理补助，加上其医师甥儿积极治疗，翟老师终于转危为安。从2006年翟老师百岁寿诞，至2011年，学院领导、办公室、人事处、工会、校友办和生物系师生代表，每年翟老师生日都登门拜寿。2012年7月翟老师病重住院，9月1日在家中仙逝，其亲属也是同时向我和学院报丧。我协助学院领导，为翟老师举行庄重的悼念仪式。这之前的2005年5月，曾于1958—1963年任韩山师专校长，"文革"后任广东省文化厅厅长、省人大华侨委主任李雪光同志（副省级离休干部）逝世。李雪光同志治丧委员会发讣告至韩师，差点被认为与学院无关。我获悉后即电告院办，一定要以学院名义致唁电，敬送花圈、楮仪，并向其家属表示慰问，避免有失礼节。同时建议，对曾任中师、师专校级领导逝世，有关单位发来讣告者，学院都应送花圈或致唁电。

关于宣传员：

第四次进韩园前，我充任潮州市总工会宣教部部长，算是工会系统的一名宣传员。调为韩师中层党政管理人员时，也参与一些宣传工作，退休后才较多地充当宣传员。宣传生我养我之潮州乡梓，感恩粉榆培养之德泽；宣传春风化雨之母校韩师，感恩振铎教泽之流徽，使我进步成长，从教习文为乡邦奉献绵薄之力。

1987年元宵佳节，潮州市举行荣获国家历史文化名城庆祝活动，我到市政府联系韩师与之配合事宜。郑名榜副市长希望韩师配合，营造喜庆氛围。遵嘱，我们在校门悬挂"吉瀛逢盛世，书院沐春晖"的红对联，校园内树彩旗，南北坡高楼悬挂大标语、彩灯，与东门楼的张灯结彩相辉映，甚为美丽壮观。当时，市政府办公室陈钦智主任正在审定街亭对联，对"潮郡古称海滨邹鲁；凤城今誉南国明珠"甚感兴趣，我也随意说起陈尧佐赞潮郡为"海滨邹鲁"之诗句。陈钦智主任即布置作业，要我撰写题为"海滨邹鲁是潮阳"之文章。于是，我查阅文史资料，撰写文章《海滨邹鲁是潮阳——简述古代潮州教育发展概况》，发表于1987年6月《潮州文史资料》第六辑。

退休后，我在潮州市志办上半班18年，充当在职干部的配角和帮工，查阅整理重印潮州旧志，补编重刊饶宗颐总纂的（民国）《潮州志》，[①]以及征集潮州历史文化资料等工作。陈伟南先生热心赞助，饶宗颐教授悉心指导，黄继澍等市志办一班人勤勉工作，曾楚楠、蔡启明、黄挺、张志尧、李来涛、吴二持、庄义青，邢锡铭、吴榕青、陈贤武等文史专家和热心人士精心编校，潮州市志办整理重印潮州旧志工作取得显著成绩。2000—2005年这6年间，潮州市志办整理编印的潮州旧志占全省史志部门1985—2004年20年间重印旧志总数的三分之一，被省志办领导称赞为"走在全省前列，全国也很少见"。其中（民国）《潮州志》的补编重刊是一项具代表性的重大文化工程。

2004年3月，陈伟南先生莅潮时慷慨赞助出版经费15万元，4月份即汇来赞助款，用于选购利于永久保存的印书优质纸张，市志办即组织人力，启动补编重刊《潮州志》的一系列工作。

7月31日，潮州市地方志办公室编辑人员赴港参加饶宗颐学术馆的有关活动，拜会饶教授并请赐教编辑出版的有关问题。当晚，我们参加"饶宗颐学术馆之友"成立典礼暨饶宗颐教授米寿之庆。香港特别行政区民政事务局

① 补编重刊的《潮州志》按1949年已刊版式编为10册，4 400页，230多万字，合为《古瀛志乘丛编》。补编卷首一册，编入四篇序文等材料，另将原刊行的20分册按原版式扫描重印，编为第一至第六分册。第一册为沿革志、疆域志、大事记；第二册为地质志、气候志、水文志、物产志三·药用植物、物产志四·矿物、交通志；第三册为实业志一至四、六、七，即农业、林业、渔业、矿业、商业、金融等专志；第四册为兵防志、户口志、教育志；第五册为职官志；第六册为艺文志、丛谈志。新补编五个志稿为第七、八册，第七册为民族志、山川志、实业志五·工业；第八册为风俗志、戏剧音乐志。补编志末一册，编入潮州修志馆文书资料和后记等。

局长何志平，香港八所大学校长，香港潮属各主要社团负责人，香港文化学术界人士，文化部副部长、故宫博物院院长郑欣淼，广东省文化厅负责人，林木声、江泓、骆文智等潮汕三市主要负责人应邀出席。典礼由陈伟南先生主礼，郑欣淼副部长、香港大学副校长李焯芬、香港中文大学原校长金耀基、香港SML集团公司董事长孙少文等分别致辞或讲话。席间，饶教授见到市志办编辑人员，即热情握手、高兴地说："你们来了，候另定时间座谈。"

8月3日，我们到饶教授寓所拜会饶老。饶老见到来自故乡的乡晚后学，一一握手，热情欢迎。市志办主任黄继澍呈上刚从档案馆中复印的58年前饶老撰写的《潮州志述例略》《潮州志总目》《民族志（稿）》，广东省第五区行政督察专员公署专员郑绍玄授予潮州修志委员会副主任兼总纂的聘函，以及饶老当年领取交通补助费的签署单复印件，交给饶老作纪念。饶老欣然接受，边翻阅边交谈："想不到几十年前来不及编印的文稿，给你们找到了，实在难得！"即伸手与黄继澍等亲切握手道谢。

黄继澍汇报阅读饶老《民族志》《工业志》等文稿的感悟，钦仰饶老而立之年即能为修志创新例，编进新内容，而且旧志所无的《实业志》分目的设置与排列，跟现行产业分类完全吻合，方志界后学非常佩服！饶老兴致勃勃地说："别看我样子很沉静，但干起来却很有勇气和魄力，做学问，搞研究，要有缒幽凿险的勇气和抓大题材的魄力。"他拿起以前研究撰著最近才出版的《汉字树》说："这本著作，日文译本书名改为《中国文明与汉字的起源》，就是大题材。"饶老还接过我们带去的当年纂修人员在修志馆前合影的老照片，逐个认定各位纂修故人，并一一介绍各人分工职责，对修志故人充满怀念之情。饶老回忆说："当年修志经费不济，困难很大，专职纂修人员有的要到学校兼课。大家备尝艰辛，同舟共济，终于编成《潮州志》。"接着，我们把补编重刊《潮州志》方案、翻印本与增编本样书，呈放在饶老面前的长方桌上。饶老审定时，深思睿敏，谈锋甚健，时而具体指点，时而明确肯定，谈到高兴时频频与市志办编辑人员一一握手。最后，饶老审定有关问题，欣然签署委托书，嘱托市志办承办重刊《潮州志》的有关事宜。在近两个钟头的拜会中，饶老的指点、赞许、嘱托，使市志办编辑人员深受教育鼓舞。

我参与方志编修的全过程，情况比较熟悉，受报刊约稿，撰写通讯报道或专题文章，宣传报道史志编修特别是旧志整理重刊工作的成绩。十几年间，我在《潮州日报》和《潮州》等报刊发表上述内容的文章20多篇，彰扬编辑们敬业勤干、协力共为、潜心编校的可贵劳绩和精神，叙述举例予以称赞者达35人、45人次。宣传员要避免张扬自己，对于我经办的事，我称之为我们或编辑人员所干的。1997年饶宗颐教授蒙友人从国家图书馆影印珍贵孤本——清康熙《潮州府志》，即为之惊喜累日快睹。"甚望有人为加标点，重新排印，供州人讽诵。"1999年10月，饶宗颐教授在韩师举行的第三届潮学国际研讨会开幕式的讲话中又说："康熙《潮州府志》找回来后，还摆放在我的学术馆里，我只望有人把它标点出来。"

遵照饶宗颐教授的嘱托，曾楚楠主任找市志办黄继澍主任等人商定，采用整理修补和扫描缩印的方法重印康熙《潮州府志》。1999年12月，由我电禀饶宗颐教授：因时间、水平、经费等方面的原因，难以及时加标点编印，拟整理修补后扫描缩印出版。饶宗颐教授即首肯这种做法。此后至2000年5月我又相继打了五次电话，向教授汇报进度，请教授释疑，审定史事、辞章。在通讯报道中，我都表述为我们和饶宗颐教授通了六次电话。康熙《潮州府志》艺文卷之十六第89页复印件只有前半版，末行诗题："梁霖海招同方邵村诸公登凤凰台"，缺后半版，没有作者及诗文内容。编辑人员翻遍清代潮州府志、海阳县志和《古瀛诗苑》《潮州诗萃》，皆一无所获，电询宁、穗图书馆，皆缺康熙《潮州府志》，潮汕各诗家也未见过此诗。最后，我在校核新编目录时发现，此诗题之前9首诗，作者都是陈衍虞。陈公是康熙《潮州府志》的主要纂修者，可能"谦光自抑"而排己殿后。于是我径往潮州市博物馆，找到陈衍虞《莲山诗集》，查阅到卷十四第一页后半版，终于喜出望外见到诗题为："梁霖海招同方邵村、郑百厓、曾文垣、林维象、廖瓒侯游凤凰台，分得光字四首。"旋即电禀饶宗颐教授核定。饶宗颐教授高兴地给予肯定。他说："梁霖海就是梁应龙，方邵村是外地莅潮官员。清初康熙年间，潮州文事甚盛，常有官员、乡贤同游唱和之吟咏约会，此诗正是当年潮州文坛活跃的反映。"曾楚楠先生撰写"后记"叙述补缺诗之事云："然至足幸者，经林英仪先生查市博物馆所藏乡先哲陈园公衍虞莲山诗集之道光刻本……"我请他删去我的名字，表明干事不张扬的态度。

我还乐于参加潮州市的宣传文化活动。2004年潮州市举行首届文化旅游节，市文联受市领导委托，召开座谈会，征集首届文化节主题词，我应邀赴会。会前与老伴议论，认为文化节有旅游、潮剧、音乐欣赏、品尝潮州美食等活动，还有研讨会，内容丰富，情景交融。我俩共同议定"岭海名邦揽胜，韩风潮韵怡情"的主题词。这主题词被选定后，在电台、报纸、街坊和文化场所广泛传扬。

作为韩师的业余通讯员，从1986年12月发表《韩山书院沿革述略》，载《岳麓书院通讯》（1986年第2期）纪念岳麓书院创建1010周年专刊；到1993年初，撰写《韩山长青　桃李芬芳》（刊载于《师范群英光耀中华》第十七卷下册，陕西人民出版社，1994年8月）；再到2009年庆祝国庆60周年撰写《新中国韩师的跨越式发展》刊载于《潮州文史资料》（2009年12月），前后20多年间，在《韩山师专（院）》《潮州》《潮州日报》《潮州文史资料》，以及广东、湖南、陕西等省、市的报刊和文集上，我发表了20多篇通讯报道或专题文章，对韩师的悠久历史、光荣传统、办学特色和丰硕成果，以及跨越式发展新貌，予以广泛宣传。1999年庆祝新中国成立50周年，我还与吴伟成合作编写《广东之最》专题片《广东历史最长的师范学校》脚本文稿，在广东电视荧屏上宣传韩师。

关于资料员：

在职期间，与吴伟成副主任等办公室干部共同起草了一大批公文、条例、规章制度、报告或专题文章，为学校、科室、教师评报先进事迹撰写资料，先后三次起草了韩山师专升格为韩山师院的申请报告，起草《兴建伟南楼记》《兴建进华楼记》。退休后，继续为学校起草一些资料、信函，起草《兴建才林楼记》《韩风亭记》。

资料员要调查掌握现实情况，还要汇集积累历史资料。20世纪80年代中期，我出差赴穗，利用空隙时间，到广东省立中山图书馆查阅历代《广东通志》及《广东书院制度沿革》等史志书刊，连续积累校史材料。

出自同行的友好关系，亦为弘扬其显祖崇文重教之德泽，陆丰县教育局叶副局长（原姓佘）来函，并附其祖上佘圣言《韩山书院学约》寄给我，要我查清佘圣言登第与在韩山书院掌教时间。我查阅《潮州府志》后回信说明，并对他为韩师提供宝贵的校史资料表示感谢。这份学约成为校史最难得的珍贵资料。

1992年，国家教委组织编辑出版国家"八五"重点图书"师范群英　光耀中华"系列，每省高师、中师各一册，省高教局通知我校单位和校友各撰报一篇。后来省史志办拟编印《广东之最》专集，省志办通知潮州市志办、省高教局通知韩师送稿。省志办和南方电视台，还要拍摄"广东之最"专题片，韩师也名列其中（韩师曾称广东省立第二师范学校，为什么说是广东省最早创办的师范学校，必须加以说明）。其时我已退休在潮州市志办上班。蔡育兴校长召我赴省高教局参加会议，我接受了任务，参与其事。

1992年12月，我随蔡育兴校长赴穗参加《师范群英 光耀中华》广东高师卷的编写工作会议，要求翌年4月上交文稿。会后走访查证省立二师怎么是广东开办最早的师范学校。广州市教委和广州市志办都肯定，在广州的省立一师、女师创办都迟于1903年。广东省立中山图书馆、广州市图书馆、中大和暨大图书馆都查不到二师是广东最早创办的师范学校的史料依据。到广东省档案馆查，虽查不到最早创办的师范学校是韩师的依据，却得到意外的收获，在该馆工作的华南师大学棣林忠佳惠赠《广东青年运动史资料》8册，还复印共青团汕头地委1925年11月30日给团中央的报告原始函件相赠。这份函件，记载吸收韩师学生陈府洲等5人入团，成立团支部（是潮汕地区最早建立团支部的学校）。这份珍贵的复印件，在1993年新建成的校史馆陈列。

最后才在华南师大图书馆找到《第一次中国教育年鉴》记载："广东师范学校，民国纪元前即已成立，如惠潮嘉师范学堂创立于纪元前九年。"[开明书店，民国23年（1934）5月，第333页]。广东师范学校序号于民国十年（1921）排定，在省城的广州师范排第一，最早创办的惠潮嘉师范学堂就排第二。开明书店出版的第一部中国教育年鉴的记录，就是史料依据。

归潮后，我撰写了《韩山长青 桃李芬芳》《陈伟南——伟业昌文教，南州重德徽》两篇文章上报省高教局，后刊载于《师范群英 光耀中华》第十七卷下册（陕西人民出版社，1994年），当时没有稿费，出版社以作者名义寄10本书给韩山师专图书馆。

从在职到蒙受陈伟南学长厚爱连任宝山中学校董会名誉会长的三十多年间，我认真当好伟南学长乐襄善举的记录员、统计员和资料员。参与编写《爱国实业家陈伟南》，1994年定稿时统计伟南学长的捐资记录为4 000多万元。1999年，广州市政协请陈先生告知其捐资金额，陈先生请广州政协联系我给予统计，我综合统计后电传陈先生审定：1984年10月至1999年11月期间捐资记录总计8 293万元。打印6份，其中一份奉寄广州市政协，一份奉报陈先生，一份拟作我们编写的《爱国实业家陈伟南》（修订本）的附录。陈先生不愿意彰扬，没有公开，只送给潮州市、潮安县侨办各一份。我和高级建筑师陈勤忠各留一份。至2008年2月，陈先生90寿诞时统计的捐资记录为1.2亿多元。同时注意记录陈先生主动乐襄善举的懿德仁风、爱国情怀的精辟言论，及时加以宣传报道。如他所说："我本事不大，但每年都要为祖国和家乡建设出点力。""事业有成，又能为乡邦建设出力，就是人生最大的享受和乐趣。"2000年，他把自己概括的座右铭"事业成功在于努力，人生价值在于奉献"告诉我，我们在《爱国实业家陈伟南》的修订本中，即引述这一座右铭。并在为潮州市领导起草《陈伟南的文化情结》首发式的讲话稿中，敬颂陈先生的懿德仁心、煌煌功业和精辟言论，已达到"三不朽"的崇高境界。我还根据陈先生的口述和嘱咐，为他整理成《难忘的一天》的稿件，参加《中华英才》杂志社和中国新闻社的征文比赛获奖。香港回归前夕，又根据陈先生的口述，整理成《香港回归感言》，经陈先生审定签发，载于《潮州》杂志1997年第2期。

韩师在凤凰革命纪念公园内建纪念亭之事，我也充当联络员与资料员。2001年，潮州市"两纵"老战士联谊会和凤凰革命纪念公园筹委会干部，曾到韩山师院，请学院在纪念公园内赞助建设纪念亭，纪念韩师学生上凤凰山参加革命的历史功绩，并作为学院的爱国主义教育基地。2002年初，韩师主要领导变动，此事尚未落实。2002年9月初，"两纵"抗日战士、韩师校友文杰民同志到市志办找我，要我帮忙联系解决此事。我建议由"两纵"老战士联谊会和凤凰革命纪念公园筹委会向韩师致公函，简述建公园的缘起、建园进展情况，以及韩师学生参加革命的功绩、赞助建纪念亭的意义和具体要求，然后带公函上门联系解决问题。文杰民要我代为起草公函，我与之商议后为之草拟了《关于在凤凰革命纪念公园认建韩师纪念亭的建议》，由发文单位领导审定。9月11日，我陪文杰民同志到韩师，找杨炳生书记和薛军力院长落实此事。学院决定赞助10万元，在凤凰革命纪念公园内建韩风亭，由我起草碑记、亭联。经院领导审定后于2003年1月立碑（亭匾、亭联未刻）。适原闽粤赣边四支队政治部主任、省顾委吴健民莅园巡视，党史研究部门有同志认为以韩风亭命名难以反映其革命内涵，提出要更名为忠烈亭。吴健民同志建议向韩师转达，可否命名为忠烈亭。文杰民同志向我转达上述意见后，我向潮州文史专家曾楚楠讨教，认识一致，碑记记述的革命功绩和精神当得以传扬，亭名、碑记都不必修改，原亭联"韩山毓秀育英杰，凤水涛声壮国魂"改为"韩江劲旅留勋业，凤岭雄风壮国魂"。晚上，我到迎宾馆拜访吴健民同志，向他汇报我们的意见。他听取意见后请市"两纵"副会长谢和钦开个小会，交换统一意见：韩风亭名和已刻碑记不改，只改亭联。

2003年1月，韩凤亭建成于凤凰革命纪念公园烈士碑旁，也成为韩山师院爱国主义教育基地。

在潮州市志办上半天班参与史志编修工作的18年间，我仍乐于充当配角，文秘勤杂都愿当。1995年5月，潮州市成立历史文化资料征集小组，由市政协副主席詹友生任组长，市志办主任廖来保、市文化局副局长石应瑞任副组长；下设办公室，黄继澍任主任，我作为征集办顾问，乐于做实际工作，为征集小组起草征集公告和向海内外潮籍专家学者发征集函，经领导修改审定后公开张贴、登报和邮寄。当时我刚退休不久，在老年人中还算"年轻"，还能骑单车到有关单位或专家学者家中，征集有关潮州历史文化资料。上门征集或请其亲送市志办的，争取三份。外地潮团和潮籍专家学者，除奉函征集外还专致电联系。经多方征集，取得良好成绩，市志办共征集到各种旧志、史书、潮人论著和其他历史文化资料6 000多册，转送谢慧如图书馆200多册，转送潮汕历史文化研究中心1 000多册。在参与潮州史志编修工作中，我协助主编编辑《名人与潮州》《潮州市馆藏地方文献书目》《雍正广东通志潮事选》《古今图书集成·潮州府部汇考》多部史志书，起草编辑说明或编后勘校说明。整理重刊潮州旧志和饶宗颐总纂的《潮州志》，请陈伟南先生赞助，向饶宗颐教授汇报、请教的文电往来，也都全由我经办，并为省领导起草《潮州市志》和补编重刊《潮州志》的序言。还先后为十多位潮州市领导起草宣传文化、史志编修、老年人体育等方面的会议讲话稿和书序，参与金石中学编印《爱国爱乡·善心善举林进华先生》画册，代拟《广东省第二届粤东华侨博览会侨资侨捐展前言》等。在全省首届新方志编修工作会议上的总结表彰中，潮州的廖来保、黄继澍、蔡启明、曾秋潼、陈丽娜、陈科庭、张乐松、陈肯堂、陈惠琼和我分别获得颁授参加广东省新方志编修工作15周年以上的纪念匾。

我在参与整理重刊潮州旧志工作中，对韩师编写校史也有帮助。我为韩师找到珍贵的校史资料：雍正十二年（1734）韩山书院图、韩山书院1902—1903年生员邹鲁的事迹（撰写《"海滨邹鲁"育邹鲁》，登载于《潮州日报》；撰写《邹鲁追随孙中山革命事略》，送中山大学邹鲁纪念室），省立惠潮嘉师范学校学监、代理校长翁辉东治校与文史研究著述等方面的资料，增辑清代韩山书院的山长主讲、生员事略等。市志办主任黄继澍、编研科科长吴淑贤等韩师校友则参与《韩师史略》的校核、封面设计等工作。

我参加潮州史志编修和旧志整理等工作，乐当联络员、宣传员、资料员的角色。市志办众同仁则对我多方关照、支持。最大的支持是互相尊重，融洽协作，让我融入比自己年轻十几岁到三四十岁的青壮年群体中。他们年富力强、风华正茂的精神风貌感染着我这个退休老叟，我也随之精神奋发，保持良好的思想状态。通力协作取得良好的工作成果，又可怡乐身心，延年益寿。还得到"银色工程"之惠顾，应聘参加专业技术工作的离退休人员可报评晋升专业技术职称资格。市志办黄继澍、陈子新两届主任暨众同仁，都肯定我对史志编修和旧志整理工作发挥较大作用，积极支持帮助我报评历史学研究员资格。吴淑贤、曾晓环两位科长帮助累集我的著作、论文及相关成果的鉴定、证明资料，电脑室人员为我打印《任职以来专业技术工作报告》《（正高）级专业技术资格申报人基本情况及评审登记表》等十多份资料、报表。经潮州市志办评议公示，报市人事局审定后上报广东省社会科学院人事处，获得广东省社会科学研究员副研究员评审委员会评审通过，省人事厅批准，不才古稀老翁晋升为历史学研究员。

访谈者：林老师，前面您多次谈到与吴伟成主任①融洽共事，请谈谈你俩愉快共事的情况和体会。

林：1983年9月，我调回韩师后开始与吴伟成相识。翌年2月，我奉调到校党办、校办工作，与伟成同室共事五年多时间。退休后，我多次奉召回校在吴伟成麾下作帮工，直至2008年，前后共二十几年。尽管我俩年龄差距17岁，性格也有差异，但仍然在合作共事中从相识、相知到心有灵犀，在为韩师事业发展的共同奋斗中，成为莫逆之交。

我俩同在党办、校办工作时，两办合署编制7人，我和陈恩南副主任还继续兼抓干部专修科工作一学期。吴伟成于1978年军转后进韩师，他原在部队从事政工文书工作，进韩师后，在数学系当了一学期政治秘书后被任命为校党委秘书，对高校党建行政文秘工作比我熟悉。另两位干部和一位职工，分别是收发、打字和工勤员，还有一位资料员，被省高教局借用。我主持党办、校办全面工作，主管党建和上下内外联络事宜，恩南侧重行政事务

① 吴伟成，广东省潮州市人，1948年出生。1968年高中毕业后参加中国人民解放军。1979年转业到韩山师专工作。曾任韩山师专党校办副主任，韩山师范学院党委宣传部部长、统战部部长，党委办主任。

管理，伟成负责文秘工作。那几年，学校既要抓好正常的教育教学工作，还要处理与韩祠建设上的关系、为升格创造条件与制订发展规划等问题，我外出到潮州、汕头、广州等地的时间较多，党办、校办大量工作，好多时候是伟成独当一面，大事、细事都担当办妥。我赞赏伟成政治方向坚定，慎思明辨，办事缜密细致，文笔朴实通畅，虚心向他学习；他尊重我年长，对工作认真负责，主动担当，对我甚为关心、体贴。

1985年10月首次举行复办师专后的大型校庆活动，筹备工作特别忙。直至19日晚开干部会汇报后，莅校各级领导和各地校友人数身份才基本清楚。20日上午庆典大会和接待工作还须逐项落实。汇报会结束后，陈作诚副校长找我和伟成同到办公室，再仔细研究落实庆典大会的细节。首先编排好大会主席团名单，接着修改编排好庆典仪式程序，最后才细化陈副校长的主持词。三人共议，伟成执笔，时过午夜，因连日来繁忙熬夜较多，伟成有时已瞌睡停笔。凌晨二时许，我和伟成请陈副校长回去休息，我俩继续干。但伟成更体贴我，知道我当时还是潮州市心血管病研究所跟踪治疗对象，不准我通宵做伴，硬是要我回宿舍休息以免累垮。他自己独自干到天明完成任务。

我们之间互相尊重，配合默契，愉快合作。1984—1985年，办公室在缺资料员的情况下，学校的文书工作如公文、报告、规章制度、发展规划等，主要由吴伟成起草，我也撰写部分文稿。伟成写的我为其核稿，我起草的也请伟成修改，保证学校文书工作的质量。1984年年初，省委组织部决定召开干部培训会议，要求开办干部专修科的高校汇报办学情况，汕头市委组织部要求韩师上报办学情况报告。由我起草《加强教育管理，办好宣教干部班》的汇报资料，经吴伟成修改、蔡育兴校长审阅签发上报。当年4月省委组织部在中山县召开全省干部培训会议，韩师作为七个大会发言代表之唯一专科学校受到表扬肯定（这篇汇报发言稿，后来补充第二届学员入学后的情况，充实材料撰写成专题文稿《加强教育管理，提高教学质量》，刊载于《广东组工通讯》1985年第51期）。1986年8月，向王屏山副省长，汕头、潮州两级市委市政府报送的《关于处理好保护文物与基本建设的关系及韩师发展规划的意见》也是由我起草、伟成修改，蔡校长审定签发。

学校党政的文件和其他公文，主要还是伟成撰写，我按例行程序核稿，校领导审定签发。1984年2月，学校换届调整机构设置后，即组织中层干部学习上海交通大学管理改革的经验，决定建立健全岗位责任制。经过学习讨论，上下结合，由伟成认真细致综合归纳整理成《韩山师专各科室职责范围的规定（暂行）》，经党委会审议通过，由我核稿，5月4日，这份文件由蔡校长审定颁行。此事，受到汕头市委直属党委和省高教局的肯定表扬。1986年潮州市政府和韩山师专关于保护建设韩祠与发展韩师的协议的两份重要文件，都由伟成起草，分别请潮州郑名榜副市长和韩师蔡校长审定签署，上报省人民政府和王屏山副省长。

对一些应由科室系起草、校办核改后由校领导审定签署的上报资料，有时为了赶时间上报，也由办公室根据事实整理资料，如膳食科被评为省高校系统先进单位的资料由吴伟成整理成稿；罗英风报评全国高教系统优秀教学成果奖的资料由我整理，并都由蔡校长审核签署上报（当时广东省几十所高校获得此项奖励的只有19人，其中就有我们韩山师专的罗英风教授）。

1989年5月，伟成调离办公室任校人事处处长后，办公室起草的一些文件，我仍继续请他修改，如1989年12月上报的《关于韩山师专发展规划的意见》等。1995年韩师升格为师院组建新班子及配备中层机构时，大多数中层干部提升一级，叶××，58岁，超过党政正处级提职年龄规定还争取升上正处要职，个别人三年内升了三级，而受到历届师专领导班子赏识、公认为出色文秘人才的吴伟成却遭冷落，保级安排为党委宣传部（统战部）副部长。汤院长履任后经过一年多时间的考察，才注意发挥吴伟成的作用。1996年12月，学院召开首届教职工代表暨工会会员代表大会，事前就请还是宣传部副部长的吴伟成担任筹委办主任，并执笔撰写院长工作报告，接着又为学院拟定申报学士学位授予单位的公文及具体方案。

1998年3月，吴伟成当选为中共韩山师院委员会委员至2008年退休，先后连任党委委员，担任党委办主任或宣传部部长，学院党政的重要工作报告、工作条例、上报下发公文，如《韩山师范学院授予学士学位工作细则》、迎接本科教学水平评估方案和报告，以至2007年接受教育部本科教学水平评估的报告等重要文件，都出自吴伟成之手。2004年年初，惊悉杰出校友陈其铨不幸逝世后，由我起草，也是经伟成修改的《翰宝传风神——悼念韩师校友、著名书法家陈其铨先生》，由薛军力院长签署奉寄台湾。学校综合档案室所藏1980—2008年的文书档案，吴伟成留下的笔迹最多。吴伟成堪称从师专到师院最出色的文秘能手，善文勤政的优秀管理人才。

我两还有共同的特点，就是主动争多干事，从不计论名位。1984年至

1989年，"七一"评先创优和年度评先进，两人都互相谦让，把办公室先进名额评给室里工作人员。过后职工廖略曾说：林英仪获得过三次先进称号，以后则十多个年头没评上；吴伟成当上学院党委委员、党办主任和宣传部部长十多年间，也很少接受先进称号。可以毫不夸张地说，吴伟成是韩师中层干部贡献最大、荣誉称号最少的无名英雄。

访谈者：林老师，2002年12月，学院筹备韩师百年华诞活动时，请问您参与了哪些工作？

林：2002年学院成立韩师百年华诞筹备办公室，召我与学院督导组成员一样上半班，主要参与编校校史出版充实校史馆，伟南国际会议中心、陈复礼摄影艺术馆、陈其铨书道馆等项目的筹建，以及各地校友的联络工作。首先谈我和吴伟成合编《韩师史略》的编辑出版工作，此事在该书的后记已作了说明。韩师存史，首先要感谢前辈著名教育家李芳柏校长，1932年，他主持编印《二师一览》，为我们编写《韩师史略》提供了极其宝贵的历史资料。1959年编写的《韩师十年校史稿》，主要记述1949—1958年韩师发展概况。郑传威科长和蔡谦合编的《韩师简史》，发表于《韩山师专学报》1985年第1期。这些都是韩师整理校史的良好开端。

1984—1985年，同是潮人纪念韩愈而建的韩祠和韩师发生矛盾，潮州有些人提出韩师要服从韩祠，认为韩师只是从清初桥东建昌黎书院（韩山书院）后才名实相符。为了弄清祠院（校）的关系，我和办公室的同仁开始查阅韩文公祠、韩山书院（校）的有关历史资料。刚分配到办公室和政史系的沈启霖、丁应通，我也请他们查摘韩师档案资料。我根据史志书和校档案室查到的历史资料，撰写《韩山书院沿革述略》《韩山书院与城南书院》《韩山书院始建年代考》等文章，发表于《潮州文史资料》《潮州史志资料》等刊物。当时，我和吴伟成还为学校起草致省委林若书记的信，叙述中国古代庙学、祠学结合的教育规制，申明宋代建于城南的韩文公祠和韩山书院祠院结合，清代城东建昌黎（韩山）书院后，"韩祠为展谒释奠之地，书院则讲学课文之所，相须有成不可阙也"。民国时期至新中国成立初期（1960年前）文教统管，一直是韩师管理韩祠。文教分管后，同是潮人纪念韩愈而建的韩祠与韩师的关系不能是"韩师必须服从韩祠"，建议按"保护韩祠与发展韩师要全面兼顾"的原则处理好祠校关系。此信经林若书记、吴南生主席批示，由王屏山副省长莅潮开会，并委托汕头陈厚实副书记、潮州郑名榜副市长协调，按"保护文物与发展教育要全面兼顾"的原则妥善解决"建设韩祠与发展韩师"的问题。

1998年7月学院筹备建校95周年校庆，召我参加宣传校史组。根据我和办公室积累的历史资料，我草拟编写提纲，征求组长陈三鹏副院长和副组长吴伟成部长认可后，拟在暑假期间完成初稿。为了让我集中精力撰编校史稿，老妻带两个幼儿园休假的孙儿赴穗度假，免得我协助理家与带孙儿影响编校史稿。后因亚洲金融危机影响，旅泰等外地韩师校友未能组团莅校，校庆活动规模压缩，中止校史稿之撰编。

2003年学院筹备建校百年华诞，薛军力院长召我作为吴伟成领导的校庆筹备办公室成员，参与续编校史稿等工作。经院领导同意，没有重新成立编写组，由吴伟成和我合编校史稿。我们修改五年前编写的提纲，删去原定第九章"韩师办学的历史经验"，把大事记作为第九章再加上附录（因二十世纪五六十年代政治运动的负面影响、1988年至1992年和1993至1995年两次校领导班子换届前后的一些问题，按"假话全不说，真话不全说"的原则，很难总结经验教训而不写"百年办学的历史经验"一章）。于是我在林励吾、卢裕钊、吴斌、吴海燕等的协助下，对五年前的未成稿进行整理和续写。完成初稿后由吴伟成修改补充定稿，呈薛军力院长审核杀青。定名《韩师史略》，落款两名合编者，请饶宗颐教授赐题书名，潮州市志办校友黄继澍校核，吴淑贤设计封面，由汕头大学出版社出版发行，成为第一部公开出版的韩师校史。

这本《韩师史略》是历届校办众同仁多年搜集积累资料、通力合作编成的。吴伟成是编写《韩师史略》的直接领导者，并全面修改定稿，按惯例应是第一作者。我送印刷厂之书稿，编著者吴伟成排前。他却自行到印刷厂，硬是把我排在前面。这又体现吴伟成多干事、不计较名位的谦恭精神。

《韩师史略》首次把几个"之最"历史定位和亮点载入校史。《二师一览》在"本校史略"中载"本校原为韩山书院，民国纪元前九年始改为惠潮嘉师范学堂"，未提及在全国、在广东的排序。20世纪90年代，校办公室要为《师范精英　光耀中华》和《广东之最》两书撰稿，经多方查证比较，并从《中国第一次教育年鉴》（1934）、《共青团汕头地委给团中央的报告》（1925.11.30）、《广东全省中等教育报告汇刊》（1930）、《中共潮安党史》（1993）等书刊找到历史依据。上述历史依据和被新校史馆摘录展出的《潮州韩山书院学约》，都是校办公室人员于1990—1993年经过多方查证才获得的极其宝贵的历史资料。于是确定韩师是全国第一批、广东第一所最早、历史最长的师范学校；1925年11月30日韩师建立共青团支部，1948年8月建立新民主主义青年团支部，都是粤东地区最早建立团组织的学校。

《韩师史略》篇章脉络清晰，内容简明，文字差错率低，基本能反映韩师发展历史的梗概。但属粗线条、太简单、有缺漏，是难登大雅之堂的拙作，也未被"韩师第一部正式出版的校史"[①]附录列入韩山师范学院正式出版著作一览表。所幸者，韩师几个"之最"的历史定位和亮点还是被"韩师第一部正式出版的校史"所沿用，还有不少条目、事件如革命传统和科研特点等方面的内容，有的整节、整段照抄无误。

这说明，我们历届校办公室众同仁，多年查证积累，在掌握丰富资料的基础上，依靠集体智慧通力协作编成的《韩师史略》，还可算是正式出版的著作，它为"韩师第一部正式出版的校史"提供了不少明确论点和可靠资料，为韩师编写"正史"筑上一小段铺路石。《韩师史略》对存史弘文、培德育才还是有一些作用的。

访谈者：林老师，谢谢您多次向我们介绍您四进韩园的经历，使我们进一步了解了韩师的发展历史和优良传统，以及著名师长、杰出校友的光辉业绩，受到很大的教育。请问老师对此次访谈活动有何感受，还有哪些要谈的问题？

林：我衷心感谢陈俊华老师和三位同学对本人的访谈活动！三年间断断续续的多次访谈活动，使我忆思我与母校韩师的情缘，实际上是重温韩师校史，忆思母校韩师对我的培育之恩，忆思个人的成长和奋斗经历。访谈忆思活动，我的感受和认识提高主要有三个方面：

一是更加深刻认识到母校韩师是千年书院、百年师范，是"历史悠久有声绩、优良传统代代传"的著名学府。1993年我在省高教局《师范群英　光耀中华》（广东高教卷）编写组指导下，经校领导同意，以"韩师长青　桃李芬芳"为题撰写上报稿。这篇文章分三部分：启办师范，代代赓续；优良传统，脉脉相承；桃李满园，岁岁芳菲。我根据翔实的史料、具体的事实说明韩师是全国第一批、广东第一所肇办最早、历史最长的师范学校的光荣历

<hr />

① 韩山师范学院校史编委会编：《韩山师范学院校史简编》，广州：暨南大学出版社2013年版。

史；阐述韩师坚持为民族、为国家培德育才的办学方向，时贤俊彦掌教治学、勤教力学的经验，具有脉脉相承的革命传统和优良校风；显示韩师代代文明出人才，年年桃李竞芳菲的辉煌办学成绩，正沐浴着改革开放的春风跨进鼎盛时期。结合学习《韩山师范学院校史简编》记载的新发展成就，看到母校韩师升格为本科院校以来的跨越式发展，感到欢欣鼓舞，更加热爱母校韩师。

二是通过回忆追述个人的成长和奋斗经历，使我更深切地感受到，自己的进步、工作取得的点滴成绩，主要都是与社会主义祖国和母校韩师的培养、关心、支持联系在一起的。我第一、二次进韩园学习合计只有两年时间，第三、四次进韩园履职也只有11个年头，但对我学习的进步、思想的提高、工作的开展，母校韩师的影响绝不只是在学在职的十几个年头。如推荐担任小学校长，继续给予支持，参加小学行政干部轮训，给予照顾参加高考复习，使我考出好成绩，考上华师，并在华南师大连任学生干部，获得更好的学习、锻炼、提高的机会。在潮安县教育局和潮州市总工会工作时仍得到母校韩师的支持，请陈作城副校长兼任潮州工人马列主义业余大学副校长，请韩师教师、同学担任职工业余学校和职工中专教师。我在职时兼任潮州市地方志编纂委员会委员，亦得力于韩师领导的推荐。退休后，我的脉搏仍始终随着母校韩师跨越式发展的前进步伐一起跳动，持续参与母校的一些活动。同时，以韩师人的身份参与陈伟南校友创办宝山中学的一些工作，担任宝山中学校董会名誉会长，为办好宝山中学尽点绵薄之力。对潮州市史志编修、文化宣传、老年人体协等工作，也同样是以韩师人的身份参与其事的。追忆这些经历，使我更加感恩党和社会主义祖国以及母校韩师的培育、信任和支持，增强敬业报春晖的自觉性和积极性，为中国特色社会主义建设事业奉献余热微光。

三是更加深刻认识到改革开放使母校韩师获得跨越式的辉煌发展成果，使包括离退休人员在内的韩师人乐享改革开放成果，不断提高生活水平。本人1991年6月退休时的退休金和补贴只有256元，到2016年已增至8 000多元，生活优裕，欢度晚年。这要感恩国家改革开放政策之惠顾，也要感谢韩师历任在职领导和教职员工的勤勉尽责和努力奋斗。

通过忆思一个多甲子本人成长和奋斗的经历，我深切地感到，我这个旧社会的农牧童，是在新中国成立后，靠着共产党和国家以及母校韩师的培养才参加革命工作，当"土改"队队员，担任小学校长。以后又是国家和韩师、华师以及各级党组织的继续培养、支持才使我成为大学教师、中层行政管理与宣教干部，并在改革开放时期继续工作。退休后，又是潮州市和韩师领导信任，让我继续参与宣教、史志编修、潮学研究、老年体育等工作，继续充当联络员、宣传员、资料员，发挥余热微光，获得赐评为历史学研究员，享受改革开放的成果。我这六十多年的学习、工作、处世、修身的经历和体会，可以概括为一首顺口溜：

> 神州赤县起风雷，锦绣河山竞芳菲。
> 农家子弟得润泽，师门求索沐春晖。
> 感恩报国甘奉献，兢兢业业勤作为。
> 杏坛从教育桃李，传道扬文重德徽。
> 仁善真诚睦朋侣，克己奉公守箴规。
> 农牧童臻研究员，知足常乐悦心扉。

访谈后记：

第一次见到林英仪老先生的时候，他便向我们强调了这样一个原则："真话不全说，假话全不说！"在此后将近一年半的访谈中，老先生也以极为严谨的态度来处理每一处细节，不但反复查阅相关的档案、日记，对于尚有争议或不能确切者，更是甘愿舍弃，宁缺毋滥。而在审阅我们所整理的文稿时，老先生更是逐字逐句地检查，有的表述几乎是每稿必改，这让我们两个初出茅庐的后生（老先生时以"小周"称我）大为惭愧，自忖不敢草率做事，打印出来的文稿再做检查后方敢交给老先生，从老林主身上学到的这一切必将使我们受益良多。

老先生与韩师的情缘跨越半个多世纪，在韩师学习、工作逾四十年，可以说是新中国成立以来韩师历史的亲历者，他人生中的许多重要结点也是因韩师而起，这样的身份和情感使得在讲述的过程中会无意识地回避一些事情。然而这些事实正可以解释韩师校史上某些令人疑惑之处。为尊重老先生的意愿，我们也把这些细节留为档案之用，不以呈现。

不必讳言，百年师范正处在一个关键时期，这期间的许多举措将会影响深远。传统师范院校的转型似乎势在必行，然而这一转型是否需要付出某些代价？在未来的高等教育界、未来的粤东地区，韩师要如何自处？"师范"

二字对韩师而言究竟意味着什么？又承载了什么？

随着文稿的整理工作暂告一段落，我的大学生活也将近尾声，时时可以回想起跟着搭档曹容敏和老师外出访谈的情景。从两年前的那个寒假开始，搭档领着我安排访谈、整理文稿、完成课题，于我而言就如半个老师，其坚强、好学的个性尤让我叹服。为了整理杜楚瑜女士和几位女性艺匠师的口述文稿以及后来的毕业论文，多少个孤灯相伴到拂晓的黑夜，犹在昨日，忆及每多感慨！

从对口述史学一窍不通的不羁少年到初涉其道的固执书生，两年的时光似乎太过匆匆。这一路的所触所感非片纸只言能够概括，所触摸到的那个时代现实和亲历者的情怀，也非几份文稿能够展现，乱世中的壮志豪情、受挫后的一往无前、起落中的相濡以沫，都在讲述着某些遗失的美好！

回顾浪迹韩园的美好时光，心中有无限的不舍，带不走林荫道的满蔓炮仗、石板路的自在飞花和湘桥畔的东流逝水，唯有背上沉重书箧，陪伴我继续艰难的求学之路，就模仿老先生的方式，用一句诗来做个小结："天下何曾遂我愿，我愿何曾遂天下！"

（周昭根）

述论、通讯

潮城青龙庙的史料与启示

  检索清代至民国时期撰修之潮志，记载潮州青龙庙祀典者，计有顺治《潮州府志》、康熙《潮州府志》、乾隆《潮州府志》、康熙《海阳县志》、雍正《海阳县志》、光绪《海阳县志》、民国《潮州志》府县志7部，条文11则。除条文相同不予复录外，谨按志书纂修年代先后为序，抄录条文6则展示之。

  蛇神 贺瞻度云：蛇神，其像冠冕南面，尊曰游天大帝，龛中皆蛇也。人欲见之，庙祝必致辞而后出，盘旋鼎壁间。或倒垂枋橼上，或以竹竿承之，蜿蜒虬结，不怖人，亦不怖于人，长三尺许，苍翠可爱。闻此神自梧州来，长年三老尤敬之。凡事神者常游憩其家，甚有问神借贷者。昔同年萧御史长源为予言，今亲见之矣。

  （顺治《潮州府志》卷十，十五页；潮州市地方志办公室重新整理翻印本，下简称重印本，2003年，第300页）

  安济庙 在南门堤。乡人祈祷时，青蛇屡见梁节上，饮酒食肉，独不伤人。

  （康熙《潮州府志》卷之三，二十五页；重印本，第103页，2000年6月）

  青龙庙 庙跨城南大堤，当韩江之冲。神素灵应，常有灵物蜿蜒凭龛次香案间，其色青是曰青龙，倏忽隐现。土人谓见之则吉，士夫商贾过潮者咸祀之，然不可必见也。潮人睹青龙之来辄谓神降，奉之益虔，至不敢以暧昧质诸祠下。建庙时代不可考。相传神为蜀汉永昌太守王伉，诸葛征蛮，伉守城捍贼，殁为明神。前明滇人有宦于潮者，奉神像至此，号安济灵王，立庙镇水患，遂获安澜，殆传所称有功于民则祀者欤。按宋沈存中有《彭蠡小龙记》，熙宁中出师南征，小龙负舟护军仗，有司以状闻，封济顺灵王诏致祭。小龙自空下，则龙之为灵昭昭也，证诸沈记，则安济济顺盖从其类云。

  （乾隆《潮州府志》卷十五，三页；重印本，2001年，第179页）

安济王庙 即青龙庙，安济其封号也，详再史观。神胗玺灵应，潮人祷于庙者，伺其降陟，奉承畏惕，罔敢越思。郡南郭三河合其汇，大海承其委，庙屹立堤次，镇洪流为全城护。报功肆祀，固其宜也。

（乾隆《潮州府志》卷二十五，四页；重印本，2001年，第447页）

安济王庙 又名青龙庙，在南门堤侧。庙创自前明，相传神为蜀汉永昌太守王伉，诸葛征蛮，伉守城捍贼，殁为明神。前明滇人有宦于潮者，奉神像至此，遂获安澜，殆传所谓有功则祀者欤。时有青蛇蜿蜒见于庙，不伤人，忽见忽没，故又名青龙庙云。

（光绪《海阳县志》卷二十，十七页；重印本，2011年，第179页）

谨案：邑三界庙、安济庙俱有蛇神，而安济庙尤灵邑，称曰青龙王，以其色青头有王字也。然出没难测咸同，以前庙中屡见，自光绪来数岁或仅一见。相传潮人带其香火出征，遇青蛇至必奏捷班师，故潮人皆神之。

（光绪《海阳县志》卷四十六，十七页；重印本，2001年，第441页）

地方志是存史、资治、教化的治书信史。清代至民国期间历次修志的良吏鸿儒，在《潮州府志》和《海阳县志》中，都关注和记载青龙庙祀典和蛇神杂录，我们可以从中得到三点启示。

第一，潮志的上述记载，奕代相承，为继世潮人留下宝贵的史料，亦为当今我们恢复青龙庙祀典等社会民俗文化活动提供可资借鉴的历史依据。

第二，敬奉圣贤巨公，褒扬懿德亮节，是中华民族的优秀人文传统。据上述潮志记载，潮人敬奉的神明为蜀汉将领、尽忠守土、勤政爱民的永昌太守王伉，建安济庙于潮城南堤镇水安澜。"神素灵应""乡人祈祷时，青蛇屡见""见之则吉""士夫商贾过潮者咸祀之""潮人带其香火出征""必奏捷班师"，这些都说明青龙庙祀典是潮州民间信仰和习俗活动，寄托着潮人对国泰民安、百业兴荣、祥和幸福的祈望。我们要在新的历史条件下，继承和发扬尊圣扬贤的好传统，恢复青龙庙祀典。

第三，广采众说，集思广益，拟定良策，多方协作，提升青龙庙会和民俗文化活动的水平。

饶宗颐《潮州志·丛谈志》在《蛇神》杂记后详加按语，说明蛇神和王伉祀于潮出处不同，"但其著灵爽则一也。今采众说并存之，何必探源哉"。恢复潮州青龙庙会和民俗文化活动，同样要广采众说，形式多样，多方协作，精心策划，按社会主义文化大发展大繁荣的要求，办好潮州青龙庙会和民俗文化节庆，做到几个"相结合"：青龙庙会与群众性文娱体育活动相结合，青龙庙会与组织旅游活动相结合，青龙庙会与招商引资商贸活动相结合，青龙庙会与对外联谊凝聚侨心侨力活动相结合。使青龙庙会和民俗文化活动常态化，逐步提高档次和水平，为建设文明和谐的幸福潮州添彩增辉，并使之成为联结海内外潮人的纽带，走出广东，走向国际，成为中国民俗文化的一个知名品牌。

（载《岭南文史》2012年第1期增刊）

潮州王伉（青龙古庙）传统文化研究会成立庆典合影

保护文物与建设名城的一些意见

七百多年前，"潮为广左甲都，文物亦诸郡甲"（《永乐大典·潮州府》5345卷之30页）。新中国建立之后，潮州文物保护与古城建设走在全省前列，继广州之后，成为国家历史文化名城。如今，潮州市之全国重点文物保护单位和非物质文化遗产名录之多，规格之高，均蜚声四海五洲，文物保护和名城建设都取得显著成绩。根据习近平总书记关于加强文物保护工作的指示精神，以及潮州市建设湘桥首善区和"旅游网"的规划，谨对文物保护和名城建设，提出一些微言浅见。

一、"国保"单位要求真充实

笔架山宋窑遗址，是历史文化内涵深厚的国家重点文物保护单位，要尽快建设好。笔架山百窑村，始于唐盛于宋，其建窑技术和工艺水平高，产品门类多、质量好，产品远销南洋以及西亚、欧非等地。早在1940年，西方人麦康到笔架山考察后即发表文章，说笔架山宋窑遗址，是他在中国见到的最大一处窑址。1955年，国学大师饶宗颐教授在日本发表《潮瓷说略》，最先对外介绍笔架山百窑村，肯定其在中国陶瓷史上的重要地位。2006年11月，越南考古专家明智，在考察了福建德化、江西景德镇古窑遗址后，莅潮考察笔架山宋窑遗址，肯定笔架山窑比前两地长得多，也比较高大。他再到收藏家李炳炎家观赏笔架山窑产品，更肯定瓷品门类多，彩绘技艺高，而且多是外销瓷，这是与景德镇陶瓷不同之处。2009年年底，在市文化研究中心召开的座谈会上，市志办同志和李炳炎先生都建议政府尽快修复宋窑遗址，建立反映南国瓷都发展历史及辉煌成果的博物馆。李炳炎先生还表示要奉献展品。

现在，我市已制订保护和建设好笔架山宋窑遗址规划，建议文物主管部门，敦请潮瓷收藏、研究专家和南国瓷都的众多工艺大师参与其事，按求真充实的原则，共同维修好宋窑遗址，建设好南国陶瓷博览馆，更好发扬宋窑遗址之潜德幽光，使潮州市在"一带一路"的建设中发挥更大作用。

笔架山韩祠的保护和扩大景区建设，取得辉煌成绩，由1980年的市级文保单位，到1989年的广东省重点文保单位，到2006年的全国重点文物保护单位，先后成为广东省爱国主义教育基地、韩山师院师德教育基地、广东省文明窗口单位、全国韩学研究基地、全国廉政教育示范基地。经过重修、扩建的韩祠及景区，历史文化内涵更丰富，历史地位大提高，韩祠胜迹更风光。

对韩祠的沿革史还须充实。1986年重修韩祠碑记，根据历代修祠碑刻，此前只记载29次，多数是年久破旧重修，莫后的一次是1926年，重修遭强台风破坏之韩祠。1939—1945年日寇盘踞韩师韩祠，占为侵潮之司令部，韩祠被践踏破坏，经刘侯武、陈绍贤、郑绍玄、朱宗海，金中、韩师、一中校长、王雨若等省、地、县官员和文教界名流倡议，金中、韩师、一中师生和丁允元公裔孙等捐资国币共89.95万元，由韩师在重建遭日寇破坏之校舍时，也重修韩祠，韩祠亦伴随国土重光而焕然重晖。此次修祠，倡募者之社会地位，捐资人数、金额，重修工程量、工期，以至重要意义，都大大超过1926年。1987年初，笔者曾撰写《对〈韩文公祠沿革志略〉的勘正与补充意见》，并附复印刘侯武等15人联名签发的《重修韩文公祠募捐启》（刊载于《潮州文史资料》第6期，1987年6月），建议补上日寇盘踞、践踏、破坏韩祠，粤潮官民士庶重修韩祠之重要史事。但至中国人民抗日战争胜利70周年的2015年，韩愈纪念馆宣介资料和专家论著，都未提及上述史事。只有《潮州》杂志"纪念中国人

潮州市颐陶轩陶瓷文化艺术研究所开张留念（2010年7月7日）

民抗日战争暨反对法西斯战争胜利"特刊，在《韩师抗日迁揭与复员回潮纪事》中，提及"对校园内遭日寇破坏的韩文公祠，则由刘侯武……当地县官员和社会名流……联名签发〈重修韩文公祠募捐启〉，获得学校师生和丁允元公裔孙宗亲的热烈响应，共募捐国币89.95万元……于1947年完成修祠、造像、建磴道，并在磴道两边嵌上捐资者芳名的瓷版，以志纪念"（见《潮州》2015年第3期，2015年9月）。

恳请韩愈纪念馆和韩学专家修订再版有关韩祠论著时，要把1946—1947年再修韩祠之史事，充实韩文公祠沿革志。并把1986年重修韩祠时拆除磴道两边贴上捐资者金中、韩师、一中师生和丁氏族众芳名的纪念瓷片，收藏于祠内适当角落作简要说明，以铭记粤潮官民士庶崇韩尊贤之好传统和爱国主义、民族精神，是所至盼也！

二、保护古井要力求完善

凿井而饮，肇帝世也。其所济者众，故传之耳。引申为乡里、乡井。代代受济子民，萦怀乡井之情。

潮城古井甚多，太平、东门、西马等中心街区之好多古井，被列为潮州市保护文物。2010年亦已在井边挂上"潮州市保护文物"的牌子。保护较完好的为义井和四目井（古树井），较差的是东门古井，常被周边商铺停放的摩托车围住，游客难以临井观赏。开元路头接太平路处的古井，围上铁篱、盖住井口，井后商户常把杂物放置于井面。西马路的莲花井，围于两商户相连的屋檐下盖住井口，根本不可能出现"水涨时映日，俯瞰有莲花影"之奇观。

建议对牌坊街上的几个各具特色的古井，进行适当维修完善，树立显眼标志，简介其特点，并落实管理责任，为牌坊街增添小景，让游客和群众驻足观赏潮州古井。

三、古城建设要新旧兼顾

在贯彻实施新的城市建设总体规划、建设首善之城区时，要注意新建与重修兼顾。如重修饶锷老先生肇建之莼园，与2006年新建的颐园，前后相衔接，可报省级以至国家级的文物保护单位。而与莼园、颐园近邻的下东堤、下水门街段，建议不作肉菜市场，而作为文化街。下水门街接太平路半段，继续作为传统饼食商铺。

又如义安路（府前街、新街头），是潮州府城的中心街段，配合太平路牌坊街建设，已修平全直街路面和各通巷路面。对有地标和纪念意义的祠庙、府第，建议适当重修，建设资金由宗教团体和有关宗亲会募集。如铁巷的乡贤陈廷策、诗史陈衍虞之府第，应予重修。又如新街头南端第一巷内有纪念王姓清代中了三位举人而建的王氏宗祠，故称"三举巷"。王氏宗祠已改建为开元中学校舍，但巷名却标为双举巷。经原市民建负责人王显群在市志办编辑出版的《新韩江闻见录》所发表文章，说明"双举"为"三举"之误，但巷墙上"双举巷"名犹存，应予改正，复称"三举巷"。

义安路之双忠宫，据潮州郡县志记载，潮城原有"双忠祠，在县治东山，祀唐张巡、许远，亦曰灵威庙……其左右为大忠祠（陆公祠）和韩祠"。至清初，"双忠庙一在北门堤，一在新街头，雍正六年（1728）巡道楼俨、知府胡恂、知县张士琏同建，龚松林修双忠庙碑"。道光二十年（1840）、光绪九年（1883），绅士先后重修。每岁二仲月由官致祭群祀，香火颇旺。与龙湖寨二社院后庵双忠圣王厅，同以"国士无双双国士，忠臣不二二忠臣"为联，庙旁为双忠宫巷，成为远近熟悉之地标。双忠庙废弃前为市计量所，现全破旧荒废，可否考虑重修。庙北巷内缵槐里为举人后昆王显诏之住宅。王显诏是蜚声海内外的著名画家和音乐家，其住宅可作为名人故居予以维修。

三达尊黄尚书府，应予重修。李春涛、李春蕃（柯柏年）出生地之刘察巷15号府第应予修缮保护。中山路卓府、小汴厝巷梅益故居，北马路望京楼、面线巷李嘉诚出生地，亦可考虑重修。

韩东新城的建设，对有纪念意义的墓茔、宗祠、名人故居，亦要允以妥善保护、迁移或修建。如莅潮韩山许氏始祖许申墓，许珏驸马墓，刘允、刘昉墓，丁允元墓，旸山陈衍虞墓等。大坑革命母亲李梨英地下活动点，应予建成爱国主义教育基地。同盟会海阳县分会书记翁辉东，参加辛亥革命光复潮州有贡献，又是近现代研究传承潮州文化的开拓者、先驱者之一，其墓茔在原瓷泥厂内，请予妥善保护迁移。官塘石湖的陈式将军府，陈唯实、陈复礼故居，白水湖谢慧如的故居，亦可考虑重修。

总之，文物保护，发展旅游业，建设好古城，都要力求真善美，竭诚尽力，为全面建设小康社会，实现中华民族伟大复兴的"中国梦"，奉献热和光。

四、加强管理，全面美化

文物和名城文化底蕴之传承，外观美好形象之展现，要靠多方配合，加强管理，全面美化。

一是群众性爱国卫生运动与景点、商住区三包责任制制度化，保证文物景点以至整个名城的全面净化、美化。江边长廊、牌坊街、人民广场等重要景区，可参照湘西凤凰城的做法，安排专捡扫垃圾等不洁杂物的卫生员，专职流动管理。这也可影响、带动游客共同维护景区的净化、美化。

二是注意历史文物和重要景点标志的维修、显示。牌坊街各亭柱挂的文字说明牌子，字体太小不显眼，有的已漫漶不清，有的已丢落，建议更新，以较大的字体显示。

由文史专家曾楚楠先生精心撰拟亭名及说明的人民广场八座新牌坊，东边揭岭涵晖、义安延泽、古瀛播誉、潮郡扬声四坊，记载潮地从秦戍揭岭、置古揭阳县，归入全国版图的曙光，到义安设郡、古瀛洲辖地最广，再到隋代称潮州至今，记载的正是潮州沿革的光辉历史。西边海滨邹鲁、岭海名邦、韩水瑶光、名城永辉四坊，谱写的正是潮州名城的绚丽诗篇。

这八座对潮州历史文化名城具有标志性纪念意义的大牌坊，在亭柱下端都镌刻典故、诗文等文字说明，但字体太小。只经八载时序，金色脱落，蹲下凝视，亦难看清。建议重新镌刻较大的文字说明，并对"潮郡扬声"坊始称潮州之公元纪年由581年勘正为591年。

潮州人民广场八座新牌坊和文化长廊的工艺精品展，以及非物质文化遗产名录，就是潮州历史文化名城的精辟总结。

以上微言浅见，供市领导和宣教、城建、文保旅游等单位领导参考。因老朽电脑盲，又无法深入调研，反映意见不当之处，敬祈鉴谅！

八十六叟韩园弟子、潮邑史兵

林英仪敬上

2016年9月18日

对充实韩文公祠沿革志的建议

　　笔架山韩祠的保护和扩大景区建设，取得辉煌成绩，由1980年的市级文物保护单位，到1989年的广东省重点文物保护单位，到2006年的全国重点文物保护单位，先后成为广东省爱国主义教育基地、韩山师院师德教育基地、广东省文明窗口单位、全国韩学研究基地、全国廉政教育示范基地。经过重修、扩建的韩祠及景区，历史文化内涵更丰富，历史地位大提高，韩祠胜迹更风光。

　　但是，对韩祠的沿革史还须再充实。1986年重修韩祠碑记，根据历代修祠碑刻，此前只记载29次，多数是年久破旧重修，最后的一次是1926年，重修遭强台风破坏之韩祠。1939—1945年日寇盘踞韩师韩祠，占为侵潮之司令部，韩祠被践踏破坏，经刘侯武、陈绍贤、郑绍玄、朱宗海、王雨若、金中校长詹昭清、韩师校长陈传文等省、地、县官员和文教界名流倡议，韩师、金中、潮安一中师生和丁允元公裔孙等捐资共国币89.95万元，由韩师在重建遭日寇破坏之校舍时，也重修韩祠，韩祠亦伴随国土重光而焕然重晖。此次修祠，倡募者之社会地位，捐资人数、金额，重修工程量、工期，以至重要意义，都大大超过1926年。1987年初，笔者曾撰写《对〈韩文公祠沿革志略〉的勘正与补充意见》，并附复印刘侯武等15人联名签发的《重修韩文公祠募捐启》（刊载于《潮州文史资料》第6期，1987年6月），建议补上日寇盘踞践踏破坏韩祠、粤潮官民士庶重修韩祠之重要史事。但至中国人民抗日战争胜利70周年的2015年，韩愈纪念馆宣介资料和专家论著，都未提及上述史事。只有《潮州》杂志"纪念中国人民抗日战争暨反对法西斯战争胜利"特刊，在《韩师抗日迁揭与复员回潮纪事》中，提及"对校园内遭日寇破坏的韩文公祠，则由刘侯武……当地县官员和社会名流……联名签发《重修韩文公祠募捐启》，获得学校师生和丁允元公裔孙宗亲的热烈响应，共募捐国币89.95万元……于1947年完成修祠、造像、建磴道，并在磴道两边嵌上捐资者芳名的瓷版，以志纪念"（见《潮州》2015年第3期，2015年9月）。

恳请韩愈纪念馆和韩学专家修订再版有关韩祠论著时，要把1946—1947年重修韩祠之史事，充实韩文公祠沿革志。并把1986年重修韩祠时拆除磴道两边贴上捐资者韩师、金中、潮安一中师生和丁氏族众芳名的纪念瓷片，收藏于祠内适当角落作简要说明，以铭记粤潮官员士庶崇韩尊贤之好传统和爱国主义、民族精神，是所至盼也！

（载潮州市政协《建言》2017年第1期）

关于韩文公祠和韩山书院沿革的
不同观点与勘正意见

从宋代到20世纪60年代，潮州韩文公祠与韩山书院（校）的沿革历史，尚未发现祠院（校）矛盾与专题文章之不同意见和争议。1960年以后，由于政治运动和管理体制变化的影响，对祠院（校）的沿革及相互关系出现不同的意见。1985年以来，反映不同观点的文章、论著，分别发表于《汕头日报》《潮州日报》《潮州文史资料》《潮州地方志资料》以及书院史、韩学、潮学研讨会上，未形成统一意见。

本文拟综合三十多年来发表不同观点的代表作及其影响概况，并给予勘正。

一、1985—1986年韩师文宣干部与韩祠管理干部分别发表文章的不同观点

韩山师专宣传科干部郑传威、蔡谦发表《韩师简史》（载《韩师师专学报》1985年第2期），以笔架山麓韩文公祠创建的1189年，作为韩师的前身韩山书院的始建年代。《韩师建校八十二周年纪念册》亦在"历史悠久"部分，说明韩师的前身韩山书院始建于宋淳熙十六年（1189）。

随后，韩愈纪念馆馆长曾楚楠即发表《韩文公祠与韩山书院》一文（载《汕头日报》1985年10月2日），该文分为三部分，一是从韩文公祠到韩山书院：①城南书庄是韩师书院的第一个名称；②书院的创始人是郑良臣。二是"韩子之专祠附"的实质。三是笔架山麓韩山书院的发端。清康熙三十年（1691），巡道史起贤创建昌黎书院；雍正十年（1732）潮州知府龙为霖扩建昌黎书院后命名为韩山书院，城西南之韩山书院复称城南书院，城东与城南两个书院才真正地名实相符。

因观点不同，1986年重修韩祠时，韩愈纪念馆和韩学专家，对刘侯武、郑绍玄等15位粤潮官员、社会名流倡议、韩师经办的重修日寇破坏之韩文公祠重要史事，不但只字不提，还拆去学校师生和丁允元公裔孙捐资修祠的纪念瓷砖。当时，我撰写了《对〈韩文公祠沿革志略〉的勘正与补充意见》，刊载于《潮州文史资料》1987年第6期，韩愈纪念馆干部全不理睬。

二、1987—1988年发表文章、论著的不同观点

1985年以后，韩师校办吴伟成和我、陈创辉、沈启霖和历史教师丁向东等人，查阅《永乐大典·潮州府》、《古今图书集成》、广东省及潮州府县志书，以及《清代考试制度述录》《广东的书院制度》等书，在中文系罗英风教授、潮州职工中专学校翁克庚（翁辉东之子）主任的指导下，由本人执笔撰写《潮州韩山书院沿革述略》一文。该文综合史书记载，以"潮人以思韩之故，而有庙祀，而有书院，匾以韩山"为导语，阐述宋元祐五年（1090）潮州知州王涤迁建韩祠于城南七里处，匾曰"昌黎伯韩文公之庙"，置膳田，养庶士，号称书院。至淳祐癸卯（1243），潮州知州郑良臣在城南韩庙旧地，建立祠院同体，创始同郡学一样规模的韩山书院。至清康熙廿七年（1688），城南书院改为南隅社学。康熙三十年（1691）史起贤治潮，其时，潮州城没有道属书院，遂于笔架山麓创建昌黎书院。雍正十年（1732）潮州知府龙为霖扩建昌黎书院改称韩山书院，成为府道属书院。嘉庆一、二年间（1796—1797），南隅社学并四隅社学，成为海阳县属的城南书院。韩山、城南两书院都是清代广东的著名书院。至清光绪廿七年（1901）和廿九年（1903）分别改办为城南两等小学堂（海阳县属）和惠潮嘉师范学堂（省属）。

《潮州韩山书院沿革述略》分别发表于《潮州文史资料》第五辑（1986年10月）和《岳麓书院通讯》（1986年2月）纪念岳麓书院创建1010周年特刊（当时会务组邀请已发表《潮州韩文公祠沿革志略》的作者陈香白先生参加，香白先生寄去《潮州韩山书院沿革述略》一文，没有赴会）。

《潮州韩山书院沿革述略》被该研讨会作为交流资料印发。韩山书院祀贤职位、宦绩之大，仁德声望之高，道德风范之伟，办学历史之长、成果之好等，都获得与会专家学者之普遍赞誉。

从1985年到1991年，亲临韩师指导工作的有中共中央政治局委员、国

务委员、国家教委主任李铁映以及部级领导3人、司级领导6人。他们对韩师继承韩山书院的悠久办学历史和声绩都表示赞赏。

1993年3月，广东省人民政府呈函国家教委，申报韩山师范专科学校升格为韩山师范学院。10月，国家教委召开全国高等学校设置评审委员会评审会议。全国申报升格或新办的高校40多所，遴选出28所后审议、投票，韩山师专是两所没有任何意见、全票通过升格的院校之一。

后来，一些书院史专著对《潮州韩山书院沿革述略》一文还予以引用，如《中国书院史》中，宋代录入潮州韩山、得全、元公三所书院。该书第十八章"清代书院创建的特点"提及"一些有较长历史的著名书院，如石鼓、岳麓、韩山、濂溪、象山等相继存在"（《中国书院史》第1024-1025页，湖南出版社，1994年）。《中国书院制度研究》第二章"书院的等级差异"、第四章"书院的藏书及管理制度"，都把潮州韩山书院作为宋代州级书院予以简介（《中国书院制度研究》第67、68、135页，浙江教育出版社，1997年）。

1986年年初，曾楚楠先生撰写《潮州书院浅议》，并拟在城南小学建校85周年时召开潮州书院史研讨会。已发通知，后没有举行。潮州市志办的《潮州市志资料》1988年第3期同时刊登曾楚楠之《潮州书院浅议》和本人所作《韩山书院与城南书院》。曾楚楠论文提出研究潮州书院沿革史，首先要用共同认可的三条件，对历史资料进行鉴别、取舍：一是后出服从先出者的原则；二是服从实物的原则；三是通解的原则。据此准则，认定潮有书院，始自淳祐三年（1243）之城南书庄；宋元祐五年（1090），潮州未出现书院；韩山书院于元至元甲申（1284）正式命名。

上述的不同意见，当时并没有公开讨论。

三、2001—2009年论著或研讨会的不同观点

2001年，韩师书院史专家吴榕青专著《潮州的书院》（编入《潮州历史文化丛书》第四辑，艺文出版社，2001）指出："南宋以前，潮州尚未见有书院的记载。有关书院辞典和一些文章认为，潮州最古老的书院，始建于宋元祐五年（1090），实在是一个不小的误会。就其根源，是作者误读了清方志转录的过于简略且容易产生歧义的记载。"（见该书第5页）"更为离奇的是，一说至顺间，王元恭改建为韩山书院，另一说改为城南书院。这样一

来，弄得人一头雾水，无所适从。"（见该书第6页）"曾楚楠先生在《潮州书院浅议》一文，对元祐创建书院的错误说法的辨析细致入微，也认为潮州有书院，实始于南宋淳祐三年（1243）。"（见该书第6页）

2003年10月，韩师庆祝建校100周年华诞，正式出版《韩师史略》。校史的历史沿革仍肯定韩师由建于宋元祐五年（1090）的韩山书院发展而来。

2009年9月21—23日，"2009中国·潮州韩愈国际学术研讨会"在潮州举行。此次研讨会由潮州市政府主办，中国唐代文学学会韩愈研究会、潮州市委宣传部、潮州历史文化研究中心承办。本人撰写《韩文公祠与韩山书院、城南书院》，黄继澍、黄楚芬撰写《浅析〈韩愈贬潮诗文的风格变化〉》，两文都编入《2009中国·潮州韩愈国际学术研讨会论文集》。会后，在韩学权威专家曾楚楠先生的指导下，承办单位选编为《韩愈与潮州文化》，作为"潮州文化研究丛书"（六）发行。该书选录文章分为潮地论韩、精神议韩、生平观韩、艺文评韩、流播述韩五个方面。但"流播述韩"只选《韩愈诗文在韩国的传播》《韩愈宜春行迹考》《阳山韩祠考》《苗栗文昌祠韩文公信仰之研究》《彰化平原的韩文公信仰》5篇"述韩"的论文，却没有在潮地"流播"的论文。"潮人以思韩之故，而有庙祀，而有书院，匾以韩山"（《永乐大典》卷之5343，第19页），以此为导语，根据史志资料撰写的《韩文公祠与韩山书院、城南书院》，却没有编入"流播述韩"之中。韩学权威专家把不符合他所定的准则的文章抛弃了，"潮州文化研究丛书"（六）——《韩愈与潮州文化》忽略韩愈在潮州影响流播的内容，难道不是缺失吗？

2009年11月，潮州文史专家曾楚楠先生主编的《潮州胜概》，在"名胜篇·韩山师院"称："韩师的前身，是建于元初的韩山书院，历来是州、路、府、道的官办书院。院址多有变迁，清康熙三十年（1691）巡道史起贤于笔架山麓韩文公祠南侧建昌黎书院；雍正十年（1732）知府龙为霖改为韩山书院，延续至今。"这部潮州海外联谊会编的丛书，也肯定元初潮州才建立韩山书院。（《潮州胜概》，花城出版社，2009年）

四、2012—2015年发表不同观点之论著研讨会情况

2012年年底，韩师校史编写组编写的《韩山师范学院校史简编》打印稿送给我校阅。我校阅后作了一些勘正，连同《关于编修校史的几点意见》，呈交编写组。在统稿会上，书院史专家认为韩师的前身韩山书院始建于宋元祐五年（1090）的认定是完全错误的。一位统稿者将《韩师史略》说得一无是处，对我送交的"勘正稿本"和"编修意见"全不理睬。校史馆引用的那些重要校史资料都引自《韩师史略》，是经过校办、宣传科、政史系十多位干部、教师，从省、穗、汕、揭、潮和本校十几个档案馆、图书馆查证得来的。但我合作编纂的《韩师史略》和《爱国实业家陈伟南》却不得进校史馆陈列，也不得列入《韩山师范学院校史简编》之"附录七·韩山师范学院正式出版著作教材一览表"。

书院史专家吴榕青对韩师校史保留韩山书院始建于宋元祐五年（1090）的认定有不同看法，即于《韩山师范学院学报》发表论文《潮州韩山书院的始建年代、院址及沿革再探》，认为我认定韩山书院始建于宋元祐五年（1090）"是不小的错误"，认为韩山书院始建于宋淳祐三年（1243）。（见《韩山师范学院学报》2011年第4期，第8-15页）

韩学权威专家曾楚楠在为《潮州日报》"潮州廉政文化史话"撰写的《龙为霖剔弊厘奸、兴道设教》一文中，再次强调宋淳祐三年（1243）知州郑良臣建的是"城南书庄"，1269年才命名为韩山书院，至雍正年间仍沿用。康熙三十年（1691），巡道史起贤在笔架山麓建昌黎书院。雍正十年（1732），龙为霖扩建后改称韩山书院，在城西南之韩山书院恢复旧名，使之名实相符，再无错位之嫌。

2015年5月，曾楚楠先生增补再版的名著《韩愈在潮州》，对《韩文公祠的沿革》仍未补上1946年粤潮官员社会名流及金中、韩师、一中师生和丁允元公裔孙重修遭日寇破坏之韩祠的重要史事。由他指导的《潮州文史资料》，在《韩祠，潮州人的骄傲》一文中指责在"批孔批韩"中充当急先锋的韩山师范专科学校企图把韩祠占为己有。这显然是违背史实的。

潮州市政协《建言》刊登本人的《对充实韩文公祠沿革志的建议》，在大力肯定韩祠的保护和扩大景区建设获得辉煌成绩的同时，再次建议对韩祠的沿革史还须再充实。

尽管韩山书院之始建年代尚未定论，但有饶宗颐、陈伟南双星照耀，学艺顾问指导，理事长、山长、理事、监事诸君竭诚尽力，使笔架山西南麓，韩祠南侧韩山书院山林重启，晋谒景韩与传道讲学课文相辅相成，吾潮士庶无不为之庆贺喝彩！韩学和书院史专家精心编辑之《韩山书院》专刊应大加点赞，但对韩山书院的沿革和院址变迁还应作一些勘正。

五、勘正意见

（1）韩山书院始建年代应为宋元祐五年（1090）。

1985年以后关于韩山书院始建年代的研讨，都是在报刊或研讨会上发表文章，阐述不同看法，未形成统一意见。韩学权威专家以其影响力，在把《2009中国·潮州韩愈国际研讨会论文集》编为《韩愈与潮州文化》［"潮州文化研究丛书"（六）］时，不编入与其权威观点不同的文章，该书"流播述韩"竟然没有提及潮州韩文公祠和韩山书院，而是按他所定准则认定：潮州第一个书院是宋淳祐三年（1243）知州郑良臣创建的城南书庄。宋咸淳五年（1269）林希逸为城南书庄重修撰《潮州重修韩山书院祀》中称："余闻韩山书院旧矣……"是为城南书庄命名；元至元甲申（1284），史志书才第一次出现韩山书院的名称；至顺二年（1331）王元恭扩建书院后才以韩山之名命城南书院。权威专家主编的《潮州胜概·名胜篇》竟认定韩师的前身，是建于元初的韩山书院。以上论断，都不够恰切。

"昌黎伯韩文公之庙"为什么也是韩山书院？必须首先弄清什么是书院之制。清朝末科探花商衍鎏在《清代科举考试述录·书院之制》中指出："书院始于唐而盛于宋，自元明至清仍普遍设立，官立者居多，私立者亦有。唯书院之名虽同，性质则历代殊异。唐以前为藏书之地，宋以后或为讲学，或为祠祀，或为考课，而讲学考课者每兼藏书与祠祀。"（《述录》第217-218页）按"书院之制"的含义，"祠祀而无办学"也可称书院。清康熙三十年（1691）懂得书院之制的祖植椿在《重修韩祠碑》中称王涤建于城南圃"昌黎伯韩文公之庙"，"置膳田，养庶士，号称书院"。（《潮州志·文物志》第6-16页）

苏东坡在《韩文公庙碑》中亦提及"元祐五年（1090），朝散郎王君涤来守是邦，凡所以养士治民者，一以公为师"。碑文还"作诗以遗之，使歌以祀公"（歌词略）。（《永乐大典》卷之5345，第5页）

王涤把韩庙从城里刺史堂后迁建于城南七里处之城郊农村，方便黎庶到韩祠崇祀祈祷，必须工歌东坡祀公之诗以祀韩，这就必须具有文化素养的士子祠祀韩庙，如同祖植椿《韩文公庙碑》中说的可"号称书院"。

根据《永乐大典·卷5343》第44页"书院"的记载，同样可以认定宋元祐五年（1090）始建、匾"昌黎伯韩文公之庙"，也称韩山书院。该条目引《三阳志》记韩山书院"仿四书院之创，地在州城之南，乃昌黎庙旧址也。淳熙十六年（1189），迁其庙于水东之韩山，其地遂墟……淳祐癸卯（1243）郑侯良臣以韩公有造于潮，书院独为阙典，相攸旧地而院之"（原有书院的典式，原来匾昌黎伯庙也称书院的祠院已经墟废，郑良臣在已荒废的旧地建立书院）。外敞二门，讲堂中峙，匾曰城南书庄。后有堂，匾曰泰山北斗，公之祠在焉。翼以两庑，四辟斋庐……斋生以二十员为额。春秋二试，则用四书讲义，堂计斋职以分数升点，一如郡庠规式。春秋二祀，则用次丁……此书院创始之规模也［元祐五年（1090）建的韩文公祠虽无办学，但养士备礼祭祀和讴歌颂韩，也可称韩山书院。淳祐三年（1243），郑良臣在原匾韩庙，也是韩山书院的旧地创建如同郡学规式，春秋二试又春秋二祀的韩山书院］。

从苏东坡的《潮州昌黎伯韩文公庙碑》、祖植椿《韩文公庙碑》和《永乐大典·书院》的记述，可知"王涤迁建于城南匾昌黎伯韩文公之庙"，"置膳田，养庶士，号称书院"。所以，韩山书院之始建年代应为宋元祐五年（1090）。

（2）韩山书院的三个地点。

①城南外七里处圣者庵（亭），今市西南郊枫溪区蔡陇村。

昌黎伯庙（韩山书院），宋元祐五年至淳熙十六年（1090—1189）。

城南书庄（韩山书院），宋淳祐三年至元至正十二年（1243—1352）。

②城内西南，今城南小学，扣齿庵一带。

韩山书院、城南书院，元至正廿六年至清康熙廿七年（1366—1688）。

南隅社学（1688—1791）并四隅社学，为海阳县属城南书院（1796—1901）。

清光绪廿七年（1901）奉旨改办为海阳县两等小学堂。

③笔架山麓昌黎书院，清康熙三十年（1691）巡道史起贤治潮，时城南书院已改为南隅社学，因道属无书院，史起贤遂于城东韩祠南侧建昌黎书院。雍正十年（1732），知府龙为霖扩建昌黎书院后复称韩山书院，成为府、道属书院。清光绪廿九年（1903）奉旨改办为惠潮嘉师范学堂。

（3）"荣誉山长饶宗颐"第11行"18岁"前加"1934年"；第12行"19岁"改为"1938年"。

韩文公祠

邹鲁追随孙中山事略

伟大的民主革命家孙中山先生，在领导民众推翻清王朝封建专制制度的过程中，以广东为基地，多次到海内外各地开展革命活动，得到广大革命志士和海外华侨的广泛支持。潮汕地区得风气之先，潮汕革命志士和海外潮籍乡亲积极支持孙中山领导的革命斗争，为推翻清王朝专制政权、建立民主共和国的事业作出积极贡献。潮汕革命志士和海外潮人支持孙中山领导的民主革命壮举，已有专题史册或论文予以阐述。但籍贯潮州府大埔县的邹鲁，追随孙中山参加民主革命的史绩，尚未见之列入"孙中山与潮汕"范围之

邹鲁先生像

内。根据有关史料，特撰写《邹鲁追随孙中山事略》，权作"孙中山与潮汕"论题的资料，就教于史学界方家。

中日甲午之役和八国联军侵华之际，面对列强瓜分中国之危机，国人群谋救国，康梁维新图变，孙中山主张革命救国。邹鲁认为"维新谋皮于虎难成事"，唯革命符其志，走上追随孙中山投身民主革命的征程。

一、拥戴孙中山，投身反清斗争

清光绪三十一年（1905），邹鲁得友人之助东游日本。当年七月（公历八月），孙中山被推举为总理。邹鲁得以聆听孙中山的讲话，三民主义从而深入其心。此前已参加兴中会的邹鲁，加入同盟会，成为同盟会的第一批会员，拥护同盟会"驱除鞑虏，恢复中华，建立民国，平均地权"的政治纲

领，积极投身反清斗争。光绪三十三年（1907），邹鲁考入广东政法学堂，结识朱执信、陈炯明、赵声等人，共密谋起义。"众推邹鲁主持防营先发难，执信以民军应，声以新军应，设总机关于广州清源巷。"①事涉邹鲁避香港，与胡汉民谋再举。不久返政法学堂。宣统二年（1910）春毕业后，邹鲁奔走于穗汕之间，在汕头发动新军配合广州起义。翌年，邹鲁受命在广州创办《民报》，宣传革命思想。及辛亥三月二十九日（公历1911年4月27日）之役，邹鲁策动新军于嘉应会馆，起义失败后赴港。

武昌起义时，邹鲁在香港筹备军械军需接应东江、北江起义军。当东江起义军与清军相持不下之际，邹鲁即募集200多人组成敢死队赶往支援，而各路义军亦因敦促，先后举兵，遂使广东全省得以顺利光复。然此时清廷犹集大军抗拒武汉，邹鲁与姚雨平组织北伐军，姚任司令，邹鲁任兵站总监，主管调拨武器装备，联合苏、浙等省起义军，击溃清廷大军，占领南京。不久，中华民国政府在南京宣告成立。

二、支持孙中山讨袁护法平叛乱

民国元年（1912），邹鲁任广东官钱局总办。后辞职至北京任广东都督驻北京代表。二年春（1913），国会正式成立，邹鲁当选为众议院议员。时同盟会改组为国民党，袁世凯惧怕国民党籍议员占领参众两院大多数。以巨金40万元贿鲁另组新党，以孤立国民党之势。鲁严词拒绝："寄语当道，万勿以国帑作个人权力争夺之资。"是年夏末，孙中山发动第一次讨袁之役，邹鲁奉国父之命助陈炯明起兵援应长江一线各省。不久邹鲁东渡日本留学早稻田大学。1914年7月，袁世凯复辟帝制。孙中山举起"扫除专制政治，建立完全民国"旗帜，邹鲁与胡汉民等协助孙中山在日本组建中华革命党，通电各省创办《民国杂志》，发动第二次反袁斗争。邹鲁奉孙中山命出任《民国杂志》编辑，撰文揭露袁世凯复辟帝制、卖国求荣的反动本质。旋回香港从事倒袁活动，并赴南洋为倒袁筹款，还派罗侃亭等在汕头起兵声讨。袁世凯羞愤死后，北京军阀势力争夺权位，政局混乱。1917年4月，孙中山联络西南各省，派邹鲁北上策划国会南迁。邹鲁赴北平后，争取众议院议长吴景

---

① 《大埔县志·附录·乡先辈事略》，台北市大埔同乡会影印，1971年，第31页。

濂、副议长王正廷的支持，二百多名议员南下，于7月在广州召开国会非常会议，成立护法军政府。孙中山当选为大元帅，组织北伐，进行护法战争。邹鲁奉命为潮梅军总司令，首征叛军莫擎宇，屡败莫军。因南北各派军阀的利害关系，孙中山受到排挤，护法失败。

1920年，孙中山第二次发起护法运动，派邹鲁赴东江，组织义勇军3万人，从侧背进击叛军，使孙中山领导的粤军得以破竹之势，重新夺得广东的控制权。孙中山重组军政府，任邹鲁为两广盐运使，年余弊绝，课入倍增，军府度支，赖以不匮。1921年4月，参众两院联席议决组建国民政府，举孙中山为非常大总统，建立护法基地，统一两广，举行北伐。1922年6月，陈炯明叛变，叛军围攻总统府，孙中山避登永丰舰，后赴上海，召邹鲁至沪，任为大总统特派员，主持平叛之事。1923年1月，讨陈平叛得胜，光复广州。时孙中山尚在沪统筹全局，邹鲁受命与胡汉民、李烈钧、许崇智、魏邦平全权代行大总统职权。孙中山返粤后，邹鲁被任命为省财政厅厅长，被誉为"理财经纶手"。

1924年1月，国民党改组，实行国共合作，邹鲁任中央执行委员会常务委员兼青年部部长。1925年3月12日，孙中山在京病危，邹鲁由广东赶往北京侍疾，并联署签证了《总理遗嘱》。

三、创办广东大学，建设中山大学

1923年6月，孙中山任命邹鲁为广东高等师范学校校长。翌年2月，又下令广东高等师范学校、广东农业专门学校、广东法政大学合并为国立广东大学，任命邹鲁为筹备委员会主任。同年6月任命为校长，使广东大学与黄埔军校"文武教育兼施并进"。当时，孙中山还任命邹鲁择定广州东郊石碑五山新址建校。孙中山逝世后，广东大学改名为中山大学，因财政问题及邹鲁去职，中山大学建校之计划延搁。

1932年年初，邹鲁复被委任为中山大学校长，"以新校计划亲受令于总理"而勉力筹建，始终其事。他兢兢业业"振饬中山大学，正校风，择教授，置图书，实院系，筹巨款，于广州市郊之石碑，筚路蓝缕，大启校宇。院所各抱地势，曲磴回廊，花竹掩映，幽静宜人，成为国内最完备学府"[1]。

---

[1]《大埔县志·附录·乡先辈事略》，台北市大埔同乡会影印，1971年，第38页。

邹鲁重主中大校政期间，既建成恢宏雄伟的一流黉府，又取得办学的辉煌业绩，突出表现在三个方面：一是举善任贤，延揽人才，建设德才兼备、出类拔萃的师资队伍。当年的好几位教授，直至新中国成立后仍是著名的文史专家或学部委员、院士；二是前沿学科建设成绩显著。1935年中大与清华、北大成为教育部核准成立研究院的大学，成为当时全国三个研究型大学之一，进入世界著名大学的行列；三是对师生加强爱国传统教育。邹鲁"以总理之付托，为党为国树一高等学府，以救中国救民族"，常以孙中山"要革命不能不读书"的话勉励师生，使"入校者悠然而生爱国之心，毅然肩负起兴国之责"。他支持师生的抗日救亡活动，自己也多次作抗日演说，以至于日本人称当时的"国立中山大学"为"抗日大本营"。

中山大学成绩显著，见重于海内外"意国公使及英德法领事与香港大学监督并亚历山大学代表，先后竞来观摩，莫不誉为尽美尽善。纷请交换教授及保送学生"[①]。1936年5月，邹鲁应邀赴德参加世界大学会议及海德堡大学550周年纪念会，被海德堡大学授予法学博士学位。

四、邹鲁的历史功绩

邹鲁从1905年参加同盟会之后，就直接追随孙中山参加反清斗争，建立中华民国后，又继续支持孙中山讨袁护法平叛乱，以至受孙中山之命创办广东大学、办好中山大学，都作了重大的贡献。但因孙中山逝世后参加西山会议，反共和否定联俄、联共、扶助农工三大政策，遭到非议，成为有争议甚至被否定的人物。根据历史事实，对邹鲁的历史功绩，应予充分肯定。

首先，邹鲁是忠实追随孙中山的民主革命家。从1905—1924年的二十年间，邹鲁支持孙中山反清斗争和民国初期的革命活动，在政治、军事、宣传、经济各方面，都有重要建树，可以称得上是民主革命的政治家。

邹鲁也是一位具有民族气节的爱国者。"鲁自'九·一八''一·二八'以后，怵于苞桑之危。故平居谈话讲演，无不以抗日为旨归。"[②]日本侵略者要员土肥原、松井曾先后拉拢邹鲁与之合作，都遭到邹鲁的严词斥责。邹鲁

①《大埔县志·附录·乡先辈事略》，台北市大埔同乡会影印，1971年，第31页。
②《大埔县志·附录·乡先辈事略》，台北市大埔同乡会影印，1971年，第38页。

还多方游说通电，主张"团结御侮，共赴国难""消灭内战、一致抗日"。同时，在中大多次作抗日演说，支持师生的抗日救亡活动。

邹鲁是著名的教育家，他弱冠之年即创办大埔乐群中学，支持与倡办惠潮嘉师范学堂（韩师）。受孙中山之命创立广东大学，复任中大校长，办学成绩斐然。在办学实践中，以至主持西南教委时，他在教育思想和教育改革方面，也有诸多建树。中山大学80华诞之时，立邹鲁纪念室，颁发邹鲁奖学金，表彰和纪念这位名至实归的教育家。

邹鲁还是颇有成就的文史专家。邹鲁先后撰有《黄花岗七十二烈士事略》《中国国民党史稿》《汉族客福史》《环游二十九国记》《旧游新感》《教育与和平》等专著；还有《邹鲁全集》（10册）和《澄沪文集》等出版。他兼任广东通志馆馆长时，还主修《广东通志稿》120册。

注：

本文参考的资料还有：《梅州文史》第3辑，《广东省志·人物志》，《梅州市志·人物》，《大埔县志·人物》，《大埔将领录·邹鲁》，以及中山大学邹鲁纪念室的有关资料。

（本文为作者参加潮汕纪念孙中山诞辰140周年研讨会论文，载于《潮汕历史资料丛编第17辑·孙中山与潮汕历史资料》）

民国年间任期最长的校长——关翰昭

关翰昭于民国二年四月至三年一月（1913年4月至1914年1月）履任广东省立惠潮梅师范学校校长；民国四年十一月至十一年二月（1915年11月至1922年2月）又受广东省长公署委任为省立惠潮梅师范学校校长。两次履任校长时间超过七年，清末至民国时期46年间该校历经15位校长，关翰昭任校长时间最长。

关翰昭，又名柳亭，广东开平人，出身书香世家，清道光举人关汪洋之孙，贡生关礼宾之子。翰昭天资聪颖，勤奋好学，18岁中秀才，进康有为掌教的广雅书院就读，学业优异，试辄冠群，备受师长器重。随后由广雅书院保送北京京师大学堂。五年期满，毕业考试成绩优良，由清廷赏为举人，加内阁中书，出任广东琼州海关监督兼琼崖中学校长。民国二年（1913），关翰昭任广东省立惠潮梅师范学校校长，民国三年（1914）任省立韶关师范学校校长，民国四年（1915）再次担任省立惠潮梅师范学校校长，直到学校更名省立二师之时。

关翰昭主持韩山校政期间，正值民国初年，时局不稳，战乱频仍。"因在革命军政时期，政府未暇顾及，由学校自收自办，经费不足，发展为难，且屡次驻军，不特学生不安于求学，而且校具损失，图书毁弃（《古今图书集成》等图书都被驻扎于学校的军队毁坏），盖无日不在忧患之中。"在此期间，学校规模较小，学生只有一百几十人，教职工十几人。虽处境艰难，教职工薪俸工食难以为继，但关翰昭校长与学监翁辉东、陈善及教务主任谢贤明等教职员，同舟共济，坚持办学，使这所省立师范学校不致停办。当年学校继续开办师范完全科（本科），还于民国四年（1915）附办小学。民国八年（1919）五月，学校师生与金山中学等学校联合举行声援北京学生爱国运动的示威游行，学生罗定甾出任潮州学生救国联合会副会长。民国十年

（1921）二月还增设二年制讲习科。正是关校长及诸同仁在困境中持续办学，"使学校之形式犹存，尚有充实振作之希望"，亦才使学校在关校长任内，于民国十年（1921）十月奉省令冠名广东省立第二师范学校。历史悠久的韩师校史不致中断，关翰昭校长及翁辉东、陈善、谢贤明等同仁的历史功绩，诚属难能可贵，不可磨灭也。

关翰昭昔年曾说过，广东人多地少，特别台山开平，有力者应远飏。于是于民国十三年（1924）将祖遗田产变卖，携款到南京板桥镇华侨新村置业定居。北伐军兴，毁于兵燹，田园变废墟，理想成泡影，被迫返广东。回粤后重操旧业，在广州小马站关家祠设国文专馆。在开馆小启中，有"既游倦于风尘，又结缘于翰墨"之句，慕名就学者众。随后在陈济棠治粤期间（1929—1936年），曾任空军处主任秘书、空军总部秘书长，又曾在大学任文史讲师兼舍监主任。

日寇南侵，广州陷落，关翰昭返回开平赤坎故里。因无积蓄，生活清贫，常与村中兄弟子侄话家常，力言勤俭乃治生之本。晚年在赤坎新河南开设国文专修馆授徒，曾作七律自嘲："霜毫催我镜频看，回首前尘事事难。六代书香蚕自缚，三龄龙荫蛊先残。移居白下仍归里，偶梦黄粱不算官。南北征途都踏遍，青衫无改旧时寒。"

詹安泰在韩师

詹安泰先生像

詹安泰先生（1902—1967），广东省饶平县人。1921年广东省立金山中学毕业，考上国立广东高等师范学校文史部，后被合并为国立广东大学，继续就读于国文系，1926年7月毕业后应聘为广东省立第二师范学校（韩师）国文教员。至1938年詹安泰连续在韩师任教十二年，是当年韩师教学成绩显著的名师，亦是在诗词研究和创作上获得丰硕成果的名家，备受学界的热烈推崇和赞扬。詹安泰为韩师勤教力学、为人师表的优良传统增辉，亦为中国文坛留下精辟的诗词理论和多彩的妙韵丽笺。

授业扬文的教坛名师

詹安泰履任韩师教职，正值韩师经历"八二"台风劫后重建振兴之时。1922年"八二"风灾，韩师校舍塌毁，学生星散，弦歌将辍。同年九月，方乃斌掌韩师，本敬桑梓之热忱，具重建韩师之决心，修葺简陋教室，召集学生复课，激励师生奋发重建校园，并四处奔走募捐，向海内外贤达、乡亲、团体募得五万余银圆，建筑黉舍，整饰校容，扩大办学规模。"五载经营拥大观，光大韩师换新颜"，依山傍水的优美校园蔚为潮州之胜地。

1926—1927学年度，韩师校长、教务主任、总务主任、训育主任、专任教员共28人，绝大多数具有大学本科学历，师资实力雄厚。其中就有方乃斌、谢贤明、李芳柏、王崑嵛、王显诏、詹安泰、丘玉麟等博学多才之士。[①]詹安泰甫抵韩师，即融入这所趋于复兴发展的名校，连续任教十二年，施展

《二师一览·一览表四种》，广东省立第二师范学校，民国二十一年（1932）10月20日，第6—7页。

自己的隽智才华。其间相继任校长者为方乃斌、谢贤明、李芳柏、叶青天、李育藩等名士，皆具德识才学，治校有方。1926年8月，大学毕业刚莅校的詹安泰，即受到校长方乃斌、教务主任谢贤明的重用，担任重要教职。据1927年5月韩师教职工任职及薪俸报表，詹安泰任教国文、历史两科，每周18节时，月薪75银圆（校长薪俸100银圆），任课周节数列专任教师次席，月薪俸则居首位。[1]1929—1930学年度，詹安泰任教国文、历史两科之外，增开设文字学、诗词学课程，据当年度学校报表所载，他每周任课20节时，节数与月薪均列全部专任教员之首。该报表还注明："文字学和诗词学教员要自编讲义。"[2]1930—1931学年度以后，詹安泰又曾开讲文学史、美术史和文化史等课程。直至1937—1938学年度，詹安泰任教节数和薪俸都居专任教员之冠。这些都充分说明，詹安泰文学功底深厚，多才多艺，又勇挑重担，确是当年韩师的教学台柱。1929—1932年，韩师连续四年获广东省教育厅表彰，广东省教育厅肯定"校长自任事以来卓著劳绩"，"教职各员，均能一致合作，共谋发展，学生亦勤苦力学，著有声绩，俱见实心任事，无忝厥职，至可嘉许"。[3]詹安泰作为教学骨干，与同事真诚团结，精心教学，效果显著，对当时办好韩师发挥了重要作用，不愧为韩师历史上授业扬文的教坛名师。

据当年就读韩师的校友回忆，中等身材的詹安泰先生，常穿着一套丰顺产的夏布唐装，脚穿一双薄底布鞋，清俊潇洒，老成持重，大有儒者风度。先生教授多门课程，传道授业扬文，讲学博大精深，条理分明，抉微入理，深受学生欢迎和敬仰。时过一个多甲子之后，当年在韩师沾沐时雨春风的老弟子，特别是在文艺、教育、商界、政界事业有成的陈复礼、陈其铨、郑淳、蔡起贤、陈伟南、王亚夫、丁翀等诸多韩师校友，对詹安泰的师尊风范和精致教学，都印象深刻，异口同声赞颂。

郑淳还曾在《〈罡风世界〉事件》[4]中，记述詹安泰先生对学生革命活

---

① 韩师综合档案第375卷，1927年5月报表。

② 韩师综合档案第380卷，1929—1930学年度报表。

③ 《二师一览·大事记》，广东省立第二师范学校，民国二十一年（1932），第10页。

④ 郑淳：《〈罡风世界〉事件》，潮州市地方志办公室编：《新韩江闻见录》，汕头大学出版社，1995年。

动的支持：1932年4月下旬，时在韩师高中师范二年级就读，并担任学生自治会主席的郑之进（郑淳，新中国成立后接管韩师的军代表、校长，后任金山中学校长、广州教育学院院长），与同班同学陈贤学（陈洁，新中国成立后任《潮州日报》总编辑，《南方日报》主编、党委副书记，《羊城晚报》副总编辑）、詹竞烈，合办进步刊物，詹安泰先生给予支持，为其刊物命名"罡风世界"，并解释罡风是指天上的狂飙，天空极高处的强风。该刊发表淞沪抗日失败的评论和拥护苏维埃的文章，遭到潮安反动军政当局的追缉。李芳柏校长及时劝说和资助路费50大洋，指点郑之进等三人离校出走前往上海，并贴出开除郑之进等三人的布告，巧妙地保护他们免遭反动当局的缉捕。当时詹安泰先生跟李芳柏校长一样，都是支持爱护进步学生的好师长。

1935年秋，詹安泰曾因病需延师代课，还有一段美妙插曲。按韩师聘任教员的规约：教员告假，应请人代课，代课人须先时得校长或教务主任同意。詹安泰与潮州大学者饶锷老先生是文友挚交，常到饶府谈文论道，酬唱诗词。饶大公子宗颐家学深厚，常参与父执谈文酬诗，才华过人。詹安泰经叶青天校长同意，延请年轻的宗颐先生代课。詹安泰先生教学特别好，有的学生担心代课人比不上詹先生而找校长询问。叶校长肯定宗颐先生能代好课，并提出："如果你们听课后不满意就换人，如果满意了就得集体签名恭请饶先生继续代课。"学生没有与校长"打赌"，支持学校的决定，热烈欢迎饶先生代课。年未弱冠的宗颐先生代名师登上讲台，果然不负所托，课讲得很好，异彩纷呈，受到学生们的赞赏和欢迎。1997年5月，笔者曾冒昧询问饶宗颐教授："蔡起贤等韩师校友都曾说听过您讲课，但在韩师三十年代的教职工花名册，为何查不到您的大名？"饶教授即回答说："是啊，我在韩师上过课，是詹安泰先生告病假，请我代课三个月，教高中（师范）国文课，当时我才19岁，学生年龄还比我大，我教'条条哩'（胜任裕如之意）！"后来出版的《饶宗颐学述》记载："我曾到韩山师范任教三个月。我有一个朋友，叫詹安泰，当时他在韩山师范教书，因为病了，要我给他代课。当时课本是傅东华编的，很厉害，二年级就全是声韵训诂之学、《说文解字序》等，三年级就全是诸子百家。我给他代高中（师范）国文课，二年级与三年级，我觉得很容易讲。"[1]1938年詹安泰先生特赠饶伯子诗云："朋亲叹惋

---

[1]《饶宗颐学述》，浙江人民出版社，2000年，第13页。

余，喜君传家学。骥子走追风，雏凤声戛玉。术业日已专，精力日已足。""君才实过我，学亦不可齿。乃者我有疾，乞君代讲几。高情久不忘，小试何足纪。"①字里行间洋溢着互相敬重、亲密无间的真挚感情。

詹安泰任教韩师期间，还热情因材施教，对有文艺爱好和专长的学生，给予"开小灶"加工培养，悉心指导扶掖，使之成为出类拔萃的人才。

1934年毕业于韩师第九届乡村师范科的陈其铨学长，生前曾对笔者介绍其学书经历：他家住中山路官诰巷，就读大埔旅潮小学时，隔墙就是开元寺，有很多门联楹联。从家里到学校，往返都要经过大街和开元寺，大街亭字和开元楹联的耳濡目染，引起他学书法的兴趣，念小学时已经常习书。进韩师后，师从詹安泰、王显诏两位名师，正课勤学之余，还曾到两位师尊家求教，艺文书法都大有长进。他当过小学教师后从军抗日，1940年在曲江组织《人文艺苑》，以艺文活动宣传抗战，曾到时已内迁韶关坪石的中山大学拜会詹安泰教授。詹教授特书感怀诗五首和七律诗一幅惠赠，落款"旧作书为其铨老棣雅鉴，无庵詹安泰（印）"。1949年渡台后，陈其铨创办中华弘道书学会，曾任台湾中国书法学会理事长，是中华书道在台湾重振与发展的主要推动者。1990年他与大陆的启功大师一起，被新加坡书法研究院聘为名誉院长，被誉称为两岸书法泰斗。陈其铨永记当年恩师培育之情，总是在其书历中称，1931—1934年，"受韩山师范詹安泰、王显诏两师启迪，向往书法研习及诗文写作与金石篆刻"②。他还细心保留詹恩师当年惠赐的五首感言诗墨宝和七律诗条幅。1940年詹教授撰书的那帧珍贵条幅，一直敬挂于台湾南投中兴村陈其铨寓所书房中。

1933年蔡起贤考进韩师，相继就读乡村师范和高中师范。詹安泰先生更是在家里为其开设"第二课堂"，辛劳灌溉这位得意高足俊才。据蔡起贤回忆，詹老师对他的扶掖培养，可概括为三个方面：一是惠借图书，鼓励多读博览厚积，夯实文学基础。当年詹安泰先生的寓所在潮州城里胶柏街，院子很清幽，家中陈设简朴，但满目图书。每个星期天，蔡起贤常到胶柏街詹老师的书房读学校图书馆没有收藏的书。蔡起贤说："詹老师的书我要读什么就翻什么，他曾说：'你珍惜书籍不弄脏弄坏，我很放心，只要你读得懂或

①《詹安泰诗词集·鹪鹩巢诗集》，翰墨轩出版有限公司，2002年，第56-57页。

② 台湾中华弘道书学会编：《陈其铨教授北京书法展作品选集》，2002年，第132页。

要读的书，都可随便取阅，也可带回宿舍，细心研读。'"①二是见习指导，言传身教。蔡起贤在纪念文章中说："詹老师有不少朋友，都是国内知名的学者、诗人、词人。他们常寄自己的作品给詹老师。他读后就让给我读，像唐圭璋教授寄来新著《宋词三百首笺注》，他读后并在书眉上写下自己的评议意见，然后交给我，要我细读细体会。他和师友讨论学术问题的信札，每每拿给我看，我读不懂时，他就不厌其烦地为我解释。"②这样的见习指导，使蔡起贤看到老一辈学人从善如流、疑义相与析的优良学风和高尚精神，既提高诗词文学知识，又加强文风与品德修养，达到文品人品双提高。三是指导诗词葺抄和创作实习。詹安泰在《无庵词》小序中自述："余志学之年，即嗜填词。风晨月夕，春雨秋声，有触辄书，书罢旋弃。……积今五年，得百首，亦才十余六七耳，蔡生起贤见而好之，为葺抄成册。"蔡起贤还葺成《删馀绮语》二册，其中《浣溪沙》二百韵便有四十首词，蔡起贤曾用三天课余时间遍和这四十首词。詹先生为之加评论鼓励："颇多隽语，妙年得此俊才也。"③跟随詹恩师潜修而成为俊才的蔡起贤，韩师毕业后留校任职任教八年后调汕头，历任汕头一中、汕头教育学院等教职，曾任汕头市政协第五至七届常委兼文史资料委员会主任，潮汕历史文化研究中心和岭海诗词社顾问，致力于中华传统文化与潮学研究、诗词研究和创作，是潮汕著名的文史学者和诗词名家。

匠心独运的文坛名家

詹安泰先生执教韩师期间，特别是20世纪30年代中期，在诗词研究和创作上取得了丰硕的成果，奠定他成为岭南词宗文学地位的深厚基础。

詹安泰10岁始作诗，13岁能填词，经就读省立金中的提高和国立广东大学的深造，文学诗词均有很高造诣。他在韩师教学上挑重担，虽任教国文诗词等多门课程，要自编文字学、诗词学讲义，教务繁忙，但仍孜孜不倦地利用课余时间进行诗词研究和吟咏。他曾坦言："自我居韩山，日读诗百篇"；"揽芬有余寄，吟啸延奇缘"。⑤当年教坛、文坛上人际情缘好，文友朋

①②③《詹安泰纪念文集》，广东人民出版社，1987年，第71-74页。
④《詹安泰诗词集·鹪鹩巢诗集》，翰墨轩出版有限公司，2002年，第7页。
⑤《詹安泰诗词集·鹪鹩巢诗集》，翰墨轩出版有限公司，2002年，第7页。

俦多，学术研究气氛浓。詹安泰与校内王显诏、丘玉麟、黄家泽、郭笃士、许伟余、张华云等同事，与潮州饶锷、饶宗颐、石铭吾、温丹铭、杨光祖、林青萍、戴贞素、佃介眉、康晓峰等文友常有交往，或聚首研讨吟咏。他与夏承焘、唐圭璋、龙榆生、邵潭秋、黄海章等外地名学者名教授，也常有信札往来，互相切磋琢磨学术与诗词酬唱。詹安泰与潮域和外地进行交流和互相唱和的文友总计达30多人，从而集思广益，博采众长，进一步提高了自己的研究和创作水平。而潮州秀丽的自然风光、深厚的文化底蕴和韩文公的流韵惠风，则成为詹安泰学术研究与诗词创作的广阔天地和丰润源泉。詹安泰在韩师缔结了美满姻缘，养育了聪慧儿女，家庭幸福温馨。上述诸多主客观良好条件，使詹安泰心畅神怡，欢愉喜悦，精神焕发，情怀坦荡，文思如泉涌，诗情似水长，匠心阐词论，妙笔描丽笺，取得理论研究和诗词创作上的累累硕果。

1936年，年方34岁的韩师教师詹安泰，在《词学季刊》上发表论文《论寄托》，引起词学界的注目和高度重视。该文稽史考证，阐幽显微，认为性情所发，寄托乃真，意境空灵，寄托始深，论述词重寄托之义理。詹安泰的诗词作品，不仅常见于韩师《二师周刊》上，还散见于《国闻周报·采风录》《词学季刊》《青鹤杂志》等报刊上。1937年，詹安泰从其几百首词作中精选100首，出版第一部词集《无盦词》。这说明詹安泰在词论研究和创作上已有重大成就。香港《探海灯》报以"岭东词长詹祝南"为题，报道詹老师词学理论和创作的高度造诣。[1]詹安泰对词学的研究博大精深，"探骊得珠"，在全国词学界备受赞赏，令誉远播，已是"民国词人四大家"之一，是与夏承焘、唐圭璋、龙榆生等齐名的一代词宗。偏居岭东古邑潮州的韩师教员詹安泰先生，能与全国词宗齐名，诚属难能可贵也。

1935年以后，詹安泰诗兴大发，写了很多诗。"《韩山韩水歌寄邵潭秋》《听歌舞团陈翠宝唱大鼓词率成长句》《游别峰八十六韵》《琴香馆夜听王泽如琵琶、郑祝三筝、吴轩孙胡弦合奏》《郁郁四首》等都作于此时。""潮汕名学者、诗人陈沆老先生读到这些诗后，曾有信给詹老师：'忻读韩山歌、游别峰、听鼓词三大作，气韵沉雄，似绛云在霄，瑶泉落汉。别峰八十六韵，矫健盘旋，无一韵松懈……潮汕纪游之作，此篇允推巨制。'"[2]《鹪

---

①《詹安泰纪念文集》，广东人民出版社，1987年，第73页。
②《詹安泰纪念文集》，广东人民出版社，1987年，第74页。

鹪巢诗集》选录詹安泰1935—1938年的诗作90首，1939年4月离潮前的诗作8首。

詹安泰先生的诗词佳作，意境深邃，蕴含爱乡邦、爱山水、爱亲友、爱黎民的浓郁情愫。如描绘别峰胜概："更有望海岭，漾日水涟涟。处处足钩搭，光景腾万千"，"坐令万虑祛，领略浅深禅。小隐得高士，大隐定成仙"。[①]"当年韩苏曾过岭，惜不于此一留题"，"且倚昆仑向大海，长睨电露吞天脐"。[②]又如吟咏梅林湖："湖鱼美可食，湖水清可盥。最宜仁者居，岂任凡子混。"[③]《教师节同人饮集潮州西湖》则讴歌："城西西湖湖上山，远近贤智欣追攀。丰草绿缛软可籍，往往队队攒螺鬟。"[④]詹先生的诗词，还多处反映他心地仁慈善良，友情笃厚。如《为黄君绵家泽题弱肉强食图》："旧闻冻骨毒四煸，何当同类当珍膳。待放雄图骨节转，呜呼黄子仁者仁。走书作画画通神，谁云虎头真痴人。"[⑤]《赠王显诏》："与我相欢逾十载，佳言木屑霏霏永"，"穷儒忧乐何能同，且共搜奇登绝顶"。[⑥]

己卯（1939）三月前后，詹安泰将离潮入滇蜀之时，日寇侵华猖獗，潮汕面临沦陷之厄难。詹安泰在《将入蜀赋示同人五首》[⑦]《将离潮安赋赠饯别诸友》[⑧]等诗词篇中，还"动桑梓感"，忧国忧民、惜别亲友，"晚节昂藏想雄图，放怀万一寄新篇"。詹安泰入滇后，潮汕沦陷，他又在诗作中表达了"一念乡关几断肠"[⑨]的忧愁悲愤之情。《怀潮中故旧》赠石铭吾、谢贤明、饶宗颐、杨光祖、林青萍、丘玉麟的六首诗，更是表达了作者仁爱存天性、旧故皆知音的真挚深厚感情。[⑩]

1938年秋天，韩师名教师、文学诗词名家、书法艺术家詹安泰，被时迁

---

① 《詹安泰诗词集·鹪巢诗集》，翰墨轩出版有限公司，2002年，第8页。

② 《詹安泰诗词集·鹪巢诗集》，翰墨轩出版有限公司，2002年，第20页。

③ 《詹安泰诗词集·鹪巢诗集》，翰墨轩出版有限公司，2002年，第55页。

④ 《詹安泰诗词集·鹪巢诗集》，翰墨轩出版有限公司，2002年，第30页。

⑤ 《詹安泰诗词集·鹪巢诗集》，翰墨轩出版有限公司，2002年，第11页。

⑥ 《詹安泰诗词集·鹪巢诗集》，翰墨轩出版有限公司，2002年，第53页。

⑦ 《詹安泰诗词集·鹪巢诗集》，翰墨轩出版有限公司，2002年，第69-70页。

⑧ 《詹安泰诗词集·无盦词》，翰墨轩出版有限公司，2002年，第54页。

⑨ 《詹安泰诗词集·鹪巢诗集》，翰墨轩出版有限公司，2002年，第80页。

⑩ 《怀潮中故旧》，《詹安泰诗词集·鹪巢诗集》，翰墨轩出版有限公司，2002年，第88-90页。

云南的中山大学特敦聘为中文系教授。1939年4月，詹安泰接到中山大学聘书后，离潮赴任，成为著名的大学教授。

奕世流芳的良师典范

八十多年前，韩师有幸聘得詹安泰连续任教十二个春秋，成为当时振兴韩师的一代名师。詹安泰勤教育才和诗词研究创作的卓越成就，为办好当年的省立韩师名校作出重要贡献，为韩师发展史增添光彩，是韩师历史上良师的典范。他的光辉业绩和高尚道德风范，奕世流芳，铭刻在一代代韩山人心中。

1985年10月，韩师举行改革开放后的首次校庆活动，在校史馆和《韩师建校八十二周年纪念》图册中，都分别展示詹安泰等六位名师的玉照，并介绍他们的业绩。2003年10月，韩师百年华诞，詹安泰的事迹，载入《韩师史略·韩山人物·知名教职员名录》。2008年10月，韩师105周年华诞，詹安泰的业绩简介和玉照，又挂在图书馆楼下大厅环厅壁上，列于韩师历史上八位名师榜中。

当年詹安泰先生为韩师的振兴作出重要贡献，成为良师的典范，是矜式垂范后继韩师人的光辉榜样。

我们要学习詹安泰先生热爱韩师，"共韩山老"的精神。二十世纪二三十年代，学校师资队伍不稳定，像詹安泰这样连续在韩师任教12年的名师为数极少。翻阅韩师1903—1938年教职工花名册，三十五年间任职十年以上的有谢贤明、王显诏、詹安泰、郑晓初（校医）、林安祐、卢鸿恕、陈镇藩七人，连续任职十二年的有前面五人。而1926—1938年同在一起"相欢逾十载"的仅有詹安泰和"韩山人"[1]王显诏两位名师。詹安泰任教韩师，"旅居十年始一还里"[2]。这种热爱韩师、爱校如家的主人翁精神，是十分难能可贵的。后继韩师人，要学习发扬詹安泰、王显诏等名师的精神，爱我韩师，为进一步办好韩师竭诚尽力，多作奉献。

我们要学习詹安泰先生爱岗敬业，为人师表，勤教励学，传道扬文的高

---

[1] 20世纪30年代初，王显诏《题〈山水〉》诗云："我是韩山人，我爱韩江水。江 阔去帆迟，云淡秋无影。"载《纪念王显诏先生诞辰100周年》，香港天马图书有限公司，2002年，第56页。

[2]《詹安泰诗词集·无盦词》，翰墨轩出版有限公司，2002年，第41页。

尚师德和严谨教风，努力提高师德修养和专业水平，坚持育人为本，深化教学改革，创新办学模式，为国家培养大批勇于开拓创新，具有专业技术和人文情怀，德智体美劳全面发展的新型师资和各类建设人才。

我们要学习詹安泰先生勤奋严谨的治学精神，努力加强科学研究工作。詹安泰任教中师时，即十分重视学术研究，特别是词学研究，在声韵、音韵、调谱、章句、意格、修辞、境界、寄托、起源、派别、批评、编纂等诸多方面，都作了全面研究阐述，对词人和词作的研究分析，尤为独创深刻，学术研究成果十分显著，达到岭东词宗的水平。已办了37年高师并升格为本科的韩山师院，更应重视科研工作，把科研工作摆上重要位置，营造良好的学术研究氛围，进一步提高科研水平。学院广大教师、管理干部，要以詹安泰名师为光辉榜样，在认真搞好教学工作的同时，珍惜寸阴，科学安排时间，加强学术研究活动，突出抓好重点课题研究，多出科研成果，争取教学、科研工作都能达到省属高校的先进水平。

我们要学习和发扬詹安泰先生与教职员"相欢"共事，真诚合作的优良传统，坚持以人为本，尊重知识，尊重人才，建立互敬互助、团结协作、文明和谐的人际关系，凝聚整合师资力量，更好发挥教师的骨干作用。詹安泰、谢贤明、叶青天、王显诏、丘玉麟、黄家泽、郭笃士、许伟余等人既是同事，又是文友，皆有诗词酬唱，关系密切。当年省教育厅对韩师的嘉奖令文都提及"教职员具有合作之精神"，"各教职员亦能精诚合作"，"教职各员，均能一致合作，共谋发展"，"学校当局之负责整理，教职员之合作，均益促进校务发展"。[①]我们要继承发扬詹安泰等韩师前辈的优良传统，团结合作，齐心协力，建设文明和谐校园，共同办好韩山师范学院。

八十年前，詹安泰等名师，为振兴韩师作了重要贡献，使当时办学规模仅几百人的韩师成为广东省的中师名校。如今，沐浴着改革开放春风，获得跨越式大发展，办学规模超万人的省属韩山师范学院，更需要詹安泰式的名师治学施教。我们翘首祈盼韩园里涌现更多詹安泰式的名师，共同把历史悠久的韩师办成高等本科师范名校，再创韩师发展的新辉煌。

---

① 《二师一览·大事记》，广东省立第二师范学校，民国二十一年（1932），第9、10、12页。

纪念詹安泰先生国际学术研讨会嘉宾合影（韩山师范学院，2010年12月20日）

注：

　　本文引用的部分资料，由台湾书法家陈其铨夫人张月华教授，学院综合档案室、校友联络办诸同仁帮助搜集提供，谨致谢忱。

韩师抗日迁揭与复员回潮纪事

　　"潮人以思韩之故，而有庙祀，而有书院，匾以韩山。"①韩山师范学院前身可以追溯到宋代潮人为纪念韩愈而建的韩山书院。历宋元明清连续为州、路、府属书院。清光绪二十九年（1903），《钦定师范学堂章程》颁行，韩山书院改为惠潮嘉师范学堂，成为中国近代教育史上第一批效仿西方教育制度培养师资的新式学堂之一。进入民国时期，相继称广东省立惠潮梅师范学校、广东省立第二师范学校、广东省立韩山师范学校。1939年5月潮州沦陷前，韩师举校迁往揭阳县智勇乡古沟村水尾寨。1944年12月，韩师又迁揭阳灰寨。1946年春才搬回潮州原址。抗战期间，韩师几经迁徙，无论条件多么艰苦，始终坚持办学，为收容沦陷区失学学生，努力扩大招生数量，成为潮汕沦陷期间规模最大的中等学校。其间，除人才的培养之外，积极参与抗战宣传与进步活动，其中显示的民族精神、爱国情怀与辉煌业绩，值得我们永远纪念与弘扬。

一、"九一八"事变后的韩师

　　"九一八"事变后，韩师召开抗日救国大会，发出抗日通电及宣言，刊印《反日旬刊》，组织宣传队，分赴各处宣传。10月7日，全校师生参加潮安县各界抗日运动大会。10月9日，韩师学生义勇军和救护队成立，举行宣誓典礼。12月1日，韩师与省立金中、潮安县中联合成立潮安县学生抗日救国

---

① 《永乐大典》卷5343，第19页，潮州市志办、韩师图书馆重印本，2000年，第140页。

联合会，并与汕头市及各县共同筹建岭东抗日学联，积极开展抗日救亡活动。

1932年1月，教务主任李芳柏升任校长，李芳柏祖籍凤凰，曾留学日本，学识渊博，深受学生拥戴。1932年"一·二八"淞沪战役后，粤东形势紧张，日本军舰在汕头港外示威。2月6日，在李校长的支持下，韩师学生义勇军派代表到汕头绥靖公署请求上前线抗敌。同时，郑之进（郑淳）、陈贤学（陈洁）、詹竞烈等学生在老师支持下创办革命刊物，名师詹安泰老师为刊物起名《罡风世界》，意为天上的狂飙涤荡一切旧势力。首期《罡风世界》于4月出版，刊载了拥护苏维埃以及对淞沪抗战失败的评论文章，旋被政府立案追查。涉案学生在李芳柏的暗中保护下出走。

韩师的进步活动引起地下党组织的注意，潮澄澳县委暗中派人到学校开展工作。1932年秋，韩师毕业生刘斌、李开胜、黄立文、刘蕴喜和韩师在读学生林大观、陈初明、彭绍流、吴显模等，在笔架山后成立岭东教育者劳动同盟，印发抗日反蒋传单，宣传进步思想。潮澄澳县委书记李崇三亲自到东津刘斌家，组织刘斌、林大观、吴显模、陈初明4人学习4天，进行党的路线、方针、政策教育，吸收他们入党。

1934年初，韩师文学团体"春耕社"出版宣传抗日救国的壁报后，学校被驻潮的国民党军独立第二师及潮安当局派军警突然包围，以"逆党分子"名义逮捕主要参与者欧阳业振、丁章聪（丁翀）、丁章仰、陈树增、黄来如等5名学生，李芳柏校长也同遭逮捕，被囚于汕头绥靖公署。潮州各校教师联名上书抗议，当局慑于群众舆论，不得不将李芳柏等释放。[①]

二、"七七"事变前后的韩师

1936年9月，李育藩出任韩师校长，其祖籍潮安县沙溪上园村，是民国时期治校六年多的校长。[②]李育藩履新不久，绥远抗战[③]爆发，在全国引发一

<hr />

① 蔡起贤：《校园话旧——记韩师三校长》，《汕头文史》1991年第9辑。

② 陈贤武：《广东省省立第二师范学校校长——李育藩》，《韩山师范学院学报》2011年第2期。

③ 绥远抗战，是1936年11月至12月发生在中国绥远地方当局和日本支持的德王等蒙古军阀的一场局部战争。

场援绥抗日运动。李育藩以全校师生名义，致电慰问。

1937年，广东省教育厅发函要求各级学校兼办社会教育，韩师接函后提交了《韩师廿六年度兼办社会教育情形暨廿七年度兼办社会教育计划》[①]，社会教育分为抗战宣传、开办民众学校、通俗演讲和壁报四部分，其中抗战宣传方面，有演讲、歌咏、街头剧等多种方式，每星期日由导师率领学生到乡间活动。

"七七"卢沟桥事变后不久，韩师学生会改名为学生抗敌工作团。该团定期举行学生代表会议，为适应抗战形势而开展相关工作，表达学生诉求。由该团出版的《人人读》（三日刊）及《人人画报》则分贴各村，并寄赠各乡公所及各乡校，以广为宣传。学校还出版《烽火》等刊物，揭露德日法西斯罪行，报道抗日斗争进展，开展抗日宣传教育。

1938年4月，中共韩师支部秘密成立，陈诗朝任书记。在林大观等党员毕业离校后，又吸收王增辉、张旭华等4人入党，李贻训任组织委员、张旭华任宣传委员。党支部团结进步师生，组织宣传队，在校内外开展抗日救亡活动。

1938年5月，与潮汕毗邻的福建金门和厦门先后沦陷，形势更加紧张。学生抗敌工作团向李育藩校长提出申请："自抗战军兴以还，日机四出，炸我不设防地区……我校为岭东最高学府，潮汕小学教育师资之唯一养成场所，抗敌救国，素不后人，有潮汕抗战大本营之称，且地处城东冲要，为昔攻凤邑者必争之地，居心险恶之寇机，难保不来光顾……"申请书建议迅速"在山坳隐蔽地方，广筑强固之避难室若干座"[②]。

1939年，韩师前方的湘子桥屡遭日机轰炸，警报频繁响起，虽然有了避难室及防空壕，学生们仍然人心惶惶，无法安心向学。为适应形势变化，同时遵照广东省教育厅颁发的《广东省各级学校处理校务临时办法》第二条"或择比较安全之县区或乡村为迁移之处置，必要时得速行办理"规定，韩

---

① 韩师校藏档案：《为呈报廿六年度兼办社会教育情形及廿七年度计划暨社会教育推行委员会章程》卷100，第18-19页；《广东省立韩山师范学校廿七年度兼办社会教育计划》卷64，第11页；《广东省立韩山师范学校社会教育推行委员会章程》卷64，第10页；《二十六年度民众学校概况报告表》卷64，第9页。

② 韩师校藏档案：《为呈请广筑强固避难室并于本校已筑避难室上面加盖竹架铁网，以保员生性命安全，乞迅核夺施行由》卷68，第43-45页。

师积极筹划搬迁事宜。①

据韩师老校友、抗战老兵林盛传②回忆：

"警报一响老师就带着学生先走，进入防空壕。那些日机炸桥，丢下炸弹，民众也遭殃。警报解除以后，大家看到被炸者的胳膊挂在树上，惨不忍睹，很恨日本鬼子……学校办学很困难，老早就准备搬校……"③

李育藩校长委派教员分赴兴宁、揭阳等地，实地选择迁校场所。几经比对，最后择定借用揭阳县智勇乡古沟村④未用之房屋及祠堂为临时校址。古沟北与丰顺县埔寨交界，南临榕江南河和普宁县的南溪镇隔河相望，虽然比较偏僻，但交通方便，有水路通达。

李校长函请广东省第五区专署转揭阳县政府协助，申明韩师已租下古沟村新屋八座为校址。⑤

接着，李育藩致函潮安县政府及潮安县民船工会，告知学校奉令迁移揭阳古沟村，将于5月26日用四肚帆船10艘，将图书、仪器、教具等物运送，请潮安县政府军运代办所令潮安县民船工会派船运输。⑥同时函请潮海关税务司、潮安县政府、汕头市政府、揭阳县政府告知沿途所属警察所、自卫团队、稽查员知照，并予保护，以顺利抵达古沟。⑦

至6月初，韩师基本完成迁校，校务教学恢复正常。6月27日潮州沦

---

① 陈嘉顺：《生存与教育——李育藩治校与西迁前的韩师》，《韩山师范学院学报》2013年第4期。

② 林盛传，1919年生，潮州江东人，1934年在韩师求学，1938年毕业留校任教。1939年投笔从戎，考上黄埔军校广西宜山分校第16期步兵科，1944年在贵阳独山与日军作战。2015年9月获中国人民抗日战争胜利70周年纪念章。

③ 口述史料。受访人：林盛传；采访时间：2014年1月10日；采访地点：潮州。

④ 古沟村今称广和村，系属揭阳市揭东县白塔镇的一个行政村。

⑤ 韩师校藏档案：《函知敝校奉令搬迁，经择定贵县一区古沟乡新村未用平房八座、祠堂一座，为迁校地址，请予即日派警封存借用由》卷82，第25页；《函知本校经择定揭阳县属一区古沟乡新村为迁校地址，请予电令揭阳县政府派警封存借用由》卷82，第26-27页。

⑥ 韩师校藏档案：《函恳转请军运代办所着民船工会雇四肚帆船十艘运送校具由》卷82，第17页；《函请介绍帆船运送校教具赴揭由》卷82，第18页。

⑦ 韩师校藏档案：《函知敝校由韩江运送图书、仪器、校教具、行李等物赴揭，乞请转属知照并予保护由》卷82，第19页。

陷。韩师背面的韩山具有重要军事地位，韩师校园因此沦为日军军营及日军司令部，数次成为中国军队反攻的战场。众人皆庆幸学校搬迁及时而使图书、仪器、教具等重要资源等完好保存下来，不然难免毁于战火而无法办学。

三、韩师在古沟

从1939年5月底至1945年年初，韩师在古沟办学共5年9个月。鉴于各沦陷区学校相继停办，失学青少年日益增加，韩师得到教育厅的允许，在极其艰苦的条件下努力扩大办学规模，陆续收容了省立金中、潮安二中、八区中学、澄海中学、饶平中学、汕头女中及聿怀、磐光、海滨等中学失学的学生，以及来自泰国、越南的侨生，成为一所高中师范、简易师范、普通高中、初中并存的多学制学校，也是沦陷期间粤东地区规模最大的中等学校。据《韩师史略》记载：此前韩师办学规模最大的1932学年度，计开办高中师范3班，乡村师范6班，图工乐体专科1班，共10班，学生435人；附小6班，学生236人。迁古沟后的1944学年度，师范、中学4部科共办21班，学生844人，附小8班，学生400多人。①

在抗战的艰苦岁月里，韩师仍按当时上级教育行政部门规定的学制、课程（包括军训）和管理制度，从严治校，在招生、教学、考勤、考试、升留级、奖惩、学籍管理等方面，都有严格的规章制度。因搬迁及时，韩师原有的图书仪器设备，还有金中移交给韩师的，都基本完好，能够保证教学的需要，教学工作得以正常运行。潮汕教育界的不少名流随韩师内迁，张华云、孙裴谷、许伟余、王显诏、杨金书、刘昌潮、罗尧范、黄家泽、郭笃士、林受益、瞿肇庄、林韬、林英等名师硕彦，都在韩师任教，师资队伍强大。据1944学年度统计，在学校领导及专任教师39人中，大学本科毕业25人，大专学历11人。他们又都过了而立之年，有一定教学经验，教学认真负责。有潮汕教育界名流硕彦掌教，而经过严格招生考试录取的学生，犹如"万选之青钱"，师生共同努力，保证当时韩师师范部和中学部都有较高的教学质量。

韩师在努力扩大办学规模，坚持战时办学的同时，还通过组织宣传队下

---

① 林英仪、吴伟成：《韩师史略》，汕头大学出版社，2003年。

乡和开办民众学校等形式，开展抗日宣传教育活动。1940年2月29日至3月3日，全校师生编成宣传大队，校长兼任大队长，分4个中队、12区队，24小队，分赴揭阳县20多个乡开展宣传活动，包括抗日和征兵演讲，办壁报与张贴标语、漫画，文艺表演有歌唱《保卫中华》《抗战进行曲》《从军曲》《杀敌歌》等，表演《别亲从军》《死里逃生》《火焰》《壮烈牺牲》等戏剧。还调查慰问出征军人家属。1940年暑假，学校又组织战时宣传服务团，编成4个中队，16个分队，在乔林、华清两乡表演戏剧，群众达3 000多人。民众夜校则在古沟、何厝围、玉步、渔南、智勇、永睦等开办8所。通过宣传队和办民众学校等形式开展社会宣传教育，发动民众参加抗日战争。

韩师学生经常外出发动民众为抗战殉国战士捐款。如1940年年底，驻防揭阳钱岗的陆军第6预备师营长杨一鸣[①]殉国后，韩师学生即发起募捐活动。此次参加的学生共分成12队，每队队长一人，队员二人，携带募捐册，分赴各乡募集。[②]

1941年，韩师王显诏等老师在古沟组织并亲自参加图画比赛，题材有"抗战画""莫忘敌人在潮汕的暴行""坚定抗战信心，迎接最后胜利"等，也获得很好的宣传效果。

在古沟办学时期，地下党组织亦在韩师积极开展活动。1940年8月，学生党员张开明、马家泉、詹益庆等考上韩师，一边继续读书，一边积极引导进步学生参加党领导的革命活动，不少学生毕业后奔赴解放区参加革命，有的参加东江纵队、潮汕人民抗日游击队、韩江纵队等，有的以职员或教师身份为掩护，坚持隐蔽斗争。[③]

四、韩师在灰寨

1944年12月9日，揭阳县城沦陷，古沟受到严重威胁。时任代理校长陈传文与众人商量，一致认为必须再次迁校，并将迁校地点定在灰寨。该地离

---

① 杨一鸣（1904—1940），揭阳云路北洋人，毕业于广东守备军干部训练班，1940年任陆军第六预备师十八团一营营长，同年11月在阻击日军西侵揭阳的战斗中伤重不治而殉国。

② 韩师校藏档案：《寒假募集杨故营长抚恤金劝捐队一览》卷350，第13页。

③ 口述史料。受访人：陈仲豪；采访时间：2012年9月16日；采访地点：汕头。

河婆五十里，离棉湖三十里，距离揭阳县城约一百里，周围皆山，非军事要道，有水道可抵达附近。韩师即向教育厅发电请准予迁校，并下拨搬迁经费。①省厅未能及时下拨迁校费用，韩师为安全起见决定先行搬迁。师生齐心加上沿途各乡、学生家长暨灰寨人士鼎力相助，搬迁得以顺利完成，历时一个半月。经过一系列的准备工作，韩师于1945年2月底正式注册开学，除随迁的学生外，还收容普宁等沦陷区的失学学生，予以登记测验，分别编级插班借读，同时接受灰寨乡中心学校为附属小学。据老校友回忆，办学规模达到1 500人。

灰寨是共产党在揭阳大北山的重要据点。韩师来到古沟，为掩护地下党组织的各项活动作出了重要贡献。据韩师老校友、地下党员李铁生②回忆："灰寨是我的家乡，我们先后有一百多人登记了韩师的学籍，成为韩师的学生。这给我们从事地下工作提供了很多方便。我们出来都带着韩师的袖章，国民党兵看到我们是学生，一般都不再检查。校长和老师都很开明，若有个别学生被抓，也会被保释出来。"③

五、复员回潮州

1945年8月15日，日本无条件投降的消息传到在灰寨的韩师。23日，陈传文校长致函潮安县县长，说明数年来，韩山原有校舍被敌侵占，已经损坏不堪，抗战胜利之际，希望潮安县政府在敌军撤退时，对于韩师校舍切实予以保护。④日军受降撤退后，韩师派家在潮城的黄家泽、卓景锐老师回潮，请潮安县政府派员一起察看校舍遭毁坏情况。接着，由潮安县政府在英聚巷扶轮堂召开八次会议后，在韩师图书馆（中山纪念堂）召开第九次会

---

① 韩师校藏档案：《电拟迁校五区灰寨乡如何乞电遵由》卷250，第16页；《呈为拟请迁校灰寨并附缴搬运设备费支出预算书，恳电示遵拨款下校，俾便搬迁由》卷250，第66—67页；《电报敌犯古沟等处，将重要公件抢运至灰寨筹备开课，乞拨款济用由》卷262，第19页。

② 李铁生，1929年生，1939年加入"少年抗日先锋队"，1944年为广东人民抗日游击队韩江纵队战士，1945年奉命在韩师边读书边从事地下革命工作。

③ 口述史料。受访人：李铁生；采访时间：2013年7月6日；采访地点：汕头市。

④ 韩师校藏档案：《函请于敌军撤退时对于本校校舍切实予以保护由》卷265，第54页。

议，讨论落实有关回迁准备工作，确定1946年2月迁回韩山。

1945—1946学年度第二学期于1946年2月21日开学上课。学校成立修建校舍委员会，向省教育厅申请拨款，并发布《修建校舍捐款纪念办法》，边上课边修建校舍。

对校园内遭日寇毁坏的韩文公祠，则由刘侯武、陈绍贤、郑绍玄、朱宗海、王雨若等省地县官员、社会名流以及省立金中校长詹昭清、韩师校长陈传文等15人，联名签发《重修韩文公祠募捐启》，获得学校师生和丁允元裔孙宗亲的热烈响应。此次募捐共募资国币89.9万元，其中韩师师生捐资34.95万元，金中师生捐资22.95万元，潮安一中师生捐资12万元，仙田丁允元公派下裔孙捐资20万元。韩师教导主任张元敏主持修祠的具体工作，于1947年完成修祠、造像、建磴道，并在磴道两边嵌上书写捐助者芳名的瓷板，以志纪念①（纪念瓷砖于1985年重修韩祠时拆下，收藏于韩愈纪念馆）。

韩师还积极参与其他纪念抗战的活动。1946年7月初，积极组织师生参加潮安县各界"七七"追悼抗战死难军民大会。7月7日追悼日学校下半旗，师生停止一切娱乐宴会，正午十二时鸣钟，全体师生就原地立正，静默一分钟。与此同时，韩师响应广东省党部建筑广东省忠烈祠的倡议，踊跃认捐国币4万元。

韩师迁揭6年又9个月，在潮汕沦陷的艰难岁月里，师生们在抗日图存、民族解放的大目标下，发扬爱国精神，坚持战时教育，办学成绩斐然。据学籍簿统计，1940—1946年，韩师师范部、中学部四个部科的毕业生共1 250人，约占1903—1949年毕业生总数的46%，还有数量不少的肄业生和培训班结业生。韩师真是硕果累累，人才渊薮，可概括为四个方面：表表高标，培养大批合格师资；行行竞秀，造就各类技艺专家；拳拳磨炼，陶冶众多勤政干才；悠悠赤心，海外校友桑梓情深。

韩师迁揭坚持战时办学，是韩师校史光辉之一页，也为广东教育史增添壮丽篇章。在中国人民抗日战争胜利70周年之际，韩山师范学院已与揭阳古沟村商定，以当年古沟校舍区作为学院爱国主义教育基地，立碑铭记。

（与陈俊华合作，载《潮州》2015年第1期）

---

① 《潮州文史资料》第六辑，1987年。

潮汕沦陷时期苦难生活的记忆

我是田舍农家子，是家中的老仔细弟，出生于日寇侵占我国东北之年。1939年进村塾读书。《公民·战时》第一课是："血，血，血！中国人民流的血！火，火，火！东洋鬼子放的火！这样的日子，怎样过！怎样过!?"上学仅两个多月，端阳节（1939年6月21日）放假。那天上午，仙洲老亲家来我家，给我这个小叔仔几个铜镭，我便到村里铺仔头买糖果。回家途中骤闻远处有轰隆炮声，抬头又见日寇飞机盘旋扫射。我急忙跑进巷边堂兄家躲避。当时日寇就攻占距离我们村十几里外的庵埠梅溪，当天汕头陷落。6月27日，日寇又侵占潮州城。从此，潮汕人民熬过了六年多的苦难岁月。

一、日寇直接掠夺蹂躏我家乡

沦陷期间，盘踞东凤、龙湖的日寇多次渡江到我家乡劫掠。1939年农历六月廿六日（8月11日）土地爷寿诞，农家都准备供品等午后到田头拜土地爷。当天上午，大堤上村民发现驻扎对岸的日寇，正乘橡皮艇渡江而来，立即进村通报。村里妇女即跑到村外甘蔗园躲避，各家各户也紧闭门户防寇。玄祖派下20多户从兄弟合住的塔仔沟墘大厝宅，外埕门、巷门、前后座大门都紧闭。我和祖母、母亲、周岁半侄儿四人藏匿于正座大房后房。比我大四岁的细姐正在大房后房北窗对门的巷头房灶前蒸芋头。骤听大砰一声，外埕门被日寇踢开，细姐急忙从后包南大门穿过草寮间逃往村外蔗园。进了外埕的鬼子，见大门角有锄头，即拿起锄头砸断我家巷头房北窗桹，一鬼子爬窗进来后开大门，几个鬼子进大厝内掠夺各户家禽。家母怕孙儿啼哭惹鬼子破门残害，拧点供盘中的猪肉给他咀嚼，请土地爷原谅，躲过一劫。

又有一天，已是酉时黄昏之际，日寇又突袭我村，侵入我们大厝内，母亲、祖母依然带我和小侄儿闭门藏匿于大房内。只听得后座有倒地惊叫之声，等日寇走后，才知道年已古稀的成章老叔被毒打倒地头破血流！此次黄昏突袭，村南村北，各有一位农妇惨遭鬼子强暴！

还有一次，已是潮汕沦陷后期，村里有一位比我大六七岁的青年，据说与驻东凤日寇有一些来往，不知什么原因，被日寇刺杀陈尸于村南堤边小池塘！

二、遍设岗哨盘查，横蛮打我同胞

驻东凤、龙湖日寇，都在村头、渡口遍设岗哨。我村主要种经济作物，村民经常要到对岸的东凤、龙湖市场出售农产品，买进日常生活用品。日寇遍设岗哨，津旅极不方便。过往民众，必须出示"良民证"，行鞠躬礼，站岗鬼子常横蛮刁难，动辄打我同胞。家母年过半百，到龙湖娘家探亲，就曾被刁难为行礼不恭，扇了两大耳光。

三、治安混乱，盗贼难防

沦陷期间，尽管我们村组织守更防盗，夜间四周进村通道都严密封锁，并组织巡逻队、屋顶、村内巷道，轮班守更至天明，严防盗贼。但村外地瓜、香蕉等农作物，各家还得搭草寮守菁。1944年秋天一个昏暗夜，父亲到高槽地瓜园守菁，狡猾的盗贼欺负父亲年老体弱，专来盗挖地瓜，父亲起来斥责他。他即躲进相毗邻的甘蔗园藏匿。俄顷又再出来偷挖，如此反复偷挖地瓜。也是那晚午夜后，我在塔仔门口池地瓜园守菁，骤被枪声惊醒。听枪声，是带枪的"大班贼"到邻村渡头抢劫。我怕盗贼来草寮绑架勒索，急忙起身抱着棉被子，到离草寮较远的薯畦沟中避贼。

四、办学艰难，学童难以正常读书

我家乡是到江东创乡最迟的佃农村。江东津渡不便，沦陷期间社会治安又混乱不堪。本村缺乏师资，外地教师难聘，村塾无法正常开办。我家主要劳力——大哥在马来亚沙捞越谋生，日本侵占马来半岛后，侨批断绝，在家的三哥又暴病身亡。当年我家成为经济困难的老少妇孺之家，我这个原来受家庭宠爱的老仔细弟，也得参加栽豆、种蔗、牧牛、修堤等农牧劳作。因此每年进村塾读书的时间只有四五个月。沦陷期间，我断断续续进村塾读书总计只有3个年头。1946年，我家乡的村塾才合成初级小学，其时我已出了"花园"，只是读了几个月的补习班，不能取得小学毕业的文凭。

《潮州志》的出版传播、创新特色与影响综述

誉满寰宇的国际汉学泰斗，学术、艺术大师饶宗颐教授，是从研编潮州方志书开始迈上学术殿堂的。先生聪颖早慧，幼承家学，博览群书，留心地志之学，发挥三长之才①，大魄力、创新格总纂《潮州志》，成为当年全国罕见的壮举。这部具有创新特色的文献巨著，对潮州方志事业和潮州文化的发展，有着重大意义和深远影响。

一、《潮州志》的出版传播概况

（一）1949年版

潮州修志委员会和潮州修志编纂委员会于1946年7月成立，主持修志实际工作的副主任兼总编纂饶宗颐运筹帷幄，编纂委员会和修志馆众同仁共同努力，经过近三载的辛勤运作，至1949年春，大部分志目先后完稿。1949年3月24日，潮州修志委员会呈文广东省第五区行政督察专员公署，请令饬所属转饬各区乡公所学校分别定购以便付梓。全书拟印2 000部，每部分50册。专署于3月28日发希政二教207号电文，饬令各市局及省立金山中学、韩山师范学校、岭东商业学校、潮汕商船学校，径向修志委员会认购潮州新志。专署在函复修志委员会文稿中签"本署定购一份"。存于汕头市档案馆的修志委员会文书案卷中，还有普宁县政府4月15日代电呈专署："207号代电奉悉，除饬所属各乡镇公所各公私立学校，径向该会定购外，谨电察核。"新加坡侨领黄芹生、杨缵文发动乡亲定购70部。②

---

① 三长，《旧唐书·刘子玄传》："史才须有三长，世无其人，故史才少也。"三长，谓才也，学也，识也。
② 新加坡《潮州乡讯》1949年第4卷第9期第5版。

各县市局机关学校预订《潮州志》多少部，1949年汕头艺文印书局出版的潮州志15门（沿革志、疆域志、大事志、地质志、气候志、水文志、物产志、交通志、实业志、兵防志、户口志、教育志、职官志、艺文志、丛谈志）20分册，印数多少，未见文书案卷可查。当年10月汕头解放，政权机构更替，人员变动，《潮州志》20分册发行情况不明，传播范围亦受影响。泰国侨领支持修志馆经费，泰国潮州会馆、潮安同乡会等社团均收到民国版《潮州志》收藏。据《中国地方志联合目录》载："［民国］潮州志不分卷，饶宗颐纂修，民国三十五年（1946）修，三十八年（1949）铅印本。"收藏者有京、沪、津、晋、内蒙古、辽、吉、甘、宁、青、苏、皖、赣、闽、豫、鄂、湘、粤、桂、川、滇等23个省市区的图书、历博、科研、高校50多个单位。① 又《潮汕文献书目》载："［民国］潮州志，饶宗颐总纂，民国三十八年（1949），汕头潮州修志馆，铅印本，20册。（线装）"藏于汕头、潮州、饶平图书馆，揭阳博物馆，韩山师专，潮州金中图书馆。②

（二）1965年《潮州志汇编·第四部》

1965年7月，饶宗颐教授合明《永乐大典》潮字号、嘉靖《潮州府志》，清顺治《潮州府志》、民国潮州志稿18册，编成《潮州志汇编》，由香港龙门书店印行。出版者说明："是书对于潮州历史及风土人物，灿然赅备；即嘉应客属之史迹，其在雍正十一年（1733）未建置嘉应直隶州以前者，亦灼然可征。至于治宋元史、明清史及民国史者，其中亦多宝贵资料，足供采摭。研究中国历史及地理，尤其潮属、客属文献与南洋华侨史者，此书洵为不可不备之珍本也。"③

此次出版之《潮州志汇编》，主要传播于中国港澳台、新马泰潮团和部分高校，传入中国内地较少。1986年出版的《中国地方志联合目录》没有录入该书。至20世纪末，潮州市志办在与新加坡八邑会馆的交流中才获得《潮州志汇编》，中国香港、泰国、新加坡等地潮团贤达对该书多有赞誉。泰国潮州会馆主席苏君谦赞扬"饶宗颐先生在学术上的成就是极其光辉的"，"修订《潮州志》这项工作对我们潮州的文化或史故来讲，其贡献是彪炳千

---

① 《中国地方志联合目录》，中华书局，1986年，第690页。

② 《潮汕文献书目》，广东人民出版社，1999年，第123页。

③ 《潮州志汇编·出版说明》，香港龙门书店，1965年。

古，永远值得我们潮州同乡崇敬"。①

由于历史条件的限制，饶教授总纂的《潮州志》鸿篇巨制，直到20世纪80年代，尚未得到史志界的充分重现和发挥其重要作用。新中国首轮修志才开始有所反映。《广东省志·社会科学志》在《附录·著作目录·地方志》中载"《潮州志》不分卷，饶宗颐修纂。潮州修志馆，民国三十八年（1949）版本"。②《汕头市志·新闻·出版·电视》"民国时期的潮汕出版业"中记载"汕头艺文印书局印刷出版饶宗颐总纂《潮州志》"。③又在附录（三）历代《潮州府志》序言选录中录入叶恭绰《潮州志》序、《潮州志汇编》香港龙门书店出版说明和饶宗颐序。④《潮州市志》则在第111章史志之州府志中简介："《潮州志》，民国三十八年（1949）修，郑绍玄倡修，饶宗颐总纂，拟编50册，成书20册，不分卷。"这里肯定"《潮州志》以近代科学分类，资料较为丰富"，并列出志目。指明"全国多个大图书馆和潮州图书馆、潮州档案馆、韩山师专和潮州金中图书馆收藏，1949年版或1960年汕印本"⑤。

（三）2005年版

2000—2004年，潮州市地方志办公室在饶宗颐教授指导整理编印明清潮州旧志的同时，于2004年春拟定重刊《潮州志》方案，获得香港潮属社团总会创会主席陈伟南先生主动赞助经费，市委市政府重视支持，拨给专款。8月3日，市志办编辑人员在香港饶宗颐教授寓所接受委托书，教授面授重刊《潮州志》机宜。市志办联系香港潮属社团总会、市政协文史委、韩山师院、汕头潮州两市档案馆、潮州市博物馆和图书馆、饶宗颐学术馆、文星印刷厂等十几个单位，聚集各方专家、社会热心人士和电脑技术人员共数十人，经过一年多时间共同努力，整理重刊《潮州志》工作告竣。包括将1949年版的20分册编为6册；补编民族志、山川志、实业志五·工业、风俗志、

---

① 杨锡铭、王侨生：《饶宗颐教授与泰国缘分述略》，《饶宗颐与华学国际学术研讨会论文集》，2011年，第110页。

②《广东省志·社会科学志》，广东人民出版社，2004年，第645页。

③《汕头市志》（四），新华出版社，1999年，第330页。

④《汕头市志》（四），新华出版社，1999年，第1017-1022页、第1030页。

⑤《潮州市志》，广东人民出版社，1995年，第1656-1657页。

戏剧音乐志，编为2册，增编卷首、志末各1册，共10册，230万字，印数1 300部。发行范围：呈报中国地方志指导小组、广东省地方史志办公室，发送本市市属档案馆、图书馆、文史机构，高校和部分中学图书馆以及机关领导干部和文史工作者。分发潮梅各市县的史志、档案、宣传文化等部门和文史研究人员。

遵照饶教授和陈伟南先生的嘱托，运至香港100部，发送各潮团、高校和文史专家学者。另50部发送中国澳门、台湾以及新加坡、泰国、马来西亚等有关单位。向全国部分重点大学寄送《潮州志》。还专程到广州，在中山大学举行座谈会，向与会的专家学者分发重刊的《潮州志》。在广州上门送书的还有省档案馆、文史馆、省立中山图书馆、社科院、广州市志办、广州方志馆、中山大学、暨南大学、华南师范大学、广州大学、广东技术师范学院等高校图书馆、专家，以及热心史志工作的潮籍乡贤。莅潮参加研讨会或学术交流的泰国、新加坡、日本、韩国、中国台湾等国家和地区的专家学者，亦径向潮州市志办领取这部鸿篇巨制。

2005年版《潮州志》总共向本市和海内外发送1 200多部，传播潮州历史文献，成为图书馆、档案馆、史志编研单位收藏和文史专家、学者学习研究的宝贵典籍。

（四）2011年版

在2005年版的《重刊〈潮州志〉序》中，饶宗颐教授动情地提及"重刊之事，迹近奢望，不意望九之年，竟能获见是书之补编锓梓，岂非人生之赏心乐事耶？"同时眷念："尚有丛稿，有待理董"，"再谋刊布云"。

苍天佑圣哲，吉星闪祥光。六十年前曾伴随饶教授辗转他乡，教授定居香港后藏于寓所书报山中久未露面的潮州志丛稿，终于在2009年年初找到了。饶教授即致电潮州市政协副主席、海外联谊会会长沈启绵，激动地说：60年前带来香港的潮州志丛稿找到了，他终于可以告慰先贤，完成历史使命。2009年1月11日晚上，我陪韩师庄东红副院长等一行在香港骏景大酒店骏景轩拜会饶宗颐教授。饶教授亲切牵紧我的手，兴奋地说潮州志稿找到了，请我把志稿带回潮州，整理编辑出版后，原稿存入学术馆（颐园）珍藏。大师垂爱言谢，不才乡晚后学愧当不起。大师谆谆嘱托，我义不容辞地细心护宝回潮州家乡。

饶宗颐教授和陈伟南先生的眷顾、敦促，潮州市党政领导的关注支持，使《潮州志补编》整理工作启动了。潮州海外联谊会于2010年3月成立《潮州志补编》整理工作小组（组长：沈启绵；副组长：曾楚楠、黄挺；成员：李来涛、林英仪、黄继澍、吴二持、吴榕青、陈贤武、蔡少贤、陈伟明）。面对一沓沓发黄漫漶的志稿，整理工作小组成员聚精会神，齐心协力，分工合作，仔细梳理。经过一年多时间的共同努力，基本完成志稿整理、编录工作。小组成员连同联谊会、学术馆的蔡建林、王振泽、陈伟、吴鋆等热心人士，多次反复精细校核，终于编成《潮州志补编》出版。其中《古迹志》2册，《金石志》《人物志》各1册，《宦绩志》与《外编》合为1册，共5册，150多万字。印数1300部，参照2005年版发行。

经历一甲子之余的接力出版，《潮州志》24门380万字，已接近完帙梓行。这部宝贵的潮州地方文献巨著，较广泛地传播于海内外，对潮学研究和潮州文化的传承，将越来越发挥其重要作用。

二、《潮州志》的创新特色

1949年夏，时任广东省文献委员会主任的叶恭绰先生，获悉《潮州志》编辑告竣，即将出版，惊喜交集，欣然为《潮州志》作序，肯定此书之善有二大端："融通新旧，义取因时，纂组裁量，各依条贯，不取矜奇立异，亦非袭故安常。分类三十，统称为志，仍附各表，以省篇幅而醒眉目。殿以《丛谈》《叙录》，若网在纲，别为卷首、志末，以存全貌，可谓斟酌至当，兼备众长。此体例之惬当，为全书之特色者一也。""义取求真，事皆征实，如山川、气候、物产、交通之类，皆务根测验，一以科学为归。更重调查，期与实情相副，迥殊扪篇，可作明灯。此记载之翔确，为全书之特色者二也。"①

———————————

① 叶恭绰：《潮州志序》《潮州志》重刊本卷首，潮州市地方志办公室，2005年，第2-3页。叶恭绰（1881—1968），广东番禺人，民国时期曾任铁道部部长、交通大学校长、广东省文献委员会主任，1950年赴京任中央文史馆副馆长，全国政协第二届常委。

2004年8月，饶教授向我们授委托书、介绍当时《潮州志》编纂情况时说："别看我样子沉静，但干起来却很有勇气和魄力，做学问，搞研究，要有大魄力和搰幽凿险精神，抓住大题材和新课题。当年《潮州志》就是靠大魄力和创新格编成的。"根据叶公和饶教授灼见，结合参与补编重刊《潮州志》的学习体会，我认为《潮州志》有以下几个方面的创新特色。

（一）规模空前，全国罕见

清代自乾隆朝周硕勋修《潮州府志》后近150年无所为继，民国肇造至抗战胜利30多年亦未修潮志。饶宗颐受命为潮州修志委员会副主任兼潮州修志编纂委员会总纂后，即协同主任郑绍玄（郑卸任后刘侯武），健全规模大、组织严密的修志机构，发挥三长之才，大魄力、大手笔，拟定门类多、涵盖面广的志目。众位纂修乡贤勠力同心运作之三年间，国家又处于"两个中国命运"决战之激荡岁月。面对时艰，编纂诸同仁夙夜匪懈，同舟共济，辛勤采辑，埋头著述，终于基本修成400多万字的《潮州志》，并刊行20分册。如此大规模纂修《潮州志》，确是本地区以至全国所罕见的。

清代前期顺治、康熙、雍正、乾隆四朝相继修成《潮州府志》。顺治吴志十二卷，分十二部，30多万字；康熙林志十六卷，为目二十六，50多万字；雍正胡志二十四卷，列目三十；乾隆周志四十二卷，分三十六门，80多万字。《潮州志》列三十门，拟分订50分册，400多万字，其规模大大超过清代四部《潮州府志》之总和。查阅1986年中华书局出版的《中国地方志联合目录》，收录历代截至1949年全国地方志书8 200多种，在全国400多个旧州府中，民国时期修志的只有30多个地区，而且多数属于续修。其中民国三十四年至三十八年（1945—1949年）只有三个地区修志。即（贵州）《定番州志》，清代原本，民国续修，1945年铅印本；（贵州）《遵义新志》十一章，17万字，1948年铅印本；（广东）《潮州志》，1946—1949年修，分门类设志目三十，1949年出版20分册，约150万字。这就是说，这个时期，在全国少之又少的修志地区中，只有潮州的《潮州志》体例创新，门类齐全，内容丰富，规模宏大，成果显著。正如叶恭绰先生当年在《潮州志序》中所言："盖民国建立后，吾粤以旧府属为范围所新编之方志，此尚为第一次也。"他盛赞"有此精心结撰之作，所谓鸡鸣不已，凤举孤骞，诚空谷跫音，荒年颖秀矣"。夸奖"潮人士此举，殆有裨全省，而非止岭东一隅之幸"，"实足供时代所需"。①当年《潮州志》之纂修，的确是开创性的修志盛事，是全国罕见的壮举。

（二）体例创新，略古详今

饶教授在《潮州志述例》中强调修志"贵创而不贵因"，"兹编分三十门，沿旧志者十之四，自立义例者十之六。沿革、疆域、气候、山川、物产、古迹、兵防、水利、财赋、宦绩、人物，皆旧志所有。民族、地质、土壤、地形、水文、政治、交通、实业、侨况、社会、宗教、方言、戏剧音乐、金石，则向之所无。户口于旧志为附庸，今蔚为大国。乾隆时修府志为目凡三十六，兹多所删并。删形势入于地形，并飓风于气候，分灾祥中之地震以入地质，合署廨坊表寺观茔墓于古迹，合城池津梁墟市于建置，并堤防于水利，合赋役经费盐法于财赋，合屯田关隘于兵防，附驿传于交通，易征抚之篇，以年系联为大事志，艺文专列书目。其各体诗文则仿阮通志、海阳志例，择要分系各门"②。

新设《实业志》，更是《潮州志》的创举。根据近现代潮汕地区各经济行业的发展情况，《潮州志》新设《实业志》，依次分为农业、林业、渔业、矿业、工业、商业、金融等7个门类，与现代三大产业的分类及排列次序完全吻合，而且分别记述各行业的概况、分布情况、生产经营方式、发展统计数字等，增加了大量经济和社会发展方面的丰富资料，对地方经济建设都裨益甚多，起到济世利民的作用。这更是《潮州志》略古详今的创新特色。

（三）专家修纂，高端协作

纂修《潮州志》的专职常设机构是潮州修志编纂委员会和潮州修志馆。初建时有总纂饶宗颐及温丹铭、翁子光、苏乾英、许伟予、林超、饶聘伊、吴双玉、温克中、林德侯等分纂成员19人，后来又增聘萧遥天、李明睿、方达聪、杨世泽、林适民、黄仲渠、刘陶天、陈学儒、赖连三等9人为分纂，还聘陈恺、罗币富、罗来兴、杨金书、翟肇庄等5人为特约编纂。同时聘任一些征访员，帮助调查搜集资料。修志馆工作人员有：秘书蔡起贤、余

---

① 叶恭绰：《潮州志序》《潮州志》重刊本卷首，潮州市地方志办公室，2005年，第2-3页。

② 饶宗颐：《潮州志述例》，《潮州志》重刊本卷首，潮州市地方志办公室，2005年，第15-16页。

声，绘图员许虞，书记杜国平、林幼史，事务赵友卿，公役苏平。编纂委员会成员都是当时潮汕或在外地工作的各界文化名流。饶宗颐有气魄，有三长之才和修志经验，完全能够胜任《潮州志》总纂之重要职责。顾问、分纂温丹铭系原广东通志馆主任兼总纂，曾总纂《广东通志》稿，具有编修地方志的丰富经验。翁子光为教育、文史专家，对潮州地方文献多有研究撰述。萧遥天于20世纪30年代即投身岭东新文化运动，是知名的文学艺术家。其他分纂林超系"中央研究院"研究员，饶聘伊系原广东通志馆编纂，王升荣系珠江水利局水文站站长，释宽鉴系广州六榕寺及潮州开元寺住持，吴双玉系汕头文化运动会委员，林德侯系揭阳县文献委员会委员，等等。

特别是专业性强的门类，广延知名学术团体和行家参与编纂的篇章，内容更为翔确，更具科学水平。如"'国立中央研究院'地质研究所两广地质调查所之于地质矿产，中国地理研究所之于地图绘编及山川水文气候，中山大学生物系之于动物，厦门大学海洋研究所之于鱼类，韩江水利工程队之于水利，中华柑橘研究所之于农产柑橘昆虫，均能运用新科学方法，为国内地方志别开生面"[1]。由韩师教师、生物学专家杨金书、翟肇庄伉俪编撰的《物产志·药用植物》，"所纪录皆亲之野外采集，就实物观察，考其科属及名称，述其形态与生态，历时二载，得二百五十种而表列之"[2]。每种都标明俗称汉名，再加列拉丁文学名，与世界通用植物学名称相一致。还附名称索引，方便检索。这部《物产志·药用植物》，成为"潮州本草纲目"的雏形，为潮汕药用植物的研究和开发利用，提供了很有价值的丰富资料。潮州旧志无设置戏剧音乐志目，史志文献记述这方面的资料不多。新编《潮州戏剧音乐志》，征引资料浩博，论证精辟翔实，实际上是一部探讨潮剧潮乐的专门著述，对潮州戏剧音乐史作了重大贡献。

在《潮州志补编》的原志稿中，还可见到各种眉批、旁批，以及另纸夹入相应条目中的"夹批"，这是审校者表达对成稿有不同意见或提出建议的特殊方式。透过那一处处的批语，我们完全可以想到当年修志过程中，编纂者一丝不苟的严谨精神，以及既互相尊重又坚持原则的科学态度。

---

① 新加坡《潮州乡讯》1949年第4卷第7期。

②《潮州志·物产志三·药用植物》，《潮州志》重刊本，潮州市地方志办公室，2005年，第575页。

（四）考证调查，科学依归

新设《实业志》，全靠向原潮州府所属市县局和各行业调查，根据所报资料归门别类综合编述。

史事条目，同样注重博辑史料，详加考证。《潮州志》承袭历代潮州旧志的很多记载，但同时对旧志书记述有误或不同之处，饶教授都查阅了大量史料，予以考证辨正或说明。如潮州海阳县的沿革，自明郭子章以后的各部潮州府志和海阳县志，都误从《周书·王会》篇讲起，认为周成王时潮地已有古海阳。饶教授根据自己考证研究之《古海阳考》，指明《周书》记述的古海阳系古楚东之海阳，实处今江苏常熟县即南朝萧齐所设立的南徐州海阳县，而非潮地之海阳县，更正了旧府县志之误。①义安置郡年期，旧志记述不一，仅《永乐大典·潮州府》在同一页中就记述义熙五、八、九（409、412、413）三个不同年份，②《南越志》记义熙八年（412），《宋书》记义熙九年（413）。饶教授查阅了《南越志》《晋书》《宋书·州郡志》《元和郡县志》，以及多部潮州旧志，根据多部史志文献记载，采定东晋义熙九年（413）为义安置郡时间，并作说明："《南越志》与《宋书》均为较古记载，相差一年，当是或就制可之日起计，或据到官之日起算。而隆安元年（397）至义熙九年（413）相距十七年，岂隆安初有建郡之议，后因故搁延欤，谨著其异于此。"③对古瀛州辖属情况，饶教授也作说明："按补梁志，瀛州领郡四：义安郡、高要郡、乐昌郡、阳春郡。东晋南北朝舆地表梁武帝瀛州时治义安，郡六：义安、东官、梁化、海昌、乐昌、新会。又梁末陈初疆域，瀛州统郡三：义安、梁化、东官。此梁时瀛州疆域赢缩情形。"④

饶教授亲自撰编的新设立的《民族志》，全文二万多字，博采大量史志典籍资料，引证的史料数以百计，其中引自属于廿五史和全国性的史书四十多部，引自旧志三十几部，引自族谱二十多部，还参阅一些专论、考述、纪略、杂记、注释之类的文章。根据历代史志记载，结合考古实物和访问调查

---

①《潮州志·沿革志》，《潮州志》重刊本第一册，潮州市地方志办公室，2005年，第46页。

②《永乐大典·潮州府》卷5343，第8页，潮州市地方志办公室重印本，2000年，第15-16页。

③《潮州志·沿革志》，《潮州志》重刊本第一册，2005年，第10页。

④《潮州志·沿革志》，《潮州志》重刊本第一册，2005年，第12页。

材料，对潮州先民的民族构成、人口源流、迁入移出的发展情况，各立条目，编纂成书。其内容之丰富，论述之翔确，令人无限赞叹。这是饶教授的潮州民族民系研究成果，对《潮州志》内容的充实，也是一部系统的潮州民族史。

文献考证、实地调查和民间传说三者结合，不仅使古迹志编修得好，而且使其条目、篇幅相当于清代四部《潮州府志》古迹篇总和的10倍。

（五）民构承接，民资匡助

1947年年底，第五区专署专员郑绍玄卸任。1948年1月1日，喻英奇到任，全然不管修志之事。专署再也没有官员参加潮州修志委员会。刘侯武辞去两广监察使后归潮，担任潮州修志委员会主任之职，修志委员会已成民间机构。

修志经费自1946年7月至1947年6月，由专署饬所属各县市局分等级按月向修志委员会拨款。所属停止拨交经费后，1947年9月，地方热心人士筹集基金5 000元，息款充作经费。但因物价狂涨，货币已失去作用，修志人员生活处于"饔飧不继"中，甚至枵腹从公。1948年4月修志委员会报请专署饬潮安、潮阳、揭阳三县向殷户募捐稻谷各20市石，除潮安县如数拨交外，其余二县多次催交一直没有兑现。幸有海外潮商俊彦纷纷伸出援手，香港廖创兴商行廖宝珊先生捐款200万元。"赖余子亮、林连登、方继仁、黄芥生、林子明等海内外热心乡邦文化事业的人士襄助，经历三载，志书方能次第成稿。"①方继仁还为修志人员到各县实地调查和饶教授赴台湾考察与潮州有关的史事，解决经费问题。对于潮州修志委员成为民间机构和民资大力匡助之事，饶教授还于2005年6月5日函示笔者说明："潮州志初由五区专员郑绍玄先生倡修，郑氏离任后由刘公挂名，已成民间机构。馆设在同益西巷，暹侨多所匡助。此后数年全由方继仁兄每月汇款维持，经汤秉达手。"

清代顺治、康熙、雍正、乾隆四朝，都是潮州知府主修《潮州府志》，修志经费由官府开支。只有康熙朝的知府林杭学还有"捐俸纂修，用成信乘"，未见民间资助修志。1946年饶宗颐总纂《潮州志》的修志经费，第一年由广东省第五区辖属各市县局分担拨交。1947年7月到1950年初的修志经费，绝大部分由海外潮商贤达乡亲鼎力支持。这是潮州地方志史上的创举，

---

① 《潮汕大百科全书》，中国大百科全书出版社，1994年，第81页。

肇侨汇民资支持编修潮州志书的先河。

香港爱国实业家陈伟南先生，具崇尚文明之卓识，热心支持饶教授的文化学术活动，支持乡邦的地方志事业。在新中国首轮编修地方志时，他赠款出版《沙溪镇志》和《潮州市志》之《潮州人物》单行本。2004年3月，获悉潮州市志办拟整理重刊饶宗颐总纂的《潮州志》，陈伟南先生又主动赞助出版经费15万元。2009年1月，饶教授委托我带五沓潮州志稿回潮时，陈先生亦即表示赞助经费。随后致电市政协副主席、海外联谊会沈启绵会长，又主动赞助《潮州志补编》出版经费30万元。六十年前，方继仁、余子亮等海外潮商俊彦支持饶教授总纂《潮州志》，开启侨汇民资支持地方修志工作的先河。历史车轮转动一个甲子之后，香港潮属社团总会创会主席陈伟南先生，慷慨赞助出版经费，促成整理重刊《潮州志》和《潮州志补编》梓行，善举赓续相辉映，都为传承乡邦文献出力，都受到人们的赞颂传扬，成为潮州地方志史上的佳话美谈。

三、《潮州志》传播的重大意义和深远影响

原广东省省长卢瑞华在《重印〈潮州志〉序》中指出："该志之刊行，将为潮州历史文献库增添宝贵典籍，为建设文化潮州增添历史文化内涵，为现代修志工作树立规式典范，为潮学研究提供翔实史料，促进潮学研究之广泛开展。饶先生之道德文章，将嘉惠士林，辉耀典册，永垂青史。此部宝贵志林巨著，传承于子孙后代，传播至海内外，将使潮州优秀人文传统更加发扬光大。"[1]

2005年重印《潮州志》和2011年《潮州志补编》出版，具有重大意义和深远影响。

（一）丰富潮州地方历史文献，赓继传承潮州历史文化遗产

20世纪90年代，粤东地区各图书馆、博物馆、档案馆、文史机构、市县方志办资料室，保存的《潮州志》既少又不全。经过潮州市志办整理重刊《潮州志》，潮州海外联谊会整理《潮州志补编》出版，接近完帙的《潮州志》巨著，获得广泛传播，为潮州历史文献库增添宝贵典籍。从此，潮汕三市史志宣传部门、图书馆、博物馆、档案馆，以及高等学校、重点中学图书

---

① 卢瑞华：《重印〈潮州志〉序》，《潮州志》重刊本卷首，第6页。

馆，众多单位都收藏保存《潮州志》。这样，原潮州府范围内，从明代的《永乐大典·潮州府》，嘉靖《潮州府志》，郭子章《潮中杂纪》，到清代的顺治《潮州府志》，康熙《潮州府志》、《雍正广东通志·潮事选》、《古今图书集成·潮州府部汇考》，乾隆《潮州府志》，到民国时期饶宗颐总纂的《潮州志》，这历代潮州的治书信史文献，得以赓继，使潮州历史文化遗产传承于子孙后代。

（二）开启新格，创新体例，为现代修志树立典范

饶宗颐教授洞察中国近现代社会的发展脉络，具先见先知之睿智，紧跟时代步伐，承前续后，融通新旧，开创新体例，增添新内容，在编纂宗旨、门类安排、体裁选择、撰写方法以及遴选编纂专业人士等方面，都极具匠心妙笔。饶教授大魄力、创新格之修志壮举，在理论和实践上都有重大建树，为现代编修地方志导乎先路，对新时期地方志纂修工作，仍是可资借鉴的典范。

饶教授总纂《潮州志》的成就，越来越博得方志界的赞誉，在2007—2012年的广东省第一至三届地方志理论研讨会上，都有评述《潮州志》的论文。广州市志办副主任陈泽泓研究员的论文：《贵创不贵因——饶宗颐的方志实践与理论及其对新方志编修的启示》，获得优秀论文一等奖。该文指出："饶宗颐的修志实践及理论，对于当代修志的活动，有着重要的启示，择其要述之：①以大魄力创新格，努力提高志书学术品味；②要完善专家修志格局，努力确保志书质量；③志书体例设计应当做到简单可从；④随文附体，加强志书存史价值，注重志书的可读性和可用性。"[1]

（三）推动潮学和饶学研究的广泛开展

饶教授总纂的《潮州志》，是一部承先启后、内容丰富、卷帙浩繁的高文典册，是民国时期原潮州区域历史与现状的百科全书，为潮学研究和饶学研究提供翔实史料，推动潮学、饶学研究工作广泛持久地开展。

十多年来，在潮学、饶学的国际研讨会中，已有不少的专家学者学习运用饶教授总纂的《潮州志》中的观点和资料，撰写学术论文，参加研讨会交流。2006年12月，从香港到潮州的饶宗颐学术研讨会的50篇论文中，评述《潮州志》或引用其论点和资料的有20篇。在第八届潮学国际研讨会上，亦有11篇论文引用《潮州志》的资料。其中收藏家李炳炎撰写的论文《清末民国时

---

[1]《广东省地方志理论研究优秀论文集2007》，岭南美术出版社，2007年，第23-28页。

期枫溪潮州窑外销研究》，①引用《潮州志》的记述10处。他根据自己掌握的实物，查阅和引用《潮州志》等多种文献资料，结合访问民间艺人的实际调查，撰写成一篇好论文。台湾青年学者陈瑛珣，摘录《潮州志》的记述和引用两份图表，细化分别绘制图表8张，参阅有关潮人著述和查证汕头档案馆资料，结合访问抗战胜利后赴台的揭籍韩师毕业生刘百忠，写成论文：《动荡时局下两岸潮人移民地缘组织的建构——以潮州旅汕同乡会与台中市潮州同乡会的设立为例》。该文在第八届潮学国际研讨会上同样获得赞赏。②

更为可喜的是年轻学者加入潮学、饶学研究行列，显露头角，撰写系列论文，出版专著，陈景熙博士就是青年学者的佼佼者。八九年前，为了完成硕士毕业论文：《官方、商会、金融行会与地方货币控制权——以1925年"废两改元"前后的汕头为例》③，陈景熙废寝忘食，勤学苦钻，从《潮州志》《中华币制史》《中华银行史》《潮梅现象》《六十年来之岭东纪略》《潮州会馆史话》等20多部历史文献和专著，博采精辟论述，摘录宝贵资料；从上百份报刊中查阅相关文章、报道；从60多份档案中摘取文书资料；还进行实际调查，终于顺利完成硕士学位的毕业论文，并获得答辩委员会老师们的好评，一致同意评为优秀论文。

陈景熙的硕士毕业论文，全文六万多字，附注引文400多处，其中《潮州志》51处。这亦说明，《潮州志》为潮学专题研究提供论点和丰富资料。随着时间的推移和潮学研究的广泛深入开展，将越来越显示《潮州志》这部地方历史文献巨著，对潮学研究和潮州文化的传承，具有重大意义和深远影响。

（载《饶学国际学术研讨会论文集》，2013年）

---

① 《第八届潮学国际研讨会论文集》，2009年，第210－215页。
② 《第八届潮学国际研讨会论文集》，2009年，第167－175页。
③ 陈景熙：《潮州学论集》，汕头大学出版社，2006年，第227－315页。

伟南精神述论

辩证唯物主义和历史唯物主义认为，存在决定意识，时势塑造英雄；理论、精神来源于社会实践；理论、精神一旦为群众所掌握，就会变成强大的物质力量；在一定条件下，人的素养及主观能动性，是奋斗成功业、积德成典范的关键。本文拟按此观点，对伟南精神之要点、内涵及其影响，作一些肤浅的论述，就教于众位方家学者。

一、伟南精神的提炼与升华

陈伟南植根于韩文公过化之邦的"海滨邹鲁"沃土，出身于桑浦名山之麓的沙溪乡大夫第"绿杨深处"的耕读之家。祖父辈亦农亦商，生活殷实，崇尚礼教。韩公惠风和潮州优秀人文传统的熏陶，良好家庭环境、家教家风，以及小学阶段的教育，使陈伟南从小养成勤奋好学、诚实勤劳的品性。1933—1936年，陈伟南就读于省立韩山师范，学校教育学生"要具有高尚思想及进取精神"，"要注重德性的陶冶"，"要以革命精神努力学习"，"要有坚忍不拔的意志"，"要养成勤劳的习惯"，等等。[1]三年的师范教育，使陈伟南增长了知识，培养了良好的道德情操，懂得了人生立身处世的基本道理，立志要为社会做有益的事。这为陈伟南树立正确的人生价值观和高尚精神打下思想基础。

1937年和1946年，陈伟南两渡香江（其间1942年沙溪祖屋被日寇侵占，父亲被威吓致病，伟南回家乡服侍父亲，从事农作，经历沦陷区的磨难，至1946年再度赴港）。在香港，陈伟南从当店员、跑小贩，到与朋友合

---

[1]《二师一览》，广东省立第二师范学校，民国二十一年（1932），第127-128页。

作办商店，再到创办公司发展实业，虽都为了谋生获利致富，但他具有较好的文化素质和思想道德修养，靠勤劳拼搏经商兴业；靠诚实办事，热情为顾客服务；靠讲信用，与客户、同行真诚合作，共谋发展。他还注意把经商办实业同国家、社会、民众的需求相联系，特别是从在港感受殖民统治的耻辱到新中国成立的欢欣，而把自己的命运同祖国的富强联系在一起。20世纪50年代初，他不顾艰险，勇于冲破西方国家对新中国的经济封锁，向内地输入急需的物资，运出内地急需出口的货物。随后又连续参加广州交易会，扩大与内地的贸易，把自家的生意同祖国的建设联系在一起，把他的价值目标与爱国精神联结起来。随后，陈伟南创建屏山企业有限公司，采用现代化、自动化生产技术，开办饲料厂，成为亚洲最大的饲料厂之一，取得办实业的成功，被誉称为"饲料大王"，为香港的经济发展和市民的生活需求作贡献，并担任多个社团职务，乐于为社会为乡亲服务，成为香港知名的实业家和社团领导人。

经过几十年的艰苦奋斗，陈伟南在香港兴业有成。他在不断实践中，逐渐形成并始终坚持的为人处世的箴言：以德为本，诚实笃信，待人以礼，助人为乐。这四句箴言，体现在他20世纪60年代辑录的《晨运名言录》中，更在他为国家、为社会、为民众谋利益的人生价值观和高尚精神中得到提炼和升华。

神州春绿大地，赤子报国路宽。在国家改革开放，建设有中国特色的社会主义新时期，陈伟南即把为国为民的价值目标朝向支持国家经济建设，兴学育才，广襄善举，济世兴邦。1984年年初，他与广州市畜牧总公司合办国内第一家饲料企业，后来发展到在全国各地联办饲料、种禽养殖和商贸等企业20多家，为支持祖国经济建设作出积极贡献。同年10月，陈伟南回到阔别38载的潮州故里，即主动捐建沙二小学和赞助母校韩师建设，表示"于有生之年为桑梓、为祖国，多服务、多贡献"。1987年他担任汕头市政协委员、港澳委员组组长时坦言："我本事不大，但每年都要为家乡的发展尽点力，在有生之年为祖国和家乡做好有益的事。"①此后，他年年有襄赞，处处办好事，大兴"为桑梓、为国家，多服务、多奉献"的系列行动，作出了重

① 广东省政协文史资料委员会、汕头市政协文史资料委员会合编：《潮商俊彦》，广东人民出版社，1994年，第112页。

大贡献。他多次对笔者直抒胸臆："个人事业成功，又能为家乡为祖国做点有益的事，就会很开心，就是人生最大的享受和乐趣。"①这反映了他自觉践行其人生价值观的思想境界，体现了他爱国爱乡、无私奉献的高尚精神不断凝练升华。

1992年以后，陈伟南担任汕头市政协副主席、香港潮汕三市政协委员联谊会会长、广东省第八届人民代表大会代表，及香港多家社团主要领导。特别是当选为香港特别行政区政府首届推选委员会委员和香港潮属社团总会主席、创会主席以后，更加激发陈伟南爱国爱港热忱，更加增强其主人翁责任感和使命感，积极参与喜迎香港回归和促进稳定繁荣的各项社会活动；更加热心为乡邦建设和慈善公益事业竭诚尽力；更加热诚促进粤东四市的"团结合作、和谐发展、互惠共赢、共创繁荣"。他亦根据一个多世纪"奋斗成功业，真诚多奉献"的实践体会，概括出"事业成功在于努力，人生价值在于奉献"的座右铭。他壮志满怀，"要为祖国的完全统一而努力，为中华民族的伟大复兴，为人类的进步事业而努力，共同建立一个持久和平、共同繁荣的和谐世界"②。这体现了他以德为本、诚信敏行、爱国爱乡、无私奉献的高尚精神。

综上所述，陈伟南正是从认识和实践的结合上，励志奋斗，成就功业，无私奉献，成为著名的爱国实业家、慈善家、社会活动家。陈伟南践行高尚人生价值观的业绩、经验、理论观点、精辟格言、座右铭，亦不断积聚、提炼、升华为高尚的伟南精神。

二、伟南精神的要义及其内涵

陈伟南继承、发扬中华民族美德和潮州优秀人文传统，根据他九十多年的人生经历、奋斗成就、光辉勋绩、嘉言懿行，以及他的道德风范和人格魅力，积聚、提炼、升华为伟南精神。其要义可概括为仁德、诚信、敏行、奉献四个方面。

仁德，伟南精神的实质是仁心懿德，就是仁心德行至善。仁者爱人，陈

---

① 罗东升主编：《爱国实业家陈伟南》（修正本），广东人民出版社，2001年，第193页。
② 《陈伟南的文化情结》，公元出版有限公司，2006年，第183页。

伟南以仁爱的赤子情怀，爱国、爱港、爱乡、爱母校、爱亲朋、爱同事、爱人民大众、爱男女老少，尤其关怀青少年。他慈善为怀，爱心无限，大爱无疆。他以德为本，心向华夏，情系桑梓，爱港爱国，报国为民，服务社会，这是大德、高德、德辉煌煌，德声远扬。他恪守敦行、修身、处世、治事、待人等基本道德规范，堪作道德高尚的楷模。

诚信，就是诚实、真诚、笃信。陈伟南靠诚实办事，言行一致，诚实不欺，热情服务；他开诚布公，真心实意，济世兴邦，敬业乐群，联结社团，敦睦乡谊，尽心协政，共建和谐社会；他诚笃忠实，恪守信用，言必信，行必果，协作共赢。

敏行，就是聪敏、敏捷、勤敏努力践行兴业。陈伟南聪颖锐敏，心灵手巧，敏捷办事。特别是能以锐敏胆识眼光，审时度势创办和发展实业。既敏于勤劳拼搏，又敢干能干苦干巧干实干，艰苦奋斗，事半功倍，事业的发展不断获得成功。

奉献，这是伟南精神的核心内容和具体表现。陈伟南对民族、对国家、对香港、对家乡、对母校、对民众的奉献，是自觉主动的奉献，不讲条件、不图回报的奉献，是无私的奉献。既有物质上的奉献，又有精神上的奉献，其中社会工作的奉献，特别重视崇文立教，与国学大师饶宗颐共同推进国学、潮学研究作出突出贡献。陈伟南的奉献确是臻于周全和永无止境的奉献。

陈伟南奋斗成功业，无私多奉献，从理论和实践的完美结合上提炼成高尚的伟南精神。这高尚的伟南精神，既继承发扬中华传统美德和潮州优秀人文传统，底蕴深厚；又体现新时期广东精神，内涵精粹，践行显效，具有突出的时代特色。这确是根深叶茂，生机勃发，臻于真善美，达到立德立功立言三不朽的崇高境界。

三、伟南精神的传承与弘扬

伟南精神提炼、升华的过程，亦同时不断广泛持久深入地传承与弘扬。

（一）三代丹心衍德徽

伟南精神首先在儿孙中传承和弘扬。陈伟南秉持中华传统美德和潮州优秀人文传统，以华夏根、潮州韵润泽儿孙，熏陶儿孙的中国心和桑梓情，引导和带动儿孙爱国爱港爱家乡，乐为乡邦建设多奉献。

陈伟南拥护国家改革开放政策，1984年，他主动与广州市畜牧总公司合办全国首家现代化饲料企业——广州穗屏企业有限公司。当时，其毕业于美国普林斯顿大学的公子陈幼南博士，已在加拿大蚬壳石油公司任研究员。为了办好内地的合资企业，陈伟南决定召唤儿子回港帮助料理。有的朋友提出异议："伟南兄，现在香港人找门路向外移居，你却叫儿子回来，什么道理？"陈伟南笑着回答："人各有志嘛！国家好了，我们好过，国家不好，去哪里也不好受。"陈幼南回答得更干脆："作为中华儿女，我应为国家效力；作为企业家，我渴望在内地这片具有发展潜力的土地上施展自己的才智；作为儿子，当父亲的事业需要我的时候，我理应义不容辞。"[①]陈氏父子的这一席话，深情地抒发了他们一脉相承、心系中华的赤子情怀。于是陈幼南毅然舍弃国外的好职位和优裕生活，带着贤淑的妻子和一对儿女，举家返港，随后赴穗，出任穗屏企业有限公司总经理。

陈幼南风华正茂，才高识广，厚德谦恭，其父之风随处可见。他与穗方真诚合作，管理有方，把穗屏饲料厂办成合资企业的典范。他还学习发扬父亲爱国爱乡精神，对祖籍潮州以及广州、北京中国农科院等地方和单位，亦有诸多襄助，乐为乡邦建设事业奉献赤诚。

陈伟南还带领儿子参加社团工作、参政议政等活动。二十几年来，陈幼南先后担任香港潮州商会青年委员会副主任委员、主任委员，香港中华总商会副会长，香港潮州商会副会长、会长，香港潮属社团总会主席，广州市政协委员，汕头市政协常委，潮州市青联副主席等职务。陈幼南从组织香港潮籍青年专家、企业家开展文化教育科技活动，到主持世界潮青联联谊年会；从香港、北京、广州、潮汕的参政议政、出谋献策，到社团活动中的敬业乐群、敦睦友谊、团结和谐，推进慈善活动，加强社会建设，都发挥重要作用。这充分体现伟南精神在陈幼南身上得到传承和弘扬，亦展示这位新一代社会活动家隽智勤敏、精明开拓、气魄非凡的奕奕风采。

陈伟南还带领孙儿走家乡路，参加建设乡梓的活动，培养孙儿辈的爱国爱乡精神。1987年4月18日，陈伟南偕夫人及幼南夫妇和孙儿女一行回沙溪故里，参加赠建的卫生院落成庆典活动，并游览祖居大夫第及"绿杨深处"

---

① 罗东升主编：《爱国实业家陈伟南》（修正本），广东人民出版社，2001年，第62页。

2012年1月，汕头市政协名誉主席陈伟南、常委陈幼南和潮州市政协委员陈诚杰，父子公孙分别参加汕头、潮州政协会，三代同心报乡邦，白发青丝一片丹

书斋。20日，一家三代人又同走韩师路，兴致勃勃地在雪梅簇拥的校道漫步。喜跃在身边的4岁小孙儿诚杰看见一群学子在操场打球，拍手欢笑说："爷爷，打球、打球……"逗得爷爷兴致更浓："爷爷五十年前就在这里打球，乖乖长大了，亦来这里打球好吗？""好，好！"小孙儿说得合家都笑了。陈伟南像细雨润花一样，在闲情逸致之中把爱国爱乡之情洒在后一代的心灵深处。1993年11月13日，陈伟南一家三代人又莅临沙溪故里，参加宝山中学暨沙溪水厂落成庆典，父子公孙一起为水厂开启水龙头,使汩汩甘泉流进故园的千家万户。小诚杰又一次见证和感受爷爷为桑梓兴学育才和向乡亲送上卫生清水的赤子深情。

　　小诚杰1983年出生于加拿大，1985年随父母回香港，在仁德和顺之家健康成长。2002年诚杰赴美留学，2006年毕业于南加州大学经济系，获文学学士学位。后在美国学习平面设计技术，并担任纽约Syrup设计助理。2010年诚杰返回香港，旋即抵沪谋求发展，先后担任上海爱其欧服装创作部经理、上海克丽丝汀奥男装采购部助理。2012年当上潮州市政协第十一届委员会委员。

2012年1月，汕头市政协名誉主席陈伟南、常委陈幼南和潮州市政协委员陈诚杰，父子公孙三人莅潮汕，分别参加汕、潮两市政协会议，真诚建言献策，热心参政协政，真是三代同心爱乡邦，白发青丝一片丹，赓继相承衍德徽，共同演绎仁德、诚信、敏行、奉献的绚丽华章，为中国特色社会主义事业发展，为建设幸福潮汕，为香港的长期繁荣稳定，为中华民族的伟大复兴贡献力量。

（二）物质精神双奉献

改革开放的春风，吹绿神州大地。陈伟南一马当先，主动到内地兴办全国第一家合资饲料企业，支持国家经济建设。同时，奉献爱心，广襄善举，捐资兴建学校、卫生院及各项公益设施，支持乡邦物质文明建设。陈伟南还以其崇高思想境界和远见卓识，言传身教，抒发与传承赤子心和高尚的道德情操，促进受惠地方和单位的精神文明建设，做到物质精神双奉献。伟南精神亦在这些地方和单位得到传承和弘扬。

受陈伟南捐赠和恩惠的首先是沙溪故里和母校韩师。第一个项目是主动捐赠沙二小学。在沙二小学落成庆典的讲话中，陈伟南动情地说："月是故乡明，山是故乡青。人在他乡，心怀故里，眷念桑梓之情，无时或释。常思立人立国，教育乃建国万年根基，根深才能叶茂。而普及农村教育，尤为整个国民教育之基础。振兴教育，才能振兴中华。"[1]这字字珠玑的话语，深情地表达了他的远见卓识和爱国爱乡心声，亦是对故里乡亲师生莫大的启迪、激励和鼓舞。他还多次亲临故里，赠建沙二幼儿园和沙溪卫生院，并关心帮助这些建设项目取得显著效益。在此基础上，陈伟南又投巨资赠建潮安县宝山中学，实现他襄助家乡从幼儿园、小学到初中、高中一条龙办学的夙愿。陈伟南对宝山中学倾注一片赤诚。他多次说过：宝山中学和沙溪卫生院是我的两个契仔，"我情系宝山，心挂宝山，有时甚至到了牵肠挂肚的地步"[2]。宝山中学是陈伟南在内地投资最多，办学效益最好，践行和弘扬伟南精神的先进典型。二十年间，陈伟南为宝山中学投入5 000多万元，经常莅临宝山中学，亲自出席校董会策谋指导，多次与学校领导教师座谈研讨，向师生作报告，亲切谈心对话，多方关心鼓励，躬身参与办学实践。陈伟南的无私奉

---

① 《陈伟南的文化情结》，公元出版有限公司，2006年，第15页。

② 《陈伟南的文化情结》，公元出版有限公司，2006年，第59页。

献、大力扶持和光辉榜样，成为鼓舞师生办好学校的强大精神动力。学校领导和广大师生，学习和发扬伟南精神，奋发拼搏，使这所当地经济发展、生源、师资、经费处于相对弱势的农村中学，发展很快，越办越好。学校实现从县一级学校、市一级学校到省一级学校十年晋升三级跳，真是教育历史上的奇迹。宝山中学从1993年的10个班，613名学生，34名教职工，发展到2011学年度的60个班，学生4 266人，教职工199人。累计培养初中毕业生7 566人，中师体育班毕业生460人，高中毕业生6 869人，考上高等院校2 326人。宝山中学先后荣获广东省文明单位、广东省美丽校园、潮州市十佳文明校园等称号。2008年春，潮安县委、县政府在宝山中学建立衍泽轩，昭示陈伟南勋绩，传承和弘扬陈伟南精神，成为潮州市爱国主义教育基地。

同沙溪故里一样，亦首批获陈伟南物质精神双奉献和弘扬伟南精神的是母校韩师。陈伟南满怀爱祖国爱桑梓爱母校之赤子深情，尽心尽意弼辅母校韩师事业的发展繁荣。他在韩师建校85周年暨伟南楼落成庆典上的讲话中，引述爱国华侨陈嘉庚的话："教育是千秋万代的事业，是提高国民文化的根本措施，不管什么时候都需要。"接着说："虽然，我是不能和陈嘉庚先生比的，但爱国同心，报国同理，爱国爱乡不分先后，兴学出力不分大小。涓涓细流，汇成浩瀚大海；粒粒细沙，垒成千仞高山。只要人同此心，心同此理，承先启后，继往开来，愿意为国家教育事业效力的人越多，国家民族兴盛富强的希望就越大。"[1]他还说："一个人应该有'三爱'，一爱国家，二爱母校，三爱家乡，三爱都不能少。三十年代我在母校读书，受到了很好的教育，终生难忘，这亦是我对母校感情深厚的原因。"[2]为此，陈伟南先后主动襄助母校韩师兴建教学楼、新校门、校史馆、体育场馆、国际会议中心，并热心联络校友，赞助母校建设，为韩园添彩增辉，为韩师升格为本科师范学院，并得到大发展，作出重要贡献。陈伟南还以其远见卓识和战略眼光，赞助韩师主办饶宗颐学术研讨会和潮学国际研讨会，开展多项文化学术活动，牵线搭桥加强韩师与海外高等学校和学术机构的文化交流，提高韩师的文化品位和办学水平。他还设立奖教奖学助学专项基金，主讲"人生、理想、奋斗、奉献"专题讲座，多次与师生亲切对话，激励师生努力办好韩

---

① 《陈伟南的文化情结》，公元出版有限公司，2006年，第24页。

② 《陈伟南的文化情结》，公元出版有限公司，2006年，第54页。

师，鼓励师弟妹勤学成才。如今韩师校园里到处都有陈伟南爱心奉献的勋迹，韩师人对陈伟南无比崇敬，同声赞颂，韩山韩水亦歌陈伟南。2008年韩师建立了陈伟南德勋陈列室，展示陈伟南的勋绩德徽，传承和弘扬崇高的伟南精神。

其他很多受陈伟南襄赞的地方和单位，亦都在他的热心支持和伟南精神的鼓舞下，获得物质精神文明建设双丰收。

（三）寰宇太空齐耀辉

陈伟南香江奋斗一个多甲子，事业有成，热心公益，广襄善举，对香港的稳定繁荣和桑梓乡邦建设事业的发展，都作出重要贡献，成为著名的爱国实业家、社会活动家和慈善家。在港澳、广州、潮汕等地，陈伟南先后担任好几十个社团领导职务或荣誉职衔。他发扬敬业奉献精神，开创性做好社团工作，在社会活动和参政协政中发挥重要作用。陈伟南对香港稳定繁荣和桑梓乡邦建设事业贡献良多，伟绩非凡，先后荣获广州、汕头、潮州三市荣誉市民称号，香港特区授予铜紫荆星章，还获得弘扬潮汕文化特别贡献奖，全球潮属商家典范，"世界杰出潮商荣誉宝鼎"奖，南粤慈善家奖，广东十大慈善家奖等荣衔，真是令誉广载，蜚声四海五洲。陈伟南的勋绩及其崇高精神，通过上述社会活动和媒体报道，亦都得到广泛传扬。

陈伟南以师范导师的风范，从韩师和宝山中学开始，先后几十次走上学校、机关、企业、社团组织的讲台，以讲座或对话的方式，结合自己奋斗成功事业，无私奉献的切身体会，对广大师生、干部、职工，特别是青少年进行"人生、理想、奋斗、奉献"等专题教育，宣讲做人哲理。他还应邀在潮州电视台《韩江论坛·名家对话》专题节目中，向观众畅谈"人生、理想、奉献"；在中国国际广播电台"国际在线"与全球潮人亲情对话，广泛宣扬"仁德、诚信、敏行、奉献"的高尚精神。

陈伟南还建立"爱国实业家陈伟南"网站。该网站的"言论集"板块收录先生二十多年来的演讲词和文章，是他爱国爱乡、乐于奉献的实录。"名言录"板块集录的是他自20世纪60年代以来有关人生观、持身、处世、为学、治事，对人、对家庭、对社会、对人类世界的妙语格言，具有启智、认知、励志、敏行之作用。"留言"板块则是先生与网友交流之课堂。该网站建立五年来，网友众多，陈伟南先生与网友互相对话留言。网友们称赞陈伟南先生是绰绰有余的教授。他的网站是一所规模宏大的网络大学，是学生在网上"学习

2008年11月10日韩山师范学院隆重举行陈伟南星雕塑揭幕仪式

人生哲学的天堂"，是传播先进思想文化和伟南精神的园地。

2006年，潮州市不同行业的20多位青年人，以陈伟南精神薪火相传为宗旨，组织了以陈少基为会长的潮州市薪火文化公益促进会，会员现已发展到500多人。陈伟南购买了一套房给该会作活动场所，国学大师饶宗颐教授赐题"薪煜传伟业，火花耀南天"对联给予勉励。该会以网上交流为主要形式，必要时集中组织学习活动。该会坚持开展"知识列车开进山区学校活动"，五年来先后到山区的60多个单位，赠送书籍等文化用品，扶贫助学，奉献爱心。该会还与汕头、揭阳两市同类公益团体，联合组织400多人到韩江边清除垃圾污染物，积极宣传环保，共同保护韩江母亲河。他们学习发扬陈伟南精神的活动，受到人们的广泛好评。

2008年5月24日，紫金山天文台传来喜讯，经国际天文联合会小行星命名委员会批准，1966年1月20日紫金山天文台发现的国际编号为8126号小行星，命名为陈伟南星。天文台电讯称：陈伟南先生是香港潮籍德高望重的著名慈善家，长期以来他满怀爱国热忱，倾自己之全力贡献于祖国的文化教育和慈善事业，尤其是他心系家乡，倡导奉献精神，为造福桑梓、弘扬潮文化而带头捐资，奔走呼吁，无数善举，感人至深。陈伟南先生是众多爱国爱乡潮人中的杰出代表，他荣获小行星国际命名，实至名归。

从此，体现全球潮商典范和奉献精神的陈伟南星遨游太空，伟南精神之光芒，陈伟南星之亮光，寰宇太空相映齐耀辉。

（载《感恩与奉献·陈伟南人生价值观研讨会文集》）

陈伟南先生与潮州地方志

毛泽东同志说过："一个人做点好事并不难，难的是一辈子做好事。"一辈子做好事难，但是陈伟南先生做到了。陈伟南先生崇文重教，关心支持潮州地方志工作，对地方志事业的发展，作出重大贡献。

一

1985年，潮州市启动社会主义时期首轮地方志的编修工作，陈伟南先生即于1986年赞助出版《沙溪镇志》。1992年，赞助市志办3万元经费，编印出版《潮州人物》。该书由广东人民出版社出版，是第一部公开发行的潮州专业分志。

陈先生还重视地方志书对潮学研究的作用，为筹备开好首届潮学研究会，陈伟南资助香港大学研究人员，到潮州市志办查阅潮学研究资料，与市志办编研人员交流，为参加首届潮学研究会做好准备。

二

陈伟南先生协同饶宗颐教授指导、支持潮州市志办整理重刊潮州明清旧志取得显著成绩后，主动赞助市志办和市海外联谊会整理出版饶宗颐总纂的民国《潮州志》和《潮州志补编》。

2003年，潮州市志办开始从潮州、汕头两市档案馆和韩师图书馆、谢慧如图书馆，以及新加坡八邑会馆等单位，并走访老一辈史志工作者，多方搜集饶宗颐教授总纂的《潮州志》已出版的单行本、未刊志稿，以及修志馆的文书档案等资料。2003年年底，潮州市志办已草拟编校重刊《潮州志》方案，并延聘文史专家和热心方志的工作人士参与编校工作。

陈伟南先生从香港潮州商会秘书长郭伟川先生处得知此事后，于2004年3月23日晚上电询在市志办参与编校工作的林英仪："你请郭伟川负责编校饶教授《潮州志·民族志》稿，是不是准备整理出版饶教授总纂的《潮州志》?"林英仪回答说："是呀！正在筹备，出版经费约需30万元。"陈先生即说："志书是政府书，政府应该拨款。我先赞助15万元，到潮州后再帮你们向市领导商讨经费拨款！"听到陈先生大力赞助支持潮州地方志工作的话语，林英仪感动得热泪夺眶而出，连声向陈先生表示衷心感谢！

翌日上班，林英仪即陪市志办主任黄继澍请市地方志编纂委员会副主任沈启绵一起向骆文智市长汇报。骆市长同意批示市财政局拨给市志办15万元，连同陈伟南先生赞助的15万元，共30万元，用于整理重刊饶宗颐教授总纂的《潮州志》巨著。

饶宗颐《潮州志》重刊首发仪式

2004年7月31日至8月3日，陈伟南先生特安排市志办编辑人员赴港参加为饶教授祝寿的有关活动。参加饶宗颐教授米寿之庆和"饶宗颐学术馆之友"成立典礼，感受学界泰斗饶公之卓荦学术和艺术成就，以及崇高的国际威望，增强整理编刊《潮州志》的责任感。8月3日，市志办一行在伟南先生的安排下前往拜访饶公，直接向饶公汇报编印方案，受到饶公亲切教诲和具体指导。饶公审定并签署《重刊潮州志委托书》。

正是在陈伟南先生的大力赞助和支持下，市志办聘请陈建新、沈启绵、曾楚楠、黄挺为顾问，林英仪、蔡启明为编审，庄义青、邢锡铭、张志尧、李来涛为特邀编辑组成《古瀛志乘丛编》第三部编辑部。《潮州志》重刊本经过一年多认真细致的整理编校，于2005年8月29日由市委、市政府举行首发式，出版发行。

陪韩师庄东红副院长等赴港拜会饶宗颐教授和陈伟南先生

饶宗颐教授在香港骏景轩嘱托林英仪把潮州志丛稿带回潮州整理编辑刊行

饶宗颐教授在重刊《潮州志》的序中寄望："尚有丛稿，有待理董，他日不辞续貂之诮，再谋刊布云。"这个"再谋刊布"也是由陈伟南先生谋划支持完成的。2009年1月11日晚上，在香港骏景大酒店骏景轩，陈伟南先生与饶宗颐教授一起，会见赴港的韩山师院副院长庄东红、校友办主任杨旸及参与潮州市地方志编修工作的林英仪等一行。饶教授见到林英仪时，特别高兴地握住他的手说60年前带来香港的潮州志丛稿找到了，今晚也带来了。饭后，在骏景轩旁边的长凳上，饶教授拉着林英仪一起看志稿，大家围起来观看。饶教授打开潮州志稿，边翻边介绍当年温丹铭、林德侯等修志方家远绍旁搜、订讹补遗、精心掇录的敬业精神，以及攻苦食淡、勤劳耕耘的艰辛境况，令陈伟南先生和在座乡晚后学十分钦佩，异口同声赞叹！饶教授殷切传承乡邦历史文献的情怀，更令大家无比感佩钦敬！

2010年3月20日，《潮州志补编》整理出版筹备会议在潮州饶宗颐学术馆召开

接着，饶教授又握紧林英仪的手，请他把志稿带回潮州，待整理编印后原稿存入学术馆珍藏。林英仪即连声应诺说："大师垂爱言谢，不才乡晚后学愧当不起；大师谆谆嘱托，不才义不容辞细心护宝回潮州家乡。"陈伟南先生也对林英仪说："你回潮后向沈启绵主席汇报此事，请潮州市领导支持，我将继续赞助出版经费。"

2011年3月15日，饶宗颐教授致函市政协副主席、海外联谊会秘书长沈启绵，陈述"潮州志续编一事，仍需吾兄勉为其难，负起统筹之责，则早日付梓有望，敬希勿却为荷"，陈伟南先生亦同时汇来出版赞助款30万元，潮州市委市政府也拨给专款，支持《潮州志补编》出版。由陈伟南先生谋划，饶宗颐教授嘱托，沈启绵任组长，曾楚楠、黄挺任副组长及黄继澍、李来涛等十多人组成的《潮州志补编》整理小组，经过一年多时间的精心整理、辛勤勘校，终于2011年4月23日奉呈饶宗颐总纂审定后方刊行。

2011年4月23日，饶宗颐教授、陈伟南先生与《潮州志补编》整理小组成员合影。前排左起：黄挺、沈启绵、饶宗颐、陈伟南、曾楚楠；后排左起：蔡少贤、吴榕青、黄继澍、林英仪、李来涛、吴二持、陈贤武、陈伟明。

三

陈伟南先生还重视发挥地方志方家在潮学研究中的作用。2012年10月，潮汕三市社科联与韩山师院联合举办陈伟南精神研讨会。会前潮州市社科联把送来的电子文稿编印成册，发给与会人员。陈先生回港后细读文集，于2013年春节后电示林英仪："文集尚有不少错漏，不好意思，请你和黄挺教授、黄继澍主任诸位参与地方志编修工作的方家，详加校核，并配上会议相关照片、题咏编成文集。"林英仪当即表示："先生年届九五之尊，还这么凝神认真审校几十万字文集，我们要向您学习，认真校核，协助编好文集。"随后三人经过一段时间的校核，与启慧文化传播编印设计人员共同研究，排出《感恩与奉献》清样本，于八月初呈送陈先生审定。2013年9月28日，陈先生电示：文集要在韩师110周年校庆和宝山中学20周年校庆时分发，请编委终校后付梓。9月30日，主编林伦伦院长约请各编委开会落实终校工作。10月6日，校稿交电脑室订正。同时送来陈先生《晨运名言录》增选19条，遵嘱林英仪协助编校，把新增语录分别归入各条目排序，并加上增辑附记，与《感恩与奉献》文集同时发行。

正是陈伟南先生的谋划、赞助，饶宗颐教授的精心指导，市委市政府领导的重视，专兼结合编修队伍的辛勤努力，潮州市地方志事业更进一步发展，在新时期第一、二轮修志，明清旧志和民国饶宗颐总纂《潮州志》之整理重刊，地方历史文化资料的征集，地情书刊的编辑出版等方面成绩显著，充分发挥地方志存史、资治、教化的作用，在为中国特色社会主义建设和精神文明建设服务等方面发挥了较大的作用。

（载《潮州》2017年第1期）

山川最美，祖国最亲

——记国际摄影大师陈复礼先生爱国爱乡的德勋业绩

国际摄影大师陈复礼先生，于1994年8月18日在《人民日报·海外版》发表题为"山川最美，祖国最亲"的文章，联系他漂泊侨居海外的经历，深刻感受到个人与祖国同呼吸、共命运，说明他的艺术生命植根于对祖国秀丽河山和民族文化的真挚之爱，抒发他情系华夏、热爱乡邦、存乎一心的赤子情怀。他爱国爱乡的高尚美德，是我们学习的光辉榜样。

根在潮安　眷恋故园

"爱国主义是以爱家乡为基础的。"陈复礼植根于"海滨邹鲁"的沃土，从家教、小学到韩山师范，受到中华文化和潮州优良人文传统的熏陶，打下了爱国爱乡的思想基础。他虽旅居海外几十年，但乡音未改乡情浓，始终认定自己的根是广东潮安。他一踏上潮州的路，看到哺育自己成长的韩江水和故乡沃土，见到笑脸相迎的乡亲，眷恋故园的喜悦之情溢于言表，把喜悦之情寄托于拍下家乡的美好景象。他在官塘故里拍下《繁忙的农村》，与潮州青年摄影家合影于官塘"薄迹岭"，并题签留念。他应聘为潮州、汕头摄影家协会名誉主席，热心指导、扶持潮汕摄影艺术事业的发

陈复礼先生

展。他曾沿着当年从家乡官塘到韩山走过的路，拍当年曾歇脚避雨的山神庙旧迹，拍下《韩江帆影》《家乡的船》《红棉塔影》《凤凰台远眺》《湘子桥风光》等韩江景色。他还曾登上西湖凤栖楼，从不同角度拍摄潮州古城风光，直至拍到夕阳晚霞映凤城的美景。陈复礼1987年元宵故乡行，对记者连声

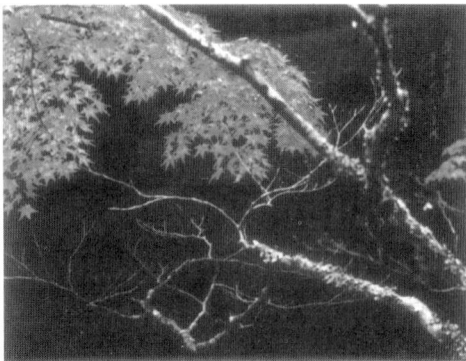

拼将余热染山河（陈复礼摄于1995年）

说："月是故乡明，还是家乡美。这里有生我育我的土地，有我儿时就留下深刻印象的地方，还有很多独特的民俗风情，更有那常引为自豪的、有着悠久历史的文化，等等。这些都是我久久不会忘怀的。"他最满意的是《凤凰台远眺》，在这张照片上，他深情地钤上印章："广东潮安陈复礼"，每次影展总要带上，还把这张照片赠给母校和亲友。

陈复礼无限眷怀母校韩师。他多次说过："青少年时期特别是韩山师范三年所受到的中国传统文化的熏陶，对我的人生道路和艺术创作有深远的影响。"他多次探访母校和参加校庆活动。每次回母校，他总是要带上作品奉赠母校，谦称是学生呈交作业。1998年，在母校创办95周年之际，陈复礼更是惠赠一大批摄影作品、画册、书籍和纪念证书、奖章，包括1998年6月获奖的金龙像座，奉献给母校，供母校校史馆设立陈复礼摄影展览室。学院领导请他为展览室惠赐翰墨，使他又忆思起60年前韩师校园的情景，对母校眷恋之情萦绕胸臆，浮想联翩，夜难成寐，凌晨三时许，欣然伏案命笔，动情地书题："师恩永记——韩师母校建立95周年之庆，学生陈复礼敬贺，时年82岁。"1999年春，他又把经辗转泰国、越南、中国香港等地珍藏了一个甲子之余的毕业证书回赠母校。2003年韩师百年华诞，学院建立了"陈复礼摄影艺术馆"，成为学术研究和对青年学生进行艺术教育与传统教育的基地。这些都凝聚着陈复礼尊师爱校的一片深情。

2004年潮州市首届文化旅游节和2009年广东省第二届粤东侨博会，陈复礼惠赠一大批摄影精品、画册、书籍和纪念证书、奖品，给家乡潮州博物馆收藏、展览，供市民欣赏参观。

心向祖国 坚贞不渝

陈复礼一贯热爱祖国，思想情操时刻都与祖国命运脉脉相通，始终不渝。早在韩师求学时，他就参加了学生义勇军救护队，参加反日爱国活动，还负责编辑出版壁报《韩江潮》，描绘报头画《傲雪寒梅》，以唤起民众齐御外侮为中心内容，宣传抗日救国。中国工农红军长征，他受过激励。抗日战争中，他在泰国投身于侨界的地下抗日活动，积极参与筹款支持中国义勇军抗日，为国家民族出一份力。新中国成立后不久，他创作了《光明的期待》，表达自己的激动心情。他回忆当时的情景说："我不是共产党员，但我是爱国的，我寄望于中国共产党。"1959年以后，他每年都回祖国进行摄影创作，对祖国的美丽河山更是充满激情，把自己真挚的爱国情感倾注于摄影作品中。他对影友说："我曾带着相机走过很多国家，对于外国的风景，总没有像对自己国家的风景那么有感情。看到祖国的山山水水，像有什么东西吸引着我，照了还要照。"国家改革开放，陈复礼深受鼓舞，又精心创作了《苍涛》《大雪青松》《大地微微暖气吹》《春到人间》《青山夕照明》等作品，热情讴歌祖国春回大地，欣欣向荣。

1982年6月，邓小平、廖承志接见陈复礼时，询问他回乡观感。陈复礼马上引用陈大羽对他的作品《望太平》的题诗作答："莫道故国寥落甚，归来硕果满山原。"中央首长十分赞赏陈复礼的爱国爱乡感情。陈复礼曾说："在家乡和祖国的怀抱里，登山则情满于山，观海则意溢于海，我对祖国实在是存乎一心。"他正是以对祖国的深厚感情，精心拍摄作品，画意诗韵凝聚情，抒发他对祖国"存乎一心"的赤子情怀。

陈复礼是文艺界的社会活动家，他历任全国政协第五至九届委员，尽心尽责，参政议政，建言献策，发挥积极作用。他历任全国文联第四至六届委员和中国摄影家协会多届副主席，为繁荣中华文学艺术，促进中国摄影艺术的创新发展与中外交流，作出了重要贡献。特别是在香港回归祖国的过程中，陈复礼更是发挥了积极作用。中英两国政府关于解决香港问题举行谈判之前的1982年6月，陈复礼是参加邓小平主持召开的香港问题座谈会的香港12位知名爱国人士之一，并受到邓小平的单独接见。后来，陈复礼又荣任香港特区首届政府推选委员会委员，发扬主人翁精神，行使当家做主的神圣民主权利，为顺利组建香港特区首届政府，实现香港回归祖国和稳定繁荣作出积极贡献。

陈复礼在《山川最美，祖国最亲》一文中表示："我年届八旬，但我的'中国心'不会变，不会老，恰如我为近作《残红》的题诗：'宁可抱香枝头老，不随黄叶舞秋风。'"他精心拍摄的佳作《拼将余热染山河》，更体现出他对祖国的挚爱，对艺术的追求，老而弥笃，丹心永不老。陈复礼对祖国坚贞不渝的高尚美德，殊堪嘉赞，令人钦敬！

令誉广载　为国争光

陈复礼爱国爱乡的高尚美德、卓越的艺术成就和谦和的人格魅力，蜚声海内外，令闻令望，如圭如璋，美誉传扬。漫画家华君武曾作画配诗称赞："虎虎有生气，艺术出奇趣。足迹遍五洲，摄影行万里。东西南北中，都有陈复礼。"在全球五大洲很多国家和地区举办的国际摄影展中，陈复礼有很多作品入选获奖。到20世纪60年代中期，就有200多件作品获得国际摄影沙龙的奖杯、奖章和奖状，并多次登上国际摄影沙龙十杰的宝座，后来获奖的作品不胜枚举。

1982年在美国波士顿举行的陈复礼个人摄影展特别轰动，应举办单位和观众的要求，连展14周，创美国有史以来影展举办的最高纪录，反映了美国人希望从陈复礼的摄影作品中，领略中国风光和中国人民精神风貌的迫切心情。

1998年6月，在香港会展中心举行首届中华文学艺术家金龙奖颁发典礼，奖励世界各地华人文学艺术界的精英：冰心、巴金、饶宗颐等29人，其中我国三位世界公认的摄影大师中唯一健在的陈复礼先生也获此殊荣。同年，中国文联为陈复礼颁授荣誉委员证书和金质证章，成为新中国成立后授予的34位荣誉委员中唯一的爱国摄影艺术家。

2003年8月，韩山师院与哈萨克斯坦国立师范大学进行文化交流，在该大学举办陈复礼摄影展，展出陈复

陈复礼摄影艺术馆

礼摄影精品40帧，展期20多天。哈萨克斯坦国家总理、教育部部长和文艺界人士前往参观，给予高度评价。该国国家电视台和当地报纸都作了专题报道。

2005年，欣逢陈复礼九秩华诞，母校韩师、家乡潮州都为陈先生举行祝寿和影艺60年喜庆。潮州市、张家界市授予陈复礼"荣誉市民"称号。10月28日，国务院侨务办公室、中国文联、中国海外交流协会主办，中国摄影家协会、香港中国旅游出版社承办，陈复礼影艺60年暨《诗影凡心》画册首发式在北京隆重举行，全国人大常委会副委员长许嘉璐到会祝贺陈复礼影艺60年的成就和《诗影凡心》首发。首都有关单位、文艺界、摄影界、新闻界人士共150人，群贤毕至，胜友云集，高朋满座，众口同声赞颂陈复礼无限热爱祖国的崇高精神和繁荣发展摄影艺术的卓越成就。中国摄影，因为有陈复礼而更加多彩；中国摄影，为有陈复礼而骄傲。中央人民政府驻香港特别行政区联络办公室特镌书"德艺鉴日月，福寿共山河"的礼品，祝贺陈复礼九秩华诞。2007年，香港特区政府授予陈复礼先生铜紫荆星章。陈复礼德高望重，高山仰止，令誉广载，实至名归，确是著名国际摄影大师、爱国摄影艺术家的典范。

1935年，陈复礼从韩江之滨的官塘故里出发，悠悠七十多年间，他奋发拼搏，求索进取，走遍华夏神州，跨越五洲四海，丹心为祖国，妙镜摄山河，成就辉煌，誉满寰宇。他向世界宣传中国，又为祖国添彩争光。这是中华儿女的骄傲，也是潮州人的骄傲。

（载《秋晖》2011年第4期）

2018年4月17日，林英仪由季子陪同赴港拜会103岁的国际摄影大师陈复礼学长（中）并合影

大师典范耀万邦　星空闪烁放光芒

——恭录饶宗颐教授的嘉言勋绩

二十多年来，在参加学术活动和整理编印潮州旧志的过程中，本人有幸好几次拜会饶宗颐教授，还多次通信通电话，向饶教授禀报工作，请他核定史事，审定文稿清样，受到诸多教诲，获益良深。饶教授的面谕、电示，从不同侧面，反映了他在治学上具有高瞻远瞩、导乎先路、缊幽凿险、务实求真的气概魄力和科学精神，还体现了他心系故园、爱国爱港的深厚感情和对乡晚后学传帮扶掖的大师风范。本文谨对饶教授的嘉言勋绩予以概要恭录。

缊幽凿险勤探究　导乎先路攀高峰

1993年2月，饶教授为《论饶宗颐》一书作跋，称自己治学具有"敢于

出席在香港举行的"饶宗颐星"命名仪式的领导嘉宾向饶宗颐教授举杯祝贺（2011年10月19日）

饶宗颐先生

缒幽凿险的童心和勇气，虽逾古稀之年，一谈起学问来，仍然兴致勃勃"，"一向喜欢用哲学的心态，深入考察，而从上向下来看问题"，"必须像剥茧一般逐层加以解开，蕴藏在底面的核心才有呈现的机会"。他还指出："从学问的积累层次来说，自然是'后来居上'"，"我历年来不断提出许多仍待解决的问题，后浪推前浪，有无穷的新领域，正等待后人去耕垦、拓殖。学问要'接'着做，而不是'照'着做，接着便有所继承，照着仅是沿袭而已，何足道哉！"

2004年8月3日，潮州市志办编研人员赴港拜会饶宗颐教授，敬佩他而立之年即勇于创新格总纂《潮州志》，成为当时全国罕见的壮举，请他指导补编重刊《潮州志》。饶教授兴致勃勃地说："别看我样子沉静，但干起来却很有勇气和魄力，做学问，搞研究，要有缒幽凿险的勇气和抓大题材的魄力。"他拿着以前研究撰著新近才出版的《汉字树》说："这本著作，日文译本书名改为《中国文明与汉字的起源》，就是大题材。当年《潮州志》就是靠勇气和大魄力编纂的。"

七八十年来，饶宗颐教授在学问的世界里，以缒幽凿险的勇气和魄力，尚新尚奇，拓展领域，导乎先路，纵横开阖，攀登学术高峰，终于取得学艺双携的卓荦硕果。据饶教授自己的归纳分为八个门类：敦煌学、甲骨学、词学、史学、目录学、楚辞学、考古学与金石学、书画。这些门类贯穿着对中华文化宝库的探求，为汉学研究和导向作出重要贡献。他先后出版专著70多部，发表论文500多篇，创作了大批丹青墨宝，在中国各地及新加坡、泰国、韩国、马来西亚等地举办书画展，出版多部书画精品集，堪称学界泰斗，汉学大师，百科全书式学者，集学术与艺术于一身的旷世奇才。饶教授荣任国务院古籍整理规划出版小组顾问，中央文史研究馆馆员。在20多个国家和地区的50多所高等学校和科研机构任教授、研究员或荣誉职衔。他荣获法国第一个人文科学荣誉博士，在香港的香港大学、岭南学院、公开大学、科技大学和中文大学，以及澳门大学和日本创价大学先后被授予荣誉文学博士或荣誉人文科学博士，共八个荣誉博士衔。饶教授先后荣获法国儒莲汉学奖和法国文化部授予文化艺术骑士勋章，中华文学艺术家金龙奖，敦煌文物保护研究特别贡献奖，潮学研究特别荣誉奖，香港艺术发展局授予第一届终身艺术成就奖，香港特区政府授予最高荣誉的大紫荆勋章，潮州、汕头、揭阳三市授予荣誉市民称号。

爱国爱港爱故园　昌兴文教扬幽潜

1997年5月下旬，饶宗颐教授莅潮。23日晚上，韩师艺术节文艺演出开幕前，笔者恭请饶教授为香港即将回归之庆赐赋辞章。饶教授欣然允诺，旋即嘱笔者记录《望江南·庆香港回归》一首：

春光好，处处庆回归。还我明珠川更媚①，千山草木尽生辉，彩笔竞芳菲。

饶教授即席吟咏的《望江南》词，刊载于《潮州》杂志1997年第3期喜庆香港回归的专版上，充分表达了他爱国爱港的炽热之心和欢悦情怀。

饶教授爱港之深厚情缘，当可追溯到20世纪30年代。饶宗颐少年早慧，聪颖多才，年方十八就继承父志，续编成《潮州艺文志》，被誉为"一郡文献之志帜"。接着受聘于中山大学广东通志馆负责编修文艺志，成为该馆最年轻的编研员，并参加京城禹贡学会，在《禹贡》上发表论文，开始在文坛上崭露头角。1938年广州沦陷前夕，中山大学内迁云南。1939年，曾在中大广东通志馆工作之饶宗颐，与詹安泰结伴绕道香港将赴滇应聘为中大教授。孰料饶宗颐因病滞留香江，被朋友劝留于港，并介绍他结识文化名人王云五，帮其编《中华大辞典》和研究八角号码，饶宗颐因之大量接触古文字材料，成为他后来所有学问的一大支柱。

饶宗颐在香港结识的第二个人是近现代著名学者名流叶恭绰，以相当大的精力为之做《全清词钞》的工作，为自己以后从事词学研究和创作，以及

---

① 南汉时九龙曾称媚川郡，为采珠之所。

中国音乐研究，奠定了一个重要基础。饶宗颐滞留香港而遇此二人，使他的"学问生命的世界，一下子开敞了"，从乡邦文献向主流学术发展。

饶宗颐教授在香港，还先后得到潮州乡贤方继仁和港大中文系主任、考古学家林仰山的大力支持，使他由专家之学到通才之学，进而中西融贯，博古通今。1949年夏，饶教授为继续编印《潮州志》之事赴港找资助人方继仁先生。方继仁答应继续寄钱支持潮州修志馆，并恳劝饶宗颐留港。此后，方先生为饶宗颐购买英人制作的一整套敦煌学等内容的微缩胶卷，使饶教授成为除日本人外唯一拥有这套宝贵资料的亚洲人，得以有《文心雕龙》研究、《老子想尔注》研究等成果。他还多次赞助饶宗颐赴日访求古籍，赴欧洲整理敦煌文献，使之成为国际汉学的重要桥梁人物。1953—1968年，饶宗颐任教于香港大学中文系，港大浓厚的学术氛围，使他的"学术优势和潜能，在此环境中得以充分发挥展示"。他在这段时间，研究和撰写的论著"共十七部之多，几乎占其全部著作的三分之一。产量之丰，开辟之广，真可谓大放光彩的一个时期"。

饶宗颐教授还从香港走向世界，五洲历其四，到二十多个国家和地区的几十座城市，从事讲学、考古、考察、历史文化资料搜集，参加学术文化交流活动，使他由中国传统学术研究发展到国际汉学与世界比较文明史研究，成为国际汉学研究的旗帜，是中西融贯、博古通今、誉满寰宇的一代宗师。

上述事实，都是香港对饶宗颐的厚赐。饶教授后来在回忆中也说：方继仁先生劝我留居香港，"在我的整个生命中，他是很关键的一个人"。"有香港，才有饶宗颐这个人。"

而香港有了饶宗颐教授，也推进了文教事业的发展，提高了香港在国际上的文化品位，正如2004年7月30日《明报》在《贺饶公米寿》文中称："值此饶公八十八岁米寿之际，凡我港人莫不额手称庆，庆幸我们香港有饶公为人间国宝，可以傲视寰宇"，"有了饶宗颐先生，山川锦绣变绿洲"。

饶宗颐教授热爱乡邦的深厚感情，同他对中华文化的研究、传承、弘扬联系在一起。在定居香港、暌别故园期间仍满怀眷恋乡邦之情。在《潮州志汇编·序》中坦言："久去乡关，累十余稔，山川乔木，望之畅然。"他以对桑梓的畅然情怀，于1965年苦心编成方志之创体《潮州志汇编》，"以广其传"。

1979年冬天，饶宗颐教授欣然应邀出席在中山大学召开的中国古文字研究会，广东省委吴南生书记请饶先生多回内地走走，多回家乡看看。饶先生激动地说："我从小研究《楚辞》地理，读过很多地方志，对各地地名非常熟悉，可是很多地方都还没有到过。自1949年离开潮汕，到今年刚好三十年。三十年第一次回来，真的很想到处去走走，去看看！"会后，饶先生专程到洞庭湖畔实地考察《楚辞》中的地名和江名。1980年9月，饶教授到四川参加第三届中国古文字研究会。会后从成都出发，到过兰州、敦煌、西安、洛阳、开封、安阳、北京、济南、曲阜、南京、扬州、苏州、上海、杭州、衡山等十一个省市的二三十座城市，参观三十三个博物馆，历时三个月，行程数万里。饶教授回港后特请名家刻一方"九州历其七，五岳登其四"之印章作为纪念。

饶宗颐教授此次在祖国内地之旅游考察，饱览了祖国的名山大川，领略了祖国河山的雄伟壮丽，接触到大量的文物考古资料，同许多学界人士交流，为拓展学术研究领域，进行学术撰著和文艺创作积累了大量素材，使之能为传承弘扬中华文明作出更大贡献。

饶宗颐教授热爱乡邦的深情，还体现在倡导潮学研究，传承乡邦历史文献，弘扬潮州优秀人文传统。1989年，在国际潮团联谊年会上，饶教授作《潮人的文化传统与发扬》的专题讲演，呼吁海外潮团以其雄厚资财，支持学术研究。翌年饶教授正式提出建立"潮州学"，并使潮学研究国际化的卓越创见。近二十年来，饶教授指导国际潮学研究规范化，已连续举行八次研讨会，吸引国内外众多学者加入潮学研究的行列，推动国际潮学研究工作更加广泛深入地开展起来。

饶宗颐教授还指导扶掖潮州乡晚后学传承乡邦文献。他教导潮州市志办编辑人员说："抢救整理潮州旧志书，传给子孙后代，是功德无量的事，具有重大意义。"正是在饶教授的直接指导下，自1999—2007年，市志办共整理编印明清至民国时期的旧志书27部、32册，900多万字，约占全省史志部门1985—2007年整理编印旧志总量的三分之一，既丰富了潮州地方历史文献库，传承于子孙后代，还传播到海内外，使潮州优秀人文传统更加发扬光大。

饶宗颐教授分别献赠一大批精湛论著、书画精品、勋绩证书、珍贵藏书，给潮州市和香港大学各建立饶宗颐学术馆，成为学林宝库、学术研究和对青少年进行教育的基地。饶教授还荣任香港大学"中国文化讲座教授席"首位教授，为培养高层次的中国文化研究人才，更好地发扬中华文化的幽德潜光作出更大贡献。

（载《秋晖》2012年第8期）

百岁学长林进华献建新楼记

韩师杰出校友林进华先生，1936年从韩师毕业后南渡马来亚沙巴州，艰苦奋斗，发展实业，热心公益，成为当地侨领，沙巴州拿督，马来西亚国会上议院议员，荣膺国家元首赐封丹斯里勋衔。先生眷怀乡梓，眷念韩园沾沐时雨之情，国家实行改革开放政策后，即主动广襄善举，为乡邦和母校韩师捐赠多宗项目，作出重大贡献，荣获潮州市荣誉市民称号，韩师授予"教育特别贡献奖"，中国儿童少年基金会授予"中国儿童慈善大使"荣誉称号。

2009年年初，林进华先生赴美疗养，有两年半时间未能与母校直接联系。2011年7月返港后，进华学长即于7月11日下午打电话给我，要我马上赴港，要委托我为母校办些事。我向进华学长汇报："本人赴港通行证已过了有效期，不能马上前往。2010年3月新上任的韩师院长林伦伦是澄海人，语言学专家，他于当年4月与学院领导赴港拜访诸位韩师学长，当时您还未回港。我即向林院长报告，请他赴港拜晤您。"他要我先办赴港通行证后再联系。

2011年7月17、21、26日，进华学长又打来三次电话，询问母校办学情况。我如实说明：在上级政府的领导支持和校友乡亲的赞助下，母校已得到跨越性大发展，成为规模宏大、多科类的省属本科学院。他询问母校楼房最高是几层，我答复说：国家投资的新图书馆建了九层，您襄赞的两座楼都是六层。他再问：可不可以再高？我说：学院欢迎校友赞建更高更大的新楼房。

我向学院了解将向社会各界敦请投资襄赞校舍和具体项目后致电与进华学长第五次通话：报告学院需新建项目，他即爽快地决定向母校献建校友楼。

第七次通话后，进华学长要同林院长通话，我转告林院长，约定由林院长晚上致电进华学长寓所交谈商定襄建校友楼事宜。

10月17日，遵林院长之嘱托，我致电进华学长，请他派代表参加10月21—24日举行的韩师108周年校庆纪念活动。因其贤婿吴崇乾先生在美国未能拨冗莅潮，进华学长于10月21日复电，嘱我代表他到会，转达他祝贺母校校庆，乐捐了1 000万港元建校友楼，向韩师建校110周年献礼，衷心祝愿母校韩师繁荣昌盛，越办越好！

10月24日，我遵嘱托赴会，先撰文稿呈交

西区进华楼奠基典礼（2013年10月23日）

林院长（文稿称："75年前毕业于韩师的杰出校友林进华先生，深情热爱母校，对母校建设和资助贫困学生等已有诸多襄赞。林先生获悉母校韩师开始筹备110周年校庆，即多次电询母校发展情况与需要扩建项目，热诚表达继续赞助母校之盛情美意。特于10月21日电示在学院校友办的林英仪，委托林英仪代表他热烈祝贺母校校庆，并乐捐1 000万港元，向韩师建校110周年献礼！衷心祝愿韩师母校繁荣昌盛，越办越好！"）。会上，林院长宣读进华先生乐捐1 000万港元，向韩师建校110周年献礼的文稿。进华先生主动为母校献建校友楼的善举，博得全场热烈掌声。

24日下午，进华学长特来电话询问："你有没有代表我参加会议，祝贺母校校庆？"我如实禀告："我把您热爱母校的深情厚谊和捐资赞建校友楼向校庆献礼的善举，写成文稿，由林院长在会上宣读，博得热烈掌声！"电话机听筒即传来林进华学长"OK"的欢悦之声，表达了他为母校献建琼楼的热切深情。

至12月14日通电决定学院领导于12月17日赴港拜会林进华先生，签署襄建校友楼文书。五个多月间，通话共25次，其中与林先生直接通话15次，由其公司李经理转传林先生意见，或请李经理转报林先生10次。

2011年12月17日，我陪陈庆联书记、林伦伦校长、杨旸主任赴港拜晤进华学长伉俪，进华学长高兴地签署了为母校韩师献建校友楼的文书。

2012年春节前，学院收到林进华先生汇交的建楼资金1 000万港元。

2017年春，期颐学长林进华襄建的新楼，巍然雄立于狮球山麓，恢宏壮观，为东丽韩园增辉。学院在新大楼二楼，建立进华荣勋馆，以彰扬百岁学长爱校深情，典式垂范，奕世留芳，砥砺诸生笃志勤学达高标。

党的政策照韩园，古老学府新跨越

——韩山师专1978—1993年落实党的政策与事业发展纪略

　　1978年4月5日，中共中央批准中央统战部和公安部关于全部摘掉右派分子帽子的请示报告，决定全部摘掉右派分子的帽子。9月17日，党中央批发《关于全部摘掉右派分子帽子决定的实施方案》。同年12月18日至22日召开的党的十一届三中全会，重新确定"解放思想，实事求是"的思想路线，果断地停止使用"以阶级斗争为纲"的错误口号，开始全面认真地纠正"文化大革命"中和以前的"左倾"错误，平反冤假错案。全会作出了把全党的工作重心转移到社会主义现代化建设上来的战略决策和实行改革开放的方针。

　　根据党中央和上级党委的指示，韩山师专坚决贯彻三中全会精神，在党委统一领导下，成立落实政策办公室，认真抓好落实党的各项政策的工作（落实政策办公室由副校长、党委委员蔡育兴兼任主任，党委委员、人事科科长黄文廉兼任副主任，成员为郑松楠、郑传威和蔡永海。至1988年，韩山师专一直保留这个机构。参与落实政策工作的还有陈石波、谢仲铭、许瑞韩、蔡修斌、何安创、吴伟成、李锡江、余浩明、林英仪等十多人）。复办师专后的十几年间，学校持续安排专职或兼职的政工干部，或出差，或函调，内外查证，为落实政策深入细致地做了大量工作，取得了显著成绩。在党的政策光辉照耀下，韩师这所广东最早、历史最长的古老师范学府，迈上发展的新跨越，升格为韩山师范学院。

一、右派分子全摘帽，善后工作处理好

　　1957年6月8日，中共中央发出《关于组织力量准备反击右派进攻的指

示》，同日《人民日报》发表题为"这是为什么"的社论。此后，即在全国开展了大规模的反右派斗争。7月29日，潮安县整风领导小组发出《全体干部开展反右派斗争的通知》，潮安县、潮州市随后都开展了反右派斗争。当时，省立韩山师范学校校本部、函授部、附小教职工共129人。根据大鸣大放情况，经过批判斗争，评定右派分子，计校中师部教师12人、函授部1人、职员1人、附小2人、工友2人，共18人，占全校教职工总数的14%，比全县（市）错划右派分子（586人，占教职工总数10.6%）高出3.4百分点。当时错划的右派分子分为五档：反革命分子逮捕判刑；开除公职、回乡监管；到工厂或农村劳动改造；降职留用；一般右派分子留校察看。

1959—1964年，潮安县先后摘除了大部分右派分子的帽子。1978年根据中共中央文件精神，中共潮安县委摘掉右派分子帽子工作领导小组成立（下设办公室），先给尚未摘帽的右派分子全予摘掉帽子。然后对1957年划定的全部右派分子，逐人复审，推倒原定错划结论，全部予以改正，逐人发给改正通知书，恢复政治名誉。韩师根据中共中央〔1978〕55号文件精神，加强组织领导，选派政工干部抓好此项工作。通过逐人复审、查证，推倒当年错划结论，全部给予改正平反，逐人发给改正通知书，恢复政治名誉，并切实做好善后工作。

如李乾成老师，自1950年春中山大学中文系毕业后到韩师任教，此后一直担任中师的语文教学和班主任工作，一贯表现良好。在1957—1958年的反右斗争中，被作为右派中的反革命分子，判刑10年，押送青海13劳改支队服刑，刑满又在那里作农场工人。1980年4月调到广东兴宁当煤矿工，历尽牢狱劳役之灾。李老师平反后欣然归队，于1980年9月回韩师中文科任教，教学认真负责，对学生的作文眉批细改，教学效果显著。1981年11月被评为高教讲师。1985年退休，由儿媳顶职调入韩师为全民职工。1951年曾受业于李老师的旅泰侨领陈汉士校友，对老师当年遭牢狱之灾深表同情。欣悉李老师平反后，曾多次上门慰问或托人奉送敬师金。2005年10月，李老师逝世时，他特托潮州市侨联领导敬奉万元楮仪。

又如抗战时期在迁揭的韩师任教的邓浩然老师，被错划为右派并遭开除时已年过半百。1979年摘帽平反时已是年老体弱，妥善给予办理退休手续，每月退休金72元，安排其子为学校职工，邓老师得以安度晚年。2007年退休金增至每月2 400多元，享寿102岁。

尚未婚娶的年轻体弱之心理学教师林君牧，被错划为右派分子后送枫溪蔡陇大队监管劳动，弱躯难支，自杀成孤魂。给予复查平反摘帽后，几经寻访才获悉其胞兄在天津工作，韩师特派干部长驱赴津，发给右派分子摘帽改正通知书，恢复林君牧政治名誉，并发放抚恤金，使其胞兄得到慰藉道谢。

二、"文革"冤案尽洗雪，历史老案办得妥

1978年，韩师在给错划为右派分子摘帽改正的同时，也开始为"文革"的冤假错案平反昭雪。

"文革"中，韩师最严重案件是老干部郑川被捕含冤死亡之冤案。郑川同志1919年出生，1938年参加中国共产党，1948年7月入伍，二十世纪五六十年代曾任韩山师范学校副校长和教导主任。"文革"期间，由于受林彪、"四人帮"反革命修正主义路线的迫害，郑川同志被强加上"叛徒""历史反革命""顽固不化的走资派"等罪名，并于1968年8月28日被捕入狱。1969年7月28日，在农场监督劳动惨遭强台风刮倒住屋而被压死，含冤逝世。以在押犯身份没有举行安葬仪式而草率埋葬，碑文上只写上"郑川之墓"（后其家属自己雇工改碑文为"郑川同志之墓"）。1978年，韩师落实党的干部政策，对郑川同志有关政治历史问题进行复查落实，对原强加于郑川同志的罪名予以推倒，为其平反昭雪。并经上级批准，于1979年1月为郑川同志举行追悼会，悼念郑川同志，肯定郑川同志对革命和建设，尤其是教育事业所作的贡献，对"文革"期间强加的罪名予以推倒，公开平反昭雪，恢复其政治名誉，并补发放抚恤金、家属雇工改碑文费用和困难补助专款。

1957年在韩师被错划为右派分子的钟庆华老师，原被留校察看，后调入潮州镇从教。1962年已摘掉右派分子帽子。"文革"期间又被重戴上右派分子帽子，并于1971年4月被开除。1975年潮安县委撤销1971年决定，回收归队，先后安排到城南中学和潮安一中工作，于1979年9月调回韩师任教，1984年任教育学科教研室主任，1988年晋升为教育学副教授。

1981年2月19日，中央组织部印发中组发〔1981〕第5号文件：《关于彻底平反冤假错案，进一步做好落实干部政策工作的意见》。强调"要坚决、彻底、干净、全面地把一切冤假错案处理好、解决好"。指明"处理文化大革命前的历史老案，总的精神是实事求是，有错必纠。对有申诉的和虽

然没有申诉但明显搞错了的，都要进行复查"。4月15日，学校召开党委会，学习贯彻上述5号文精神，增加人力，抓好历史老案的复查工作。7月15日和12月11日，学校党委会先后审议解决校落实政策办复查的历史积案，对在肃反、精简压缩、"新三反"等事件中受处理的教职工30多人落实政策。有的调回安排工作，有的办理退休手续。有的作退职处理，尚有劳动能力的，安排为学校编外工勤人员，让其增加经济收入。曾在淮海战役中被俘的原连指导员章士剑，经教育后回龙湖家乡当小学教师，后调入韩师。1955年被捕判刑，1956年改判作"五类分子"遣送回乡，属错捕错判，改判后没复职即病亡。学校为之平反后安排其长子为职工，并补发丧葬费150元。

其他在"文革"中被批斗、入"牛栏"的干部、教师，也都在拨乱反正、落实政策中从思想政治上获得解放，正常参加工作。

1985年2月，在韩师对"文革"的冤假错案平反处理落实政策的情况已向上级作了总结报告之后，新中国成立前在韩师就读并参加革命活动的文杰民、丁岗等校友，带领当年在校任教的音乐教师张汉馨之妻儿来韩师找学校领导。诉述张老师于1950学年度寒假回家乡丰顺，被农会扣留，一直在家务农，"文革"中又被批斗毒打致死，恳求学校为其申冤，并解决其遗属的供养和就业问题。蔡育兴校长听取诉说后，对张老师遭残杀之劫难深表同情。蔡校长当年是韩师学生，知道1950年张老师在韩师教唱《没有共产党就没有新中国》《团结就是力量》《反对美帝武装日本》《志愿军歌》等革命歌曲，还自编破除迷信的《糊涂老歌》等，但对张老师被扣留，"文革"遭杀害等情况并不清楚。韩师属汕头市管辖，张老师被扣留及杀害之地丰顺属梅州市，学校向汕头市领导汇报，请汕头市领导联系梅州市领导共同办好此案。随后，蔡校长向中共汕头市委副书记、市政协主席李习楷汇报，李习楷同志赴省开会时与梅州市领导商定解决办法：1985年3月，由梅州市给张汉馨老师平反昭雪，并安排其儿子到丰顺县丰良粮管所当职工；由韩山师专发给张汉馨遗孀供养费和抚恤金。两市终于联合为张汉馨在"文革"中被杀害之冤案平反昭雪，并解决其遗属之供养、抚恤和就业问题，共同做好善后工作。

三、刑狱积案重复审，回收代职安排好

历史政治方面的刑狱积案，韩师也通过配合政法部门反复查证，给予复

审改判落实政策。

在镇反、肃反运动中，新中国成立前在韩师任国民党区分部书记、三青团区分队骨干或触犯刑律而判刑、开除处理的人员，也根据"有反必肃，有错必纠"的原则，安排政工干部深入调查取证，报请政法部门复查改判，实事求是地落实处理，政治上给予平反，经济和生活上给予照顾安排。

新中国成立后留用的原韩师教导主任张元敏，因曾任国民党韩师区分部书记，属历史反革命骨干，于1954年秋被解职回原籍庵埠。1956年被潮安县彩塘人民法庭判刑劳改。1957年潮安县枫溪人民法庭重新审理，给予教育释放。1959年年初，再被列入庵埠镇仙乔街道五类分子管制。1979年3月10日落实政策，撤销管制，1981年韩师报请汕头地委组织部复查，拟予回收。汕组〔1982〕45号文关于对张元敏案件复议报告的批复，按省委统战部《关于贯彻省委办公厅粤复字〔1982〕17号文的具体意见》的有关规定，列为定期补助对象，给予每月30元补助，由潮安县委统战部发给。

1985年5月27日，根据汕头市政协主席李习楷带领巡视组莅临韩师检查落实政策情况的批示精神，韩山师专落实政策办公室再向汕头市委组织部、宣传部奉文请示报告：张元敏自1957年释放回原籍，能遵守党和政府的政策法令，积极参加劳动，关心各种文化活动，指导青少年学习文化知识，经常搞清洁卫生，为群众办了一些好事。但夫妻年迈，生活有困难，靠街道救济。1985年1月起潮州市民政局和庵埠镇根据调查审议，将其列为双保户，每月由政府救济过活。张元敏虽曾任国民党区分部书记伪职，但能坦白交代。他于1930年毕业于中山大学中国语言文学系，新中国成立前后从事教育工作19年，培养的毕业生遍布海内外，在社会上有一定影响，是老知识分子。1947年任韩师教导主任及国民党区分部书记时，还曾主持修建遭日寇破坏的韩文公祠。现年老体弱，其子残废，家庭经济困难，学校拟回收为退休教师，按其1954年被捕前月工资分235分，工分值相当于中教6级，月退休金72元。经批准，从1985年6月起，每月发给张元敏退休金72元，使其安度晚年。后与其他退休教师一样多次增加退休金，至1993年12月逝世，享年92岁。

新中国成立前后任韩师事务主任的廖克初，1941—1949年先后任三青团韩师区队副、国民党区分部执委兼书记、国民党潮安县委宣传委员、"防奸小组"成员等职。1958年5月2日潮安县人民法院判处廖克初开除出队，管制三年。管制期满后携家眷离潮城，到潮安县枫溪公社新乡大队务农。三中全会后落实政策，韩师报请潮安县人民法院复查，1980年潮安县人民法院发布〔安法复〕字〔1980〕16号判决书，纠正和撤销该院〔枫刑〕字187号判决书判处廖克初管制三年的判决，恢复廖克初的国家干部待遇。韩师按规定补发丧葬费，按月发给其母亲、妻子供养金，安排其子廖略作为韩师全民职工。廖克初之母亲及妻儿祖孙三代人十分感谢党和政府的关心。廖略进韩师后被安排为校办公室职工，感恩爱校，敬业勤干，多次评为先进个人，当选为院工会委员后享受副科级待遇。

吴祖塘，女，1927年出生。1948年浙江绍兴中学毕业后赴沪，参加托派青年团，1949年春随托派赴港台。1950年3月奉命潜入北京，考入华北革命大学。1951年被北京市公安局拘捕后，能主动坦白，并有立功赎罪表现，获宽大处理释放后在北京当小学教师。1952年考上中山大学，1956年毕业后留校当助教。1958年调韩山师专任教。1960年因涉密和谩骂领导判刑5年，刑满回浙江绍兴街道工厂当工人。1983年8月退休，退休金33元。

在各地落实政策复查历史积案时，吴祖塘致书韩山师专申诉，要求为其复查平反恢复教师身份。学校为其报请汕头市中级人民法院复审。1986年4月19日，汕头市中级人民法院刑监字〔1986〕判决书予以改判："原判定罪量刑不当，应予纠正，特判决：撤销本院1960年9月17日〔1960〕专法刑初字第03号判决，宣告被告无罪。"

根据法院判决，韩师报汕头市人事局批准，给予吴祖塘复职归队。因年届59岁，归队办理退休手续，被捕前工龄4年，错判而服刑期间仍算连续工龄，至1986年连续工龄30年，按被捕前工资等级75%计算退休金约97.33元。吴祖塘接韩师通知后，继续申诉，要求其退休金基数要比被捕时适当增加，并要求把关系转移至其居住地绍兴市。经韩师报汕头市人事局、监察局审定，由汕头市监察局于1988年4月5日以汕监审字第22号文审定吴祖塘连续工龄30年，工资由高教十级提升为九级，学校为其计发月退休金131元，由韩山师专发放。从此，吴祖塘得以高校退休教师身份，享受改革开放成果，颐养晚年。2011年以后其每月退休金增至5 437元。2013年3月，韩山师院陈三鹏副院长与院工会主席丁应通、人事科长等一行赴绍兴看望吴祖塘。她特在住宅小区门口迎接，对韩师领导的关心表示衷心感谢，在其寓所怡然自得地畅谈旅游、摄影活动的情景，还送照片给学院留念。

四、落实干部政策，发挥老干部、老教师和中年知识分子干部的作用

1977年11月，全国高等学校恢复统一考试招生制度。"文革"中受冲击、落实政策后恢复工作的原汕头地区师范领导陈作诚、蔡育兴和黄文廉、谢仲铭、许应义等政工、行政干部以及姚世雄等教师，为复办韩山师专积极做好有关工作。韩师获准开办中文、数学、物理、化学4个专业大专班，1978年9月，再增办英语、体育两个专业大专班。1978年12月，教育部批准复办韩山师范专科学校。

1979年4月，中共汕头地委任命刘雨舟、张文宏、陈作诚、蔡育兴为韩山师专党委委员、副校长，刘雨舟主持学校全面工作。6月，中共汕头地委任命刘雨舟为韩山师范专科学校党委副书记。1980年8月，中共汕头地委任命刘德秀为韩山师专党委副书记、副校长，主持党委和学校全面工作。

经过党的十一届三中全会后落实政策，由组织任命组成的韩山师专领导班子，五位学校领导成员中，刘德秀、刘雨舟、张文宏、陈作诚都于新中国成立前参加革命。刘雨舟曾于1959—1962年担任韩山师专副校长；刘德秀、张文宏先后在党政机关和科教部门任职，并都曾担任广东潮安农校领导职务。刘雨舟、刘德秀先后主持学校全面工作，张文宏分管教学科研工作。陈作诚具有多年的中学、中师领导工作经验，分管后勤工作。还有一位是1956年入党、1960年大学毕业，曾在师范院校任教任职的中年干部蔡育兴，分管政工工作。五个专业科主任陈宗民、林庆瑞、陈国梁、陈哨光、林仕松都是新中国成立前参加工作的老干部或老教师。同时调回原韩山师专的教学骨干，担任各专业主要课程的教师。还引进同是新中国成立前参加革命工作的名教师：中英文双优的罗英风和"红学"、鲁迅研究专家吴颖，加强学校教学、科研骨干力量。

复办韩山师专后的五年间，学校认真贯彻党的十一届三中全会确定的方针政策，坚持社会主义办学方向，发挥老干部的核心作用和广大教职工的积极性，建立良好的教学秩序，使复办师专起好步，走上健康的发展轨道。1977—1980年四届共培养毕业生1 385人，不仅为潮汕地区输送大批合格的初中教师和部分高中教师，还为地方党政机关和建设事业输送人才。由吴颖担任编辑的《韩山师专学报》，于1980年1月出版第1期。至1984年，《韩山

师专学报》刊登的论文，被中国人民大学《全国报刊复印资料》转载录的论文、摘要、题目之数量，名列全国师专前茅。

1983年12月，韩山师专领导班子换届。中共汕头市委根据干部政策和干部队伍的"四化"要求，原班子三位达到或接近离休年龄的老干部未予安排，任命原副校长蔡育兴为校长、党委副书记，主持学校全面工作。留任的老干部陈作诚副校长起传帮带作用，他还善于协调领导班子的团结合作。提拔中年知识分子、原党委委员和人事科长黄文廉任党委副书记，中年讲师吴浩燕为副校长，谢仲铭为党委委员。1984年8月，中共汕头市委调配多年担任县委副书记的陈诚美任韩山师专党委副书记，充实加强韩山师专领导班子。新班子任命罗英风、林仕松、钟庆华、吴修仁等老教师和吴瀚文等一批中年知识分子干部，担任中层机构领导职务，发挥他们在学校管理和教学科研工作中的作用。在前五年韩山师专起好步、健康发展的基础上，学校坚持四项基本原则，加强思想政治工作，开展管理、人事制度、教育教学、后勤社会化等方面的改革，扩建校舍与加强文明校园建设。办学规划逐步扩大，办学效果显著，多项工作居全省师专先进行列。在广东省委、省政府和汕头、潮州两市的关心支持下，制订学校发展和建设用地规划，为升格为师范学院做好准备。

新班子主政期间（1983年12月至1988年10月），还根据国务院和中央组织部有关文件精神，安排政工干部逐人查证核实11位新中国成立前参加革命的老干部、老教师的入伍、入党时间，有的还要改正、撤销历史上的不当结论。按国务院国发〔1982〕62号、中组部中组发〔1982〕字13号、教育部干部司〔1984〕教干司字503号，以及中央五部组通字〔1986〕45号等文件规定，肯定他们的革命经历，分别报请上级党委组织部门批准，三位离休老干部、老教师享受地厅级政治生活待遇。其中罗英风虽曾受错划为右派分子，但他于1949年8月大学毕业后，在中国人民解放军三野政治部宣传部文艺科任助理编辑，属新中国成立前参加革命工作。经查证，取得可靠的组织证明材料，其工资中教1级相当于行政13级，享受地专级离休待遇。另八位享受县处级政治、生活待遇。其中钟庆华曾被错划为右派分子，但他于1949年8月到福建连江一中任教，受县军管会委派为接管小组成员，供给制待遇，属新中国成立前参加革命，其工资中教3级相当于行政17级，享受县处级离休待遇。

新中国成立前大学毕业后参军的罗英风老师，担任中文系主任，教学、行政管理经验丰富，古典文学功底深厚，教学效果显著。他还热心协助学校搞好校友工作和节庆宣传活动。他陪学校领导赴汕头请来华讲学的美国著名教授邢平校友莅临韩师讲学。他陪学校领导会见旅泰校友何才林先生，商谈襄助母校建校舍善举。他为伟南楼奠基撰联：伟构将兴，学子修文有所；南针既定，先生爱国情深。伟南楼落成，他又撰联庆贺：伟业所系兮，洋东西文化赖师道以赓继；南风之薰兮，海内外桃李沐春晖而芳菲。他为进华楼撰联：进德育才、百年大计，华侨兴学、一代美谭。他为才林楼撰联：才历琢磨方隽，林经霜雪弥荣。还为上述三座楼之建楼碑记修改润饰，勒石留芳。

新中国成立前受军管会委派，参加接管中学的钟庆华老师，虽曾遭开除之劫难，落实政策后焕发革命活力，担任教育学科教研室主任，积极搞好教学科研工作，参与广东、福建两省师专教育学教材编写工作。他还关心学校的发展，1986年4月，为学校奉呈给广东省委林若书记之请示报告，获得林若书记批示："按'保护文物，发展教育，全面兼顾，相得益彰'的原则处理好建设韩祠与发展韩师的问题。"省政协吴南生主席也批示："韩师的建设，应成为韩山—河东一片建设的一部分（应该说是主要部分）。"1986年7月，王屏山副省长莅潮贯彻林书记和吴主席的批示，经汕头市委陈厚实副书记和潮州市郑名榜副市长多方协调，解决了建设韩祠与发展韩师的有关问题，使韩文公祠建设成全国文物重点保护单位，韩师升格为本科师范学院。钟老师离休后担任韩师关工委副主任，在学院党委领导下，积极为关心教育青年学生做了很多工作，被评为广东省关心下一代工作先进个人。

五、全面贯彻知识分子政策，齐为韩师发展新跨越夯实基础

从1978年至1993年，韩师历届领导班子都重视贯彻知识分子政策。1978年至1983年，在平反冤错积案中，已重视落实政策后发挥知识分子的作用。1984年以后，校党委又根据中央组织部中组发〔1982〕18号文《关于认真检查落实知识分子政策情况的通知》精神，进一步贯彻落实知识分子政策。按中央关于"对待知识分子，要真正做到政治上一视同仁，工作上放手使用，生活上关心照顾"的要求。主要抓好几个方面：

（1）提拔一批中青年知识分子，充实、加强学校及中层机构的领导管理力量。

在 1983 年年底至 1984 年年初的校领导班子换届和机构改革中，选拔中青年知识分子 18 人，充实加强学校和中层两级班子，大专以上文化程度的干部占两级班子成员的 70% 以上，使两级班子比较符合干部"四化"的要求，发挥中年知识分子在学校管理中的作用，推动学校各项工作的顺利开展。

1988 年 10 月，广东省和汕头市两级党委、政府为韩山师专配备领导班子 6 人，其中副厅级 2 人，正处级 4 人。党委书记林邦光，大学学历，副教授；留任校长、党委副书记蔡育兴，大学学历，副研究员；陈诚美留任党委专职副书记；原党委副书记黄文廉转任专职纪委书记；新提拔林立聪副教授和原党委委员、组织和人事科科长谢仲铭助理研究员为副校长，分管教学科研和后勤工作。韩师成为当年全省师专较早按省委要求配齐副厅级建制的领导班子的师范专科学校。

1989 年 4 月至 5 月，经过民主推荐、组织考察，党委会讨论决定，由校党委和校长分别任命中层党政部门、图书馆和教学系室副科级以上干部 64 人。其中具有副教授等高级专业技术职务的 15 人，讲师等中级专业技术职务的 26 人。学校及中层机构科级以上干部，大专以上文化程度的，占两级机构成员的 90% 以上，其中已有恢复高考后的优秀毕业生 14 人，参与中层机构管理工作，发挥中青年知识分子的作用，推动韩师事业的新发展。1989 年下半年，在全省师专办学情况评估中，韩山师专名列前茅。

（2）积极培养、吸收中青年知识分子入党。在落实政策中实事求是地做好调查研究工作，清除"左"的思想影响，正确对待知识分子的家庭、政治历史、社会关系等问题，积极培养他们参加党组织。1981 年至 1983 年吸收 14 名教师入党，使他们振奋革命精神，为党的事业奋发工作，也使广大中青年知识分子受到鼓舞，1984 年上半年，向组织递上入党申请书的教工共 36 人。1984—1992 年又吸收中青年知识分子 78 人入党，大大增强党在教职工队伍中的力量。经组织培养和他们自身的努力，其中后来成为学校党政和教学管理干部的 48 人；锻炼成长为校、院领导成员的 6 人。

（3）放手使用党内外知识分子，特别是有专长的专业人才，发挥他们在教学科研中的骨干作用。1984 年全校 8 个专业系、室领导成员 21 人，其中讲师 16 人。主管学校教学科研工作的教务科也是由三位有专业知识和教学经验的中年知识分子担任领导工作。中英文双优的罗英风老师在中学任教英语科目，调入韩师后任英语教师、科主任。为发挥其所长，1984年换届时，另调任中文系主任。他的中文教学管理能力和古典文学的教学技能，更是发挥得淋漓尽致。1987年，罗英风晋升为副教授。1989年，他总结的《发展独立能力，培养开拓精神》的教学论文，获得广东省高教优秀教学成果一等奖和国家级优秀教学成果奖，被评为全国优秀教师。（广东省40多所高校，获国家级优秀教学成果奖只有19人）1992年罗英风晋升为教授，并获得国务院颁发的为发展我国高等教育事业作出突出贡献的表彰证书，享受政府特殊津贴。

1981年12月，由北京调入韩师的吴瀚文讲师，1961年毕业于中山大学物理系，至1981年在北京轻工业学院为外国留学生讲授物理课，已晋升为讲师。他专业知识深厚，治学勤奋严谨，教学科研均有显著成绩。1983年研究项目"YB-2-5非接触式纸机封缸测温仪（红外线多路测温仪）"，获得国家轻工业部重大科技成果奖。1984年，吴瀚文担任物理系主任。1985年吴瀚文加入中国共产党。1986年晋升为副教授。1989年经民主全票推荐，组织考察后继续担任物理系主任。他行政、教学管理能力强，处事稳重扎实，教学科研不断取得新成绩。1992年吴瀚文带领本系黄文勇、张庆、陈照平、李绿庄等教师，总结撰写《在普通物理学实验课中加强基础的综合能力的培养》的教学论文，获得广东省普通高校优秀教学成果二等奖。同年吴瀚文晋升为教授，荣获南粤教书育人先进个人（特等奖）。1993年，吴瀚文带领周粤生、刘耘、陈照平完成的研究项目"模拟辊道窑温度曲线的微机制箱式电阻炉"，通过省级鉴定，获广东省高教厅科技成果奖。同年10月，吴瀚文荣获国务院颁发的为发展我国高等教育事业作出突出贡献的表彰证书，享受政府特殊津贴。1995年1月，吴瀚文晋升为韩山师范学院副院长。

无党派人士、原教务科副科长吴修仁，敦厚正直，竭诚敬业。教务工作，善于管理；科研工作，硕果累累。他获得广东省优秀教师、先进科技工作者，汕头市劳动模范等多项奖励，当选为潮州市人民代表，人际关系好，群众威信高。1989年5月学校调配中层干部，吴修仁由教务科副科长越级升任教务处处长后，教学科研管理、多种形式办学、教育实习、加强实验室建设等方面都取得显著成绩，自身又有科研新著述问世。1992年吴修仁获得国务院颁发的为发展我国科学技术事业作出突出贡献的表彰证书，享受政府特殊津贴。1995年5月，在美国拉斯维加斯举行的世界传统医学优秀成果大奖赛颁奖大会上，吴修仁的专著《中国药用植物简编》荣获金杯一等奖。

（4）做好教学、科研人员的进修提高工作。

1978年复办韩山师专后，韩师只有从海南师专调回潮州的刘绍谋具有讲师的专业技术职称。1981年评定讲师等中级职称21人，专业技术鉴定全由刘绍谋签署。1984年以后，学校每年安排专项经费，支持教师外出进修提高的占教师总数的15%左右，加快提高教学科技人员的整体素质，壮大中高级教学科技专业人员队伍。1985年学校还没有高级专业技术职称人员，1986年才评上第一批副教授11人。至1992年，全校有教授2人，副教授36人，其他高级专业技术职称8人，讲师等中级职称147人。

（5）努力改善知识分子的生活条件，解决他们的后顾之忧。

一是积极解决住房问题，1980年至1993年，通过用好国家拨款和自筹资金相结合的办法，校内建、校外购，共建购楼房160多套，使中级职称以上的教师都住上套房；二是帮助家在农村的教师解决"农转非"问题和配偶在外地的夫妻分居问题；三是争取省高教局、汕头和潮州两市支持，以及本校的劳务工作安排，照顾解决中青年知识分子之子女或配偶的就业问题。

1985年，韩山师专还根据中央组织部《关于认真检查落实知识分子政策情况的通知》精神，迎纳知名老教师翟肇庄回归韩师，在韩师退休。翟老师于1934年从中国大学生物系毕业后来韩师执教近30年。1963年韩山师专"下马"后调往潮州劳大任教。"文革"劳大散伙，翟老师年届花甲，没有归属单位，由潮州市人事和民政部门收留，民政局发给退休金。师专党委经研究，认为翟老师是老韩师著名的生物教师，教学科研均有显著成绩，曾任潮安县人大代表、潮州市政协委员，是知名老知识分子，已届耄耋之年，子女又在外地。她任教近30年的韩师，应迎纳翟老师归属为韩师的退休教师。

1985年8月，潮州市人事局和民政局分别把翟老师的人事档案和工资关系，送归韩师。从9月份起由韩师发给退休金。韩师校办人员廖略每月代领退休金奉送上门，学校对翟老师多方关心照顾，拨给修建祖屋补助款，还分给购教师套房指标，医疗给予特殊照顾。翟老师感谢韩师的关心和照顾，愉悦欢度天年，跨过期颐近茶龄。2011年9月，翟老师把她和先夫杨金书专家70多年前开始采集制作的药用植物标本333件和画稿305幅献给韩山师院，表达她热爱韩师之真挚感情。师院特颁发给荣誉证书和奖金2万元。2012年9月1日，翟肇庄老师逝世，享寿106岁。韩山师院为翟老师举行庄重的悼念仪式。

从1978年至1993年15年间，韩山师专历任领导班子，始终遵循党的十一届三中全会精神和改革开放方针，全面落实党的各项政策，特别是干部政策和知识分子政策，调动和发挥广大教职工的积极性，推动事业的不断发展。学校坚持四项基本原则和社会主义办学方向，认真贯彻科教兴国战略和党的教育方针，实行管理制度改革和岗位责任制，加强思想政治工作，开展教育教学改革，后勤工作实行社会化管理，努力改善办学条件，扩大办学规模，加强校园综合治理与文明建设，并在省委、省政府和汕头、潮州市政府支持下，制订学校发展和建设用地规划，为韩师升格为师范学院夯实基础。

1992年11月2日，韩山师专按国务院颁布的《普通高等学校设置暂行条例》的规定，以韩字〔1992〕第19号文向省高教局呈送《关于韩山师范专科学校升格为韩山师范学院的报告》。

1992年11月至12月，省高教局两次组织专家组对韩师进行调研考察，就韩师升格为本科师范学院问题进行论证。参加考察论证的专家一致支持韩师升格。12月28日，签署论证意见："韩师历史悠久，具有丰富办学经验，严谨治学，注重教育质量、教学质量和管理水平，处于全省师专前列。学校现有条件已达到国务院《普通高等学校设置暂行条例》中对本科院校的基本要求，已基本具备升格为本科师范学院的条件。"

1993年1月5日，广东省高教局以粤高教〔1993〕2号文向广东省人民政府奉呈《关于将韩山师专升格为韩山师范学院的报告》。1993年3月2日，广东省人民政府以粤府函〔1993〕116号文《关于韩山师范专科学校升格为韩山师范学院的函》，致送国家教委，请国家教委审批。1993年10月19—21日，全国高等学校设置评议会议在湖南长沙举行，韩山师专校长蔡育兴、副校长林立聪赴会接受评议。经评议委员投票通过，全国共评议通过28所新办或升格的高等学校，韩山师专是评议委员没有提出问题而获全票通过升格的两所学校之一。

1993年12月11日，国家教育委员会给广东省人民政府发送教计〔1993〕200号文件《关于同意韩山师范专科学校升格为韩山师范学院的通知》，批准韩师升格为韩山师范学院。

在1978年复办韩山师专以后的15年间，在党的改革开放方针和各项政策的光辉照耀下，在上级党委的正确领导，当地党委政府和众多校友、乡亲的大力支持下，韩山师专历届领导班子，带领广大教职工，竭诚尽力，终于

1995年4月17日，韩山师院正式挂牌

使韩师这所全国第一批、广东第一所师范学府升格为本科师范学院，迈上新跨越的发展高峰，也使潮州市成为广东省第七座拥有省属高等本科院校的城市。原韩山师专蔡育兴、陈诚美等学校领导，在省委、省政府尚未配备韩山师院领导班子的情况下，他们仍以强烈的事业心和责任感，按国家教委批示精神，于1994年积极做好实施本科教育和首届招生的有关工作，并在潮州市委市政府的支持下，于当年10月为升格征好建设用地，为扩展东校区建设奠定基础。

1995年1月，韩山师院首届领导班子组建后，即刻顺利建设新校区，迈上跨越式发展的快车道。经过20年历任韩山师院领导班子和广大韩山人持续不懈的奋发努力，至2014年，韩山师院已经开设69个专业（含方向），其中师范类28个，非师范类41个。校本部和陶瓷学院全日制在校生17 210人，其中本科生13 581人，专科生3 629人；成人教育学生在校生3 744人，其中本科生2 366人，专业生1 378人。韩山师范学院成为粤东地区一所规模最大的多科类、多层次和具有特色学科的高等院校。

注：

本文资料主要摘录自韩山师院综合档案室和人事档案室，谨向两档案室同仁表示感谢！

（与苏浣钗合作，2014年11月5日）

党的政策显威力，人的才干大发挥

——记韩山师专为科教事业作出突出贡献的三位专家

1978年12月18日至22日，中国共产党召开十一届三中全会，重新确定解放思想、实事求是的思想路线，果断地停止使用"以阶级斗争为纲"的错误口号，开始全面认真地纠正"文革"中和以前的"左倾"错误，平反冤假错案，贯彻落实党的政策。全会作出了把全党的工作重心转移到社会主义现代化建设上来的战略决策和实行改革开放的方针。

同年12月28日，国家教委批准恢复韩山师范专科学校。经受"文革"冲击、落实政策后受命担任韩山师专党委的一班人，认真贯彻三中全会精神，通过平反冤假错案，贯彻落实党的干部政策和知识分子政策，调动广大干部和知识分子的积极性，推动学校事业的发展。党的政策显威力，人的才干大发挥。在贯彻政策与事业发展中，韩山师专涌现出三位真正为发展我国科教事业作出突出贡献的专家，荣获国务院颁授表彰证书，享受政府特殊津贴。

现将三位专家的业绩概述如下：

吴修仁：为发展我国科学技术事业作出突出贡献

吴修仁（1932—1996），广东澄海人，1951年毕业于广东省立金山中学，1954年毕业于华南师院生物系。先后在潮安高级中学、华侨中学、潮安师范、汕头地区教材组和韩师等单位任教、任职。他为人勤谨谦恭，诚实厚道，富于敬业精神。他严谨治学，勤于钻研专业知识，又深入实际，注重调查研究。从担任中学生物教师、教务管理，到地区教材编写组，都坚持在做好教学、管理工作的同时，进行生物科学和生

吴修仁先生

态科学的研究工作，在科学研究的园苑上默默耕耘，不断取得研究成果。1984年2月，吴修仁被任命为韩山师专教务科副科长以后，在应对繁忙的教务管理工作的同时，继续孜孜不倦地博览各种文献，精心研究，勤奋著述，连续出版《潮汕植物志要》《广东药用植物简编》等研究成果专著。1984年以后，吴修仁连续当选为潮州市多届人民代表大会代表，获得广东省高校先进科技工作者、汕头市劳动模范等光荣称号，其科研成果也获得广东省和汕头、潮州两市的多项奖励。1988年吴修仁获得副研究员的专业技术资格。

1989年5月，韩山师专按学校副厅级建制调配中层机构干部。几年来，党委积极发展知识分子入党，学校党政中层机构负责人，多数已是由党员干部任职。吴修仁虽非共产党员，但党委认为，吴修仁敦厚正直，竭诚敬业，建树良多，群众威信高，按"对待知识分子，要真正做到政治上一视同仁，工作上放手使用"的精神，破格任命他为教务处处长。

吴修仁担任教务处处长后，更加兢兢业业，无忝其职，在教学科研管理、多种形式办学、教育实习、加强实验室建设等方面都取得显著成绩。自身又有多部科研新著述问世。1992年10月，吴修仁荣获国务院颁授为发展我国科学技术事业作出突出贡献的表彰证书，享受政府特殊津贴。

1992年，吴修仁在韩山师专教务处处长任上退休。人们还经常见到他的身影：拿着一把伞，提着资料袋，徒步走过湘子桥，到韩师与同行讨论教学科研问题，继续从事他的科研工作，编辑出版新的论著。他继续担任汕头生物学会会长、潮州环境科学学会副理事长等职务，满腔热情地做了大量社会工作。

吴修仁一生编著出版的著作和论文共800多万字，主要有《中国药用植物简编》《潮汕生物资源志略》《刘昉及其贡献》等著作10多部。专著《中国药用植物简编》，作者通过多年来对药用植物的广泛调查研究，参阅了700多部有关志书，按植物分类学系统排列，收集了全国范围的药用植物9 300多种，附插图840幅，全书共256万字，成为一部简明的药用植物手册。这部著作发掘和搜集民间特效草药，说明分布区域和文献出处，对药用植物的开发利用、科研、教学、医用都有参考作用，具有较高的学术水平和实用价值。

吴修仁有9项科学技术研究成果获奖。其中《中国药用植物简编》，于1995年5月在美国举行的世界传统医学优秀成果大奖赛颁奖大会上，荣获金杯一等奖。他的事迹载入《中国当代高级科技人才词典》等辞书，其著作列入《中国植物文献目录》《中国植物系统学文献要览》。吴修仁把他的植物学科系列研究成果《中国药用植物简编》等8部论著，赠送潮州市地方志办公室收藏，为潮州地方历史文献库添彩增光。

1996年2月，吴修仁因病医治无效不幸逝世。韩山师院为吴修仁举行告别仪式。学院领导、师生代表、社会各界和亲友共500多人，为吴修仁诀别送行。吴修仁生前好友蔡启明、曾楚楠、林英仪三先生敬送的挽联："修身治学　鸿篇巨著播寰宇　仁厚为人　邵德高风留世间"，悬挂于吴修仁遗像两边，表达亲友们对这位好教师、好干部、好专家的敬仰和深切怀念！

罗英风：为发展我国高等教育事业作出突出贡献

罗英风（1928—2014），广东丰顺人，抗日战争期间，曾就读于内迁揭阳的省立韩山师范学校第八届高中班。1945年8月至1949年8月就读于时迁福建建阳的暨南大学中文系。1949年8月到1950年8月在南京任中国人民解放军三野政治部宣传部文艺科助理编辑。1950年8月至1951年4月就读于上海苏联商学院。1951年4月至1953年7月任教于长春商学院。1953年11月，年方廿

罗英风先生

五、风华正茂的罗英风回揭阳，任揭阳一中语文教师，开始在揭阳教坛上显露峥嵘。1954年，罗英风当选为揭阳县首届人民代表大会代表，1956年工资改革评为中教4级92元。

在1957—1958年的反右派斗争中，罗英风被错划为右派分子，被撤销县人大代表资格，降低薪金，送往农村监督劳动。1962年摘帽后回揭阳一中任教，1965年工资定为行政22级57元。"文革"后复课，他继续在揭阳一中任教高中英语课。

1978年8月，原汕头地区师范学校领导陈作诚、蔡育兴，为办好经恢复高校统一招生考试录取入学，任大专班，求贤若渴，在党中央《关于全部摘掉右派分子帽子决定的实施方案》尚未下发的情况下，特请汕头地区教育局盖守勤局长把罗英风老师调入韩师，任大专英语专业教师。

罗英风感于盖局长和韩师领导知遇之情，欣然应召莅潮，进韩园施展他的聪明才干。头两年，罗英风胜任裕如地教好大专英语专业设置的统一课程，第三年增授三年级英语精读课。1982年，韩山师专按党中央关于对待知识分子"要真正做到政治上一视同仁，工作上放手使用"的要求，任命罗英风接替离休老干部陈宗民担任英语科科主任。同年10月，韩师根据上级当年关于工资调整的有关规定，恢复罗英风1956年工资改革时评定的中教4级后再升一级至中教3级。

1983年12月，韩师领导班子换届。1984年2月，学校调配各系室领导，校党委认为罗英风毕业于名牌大学传统专业中文系，老科班出身，治学严谨，中国语言文学功底厚积，古典文学修养精湛，遂调配其转任中文系主任，更好发挥他的作用。罗老果然不负众望，中文系行政教学管理能力和古典文学的教学技能，均发挥得淋漓尽致。1985年学校给予奖励一级工资，升至中教2级。罗英风是中国语言学会会员，广东省语言学会学术委员，汕头市语言学会副会长，当选为广东省政协委员，汕头市人民代表。1987年3月罗英风晋升为副教授。同年5月20日，学校贯彻落实中央五部组通字〔1986〕45号文件规定，报请汕头市人事局批准，罗英风的工资级别升至中教1级。

罗英风感恩党的政策之持续关心鼓励，更加竭诚尽力传道授业多奉献。1989年，他总结撰写的教学论文《发展独立能力，培养开拓精神》，获得广东省高教优秀教学成果一等奖和国家级优秀教学成果奖，被评为全国优秀教师。(当时广东省40多所高校，获得国家级优秀教学成果奖的只有19人)

罗英风还热心协助学校做好校友工作。他陪学校领导请旅美著名校友邢平教授莅校讲学。他陪学校领导商请何才林校友襄建才林楼。还为伟南楼、进华楼、才林楼奠基、剪彩撰联志庆，为上述三座楼碑记润饰，勒石留芳。

1989年5月，罗英风退居二线，至1990年，还在学校举行了4场专题讲座，韩园学子陶醉于名师的精彩讲演。

1990年6月，学校报中共汕头市委组织部批准罗英风离休：罗英风工资为改革前中教1级，相似行政13级。根据中组部、劳动人事部通字〔1985〕44号文件精神，同意离休后享受地专级政治生活待遇。1991年11月，罗英风晋升为教授。1992年10月，国务院颁授罗英风为发展我国高等教育事业作出突出贡献的表彰证书，享受政府特殊津贴。

2014年7月，英风教授病逝，学院在汕头礐石陵园为其举行庄重的悼念仪式，敬送挽联"英旌秀达　才学贯中外　风范高标　懿德留世间"寄托哀思！

吴瀚文：为发展我国高等教育事业作出突出贡献

吴瀚文（1939—　）广东潮州人，1957年毕业于省立金山中学，1957—1961年就读于中山大学物理系。1961—1981年在北京轻工业学院为外国留学生讲授物理课，已晋升为讲师。1981年12月，已在高等学校任教20年的吴瀚文回潮州，进韩山师专物理科当教师。他专业知识深厚，治学态度严谨，处事稳重扎实，在教学和科研实践中，已显示其熟练的教学技巧和高超的科研水平。1983年，吴瀚文的科研项目"YB-2-5非接触式纸机封缸测温仪（红外线多路测温仪）"，获得国家轻工部重大科技成果奖。

1984年2月，吴瀚文被任命为物理系主任，接替即将离休的陈国梁老师。吴瀚文具有良好的组织领导能力，系务管理有条不紊，教学科研抓紧抓好，不断取得新的成绩。1985年，吴瀚文加入中国共产党。1986年晋升为副教授。

1989年5月，经全系教职工民主全票推选，组织考察后，校长任命吴瀚文继续担任物理系主任。吴瀚文运用他丰富的管理经验，带领全系教师，共同努力办好物理系。该系教学、科研都取得显著成绩，居于全校先进行列。1992年，吴瀚文还带领本系黄文勇、张庆、陈照平、李绿庄等教师，总结撰写出《在普通物理学实验课中加强基础的综合能力的培养》教学论文，获得广东省普通高校优秀教学成果二等奖。同年，吴瀚文晋升为教授，荣获南粤教书育人先进个人（特等奖）。

1993年，吴瀚文带领周粤生、刘耘、陈照平完成的研究项目"模拟辊道窑温度曲线的微机制箱式电阻炉"，通过省级鉴定，获广东省高教局科技进步奖。同年10月，吴瀚文荣获国务院颁授为发展我国高等教育事业作出突出贡献的表彰证书，享受政府特殊津贴。

1995年1月21日，韩师召开韩山师范学院首届领导班子宣布大会，省高工委书记庞正宣读省委省政府的任命文件，吴瀚文升任副院长。会上吴瀚文讲了三句话：自己在高校任教30多年，没想到自己要当学校领导；恐怕当不好，随时准备卸职；继续保持教师角色，不离三尺讲台。

新学期上任，吴瀚文分管教务处（包括成人教育、电化教育、教材等）、科研设备处、图书馆、学报、潮汕文化研究中心、生态研究室，联系物理系。吴瀚文秉持他善于思考、尽心实干的风格，深感新升格本科学院一定要立足本科、提高理念，多方采取措施，努力实施本科教育。他在院党委的统一领导下，认真抓好分管工作。按照国家教委批文精神和本科高校办学规范。在课程设置上重视开好基础课，适当安排提高课，逐步增设选修课。

同时，要应对新升格的各种评估。原与华南师大合办的本科毕业生，已由华南师大授予学士学位。新升格的韩山师院，必须在升格后招收的首届本科生毕业之前获得学士学位授予权。为此，学院抓紧加强教学的软硬件建设，做好迎评准备。吴瀚文认真细致地抓好迎评的具体准备工作。1998年，学院向广东省学位委员会申请作为学士学位授予单位。4月26日至29日省学位委员会莅校考察评审。29日，省专家委员会副主任委员、教育厅副厅长、教授钟佩珩在评审总结大会上宣布，省专家委员会一致通过，同意将韩师列为学士学位授予单位。

在科研工作上，吴瀚文为学院选定"高师学生在农村、山区科普工作能力的培养"课题，于1996年上报国家教委获得批准，正式列为国家教委世行贷款"师范教育发展"项目第三批改革课题。吴瀚文担任课题组组长，课题组成员包括数理、化生、医学、教育心理学等多个专业的教师，还体现职称上的高、中、初级相结合和年龄上的老中青相结合，组成20多人的团队。该课题经过两年的研究，圆满完成课题内容，取得了良好的研究成果，并由黄文勇、吴瀚文、王晶任主编，吴瀚文校阅全书，编成《让科技之花盛开——科普教育指南》，由广东高等教育出版社出版发行。这个研究课题获得广东省优秀教学成果二等奖。

1999年6月，吴瀚文虽因年龄关系不再担任副院长职务。但仍继续参与学院本科教学工作合格评估相关工作，以及每周4节时的授课。2000年还经省高工委领导推荐，兼任潮汕职业技术学院副院长职务。至2002年，他仍然奔忙于韩山师院与普宁潮汕学院之间，继续为我国高教大厦的建设奉献余热、加瓦添砖。吴瀚文一辈子在高等学校从事教学、科研和管理工作，成绩卓著，的确是真正为发展我国高等教育事业作出突出贡献的好干部、好专家。

（与苏浣钗合作，载《秋晖》2014年第19期）

赐名萦系师生情

——追忆业师郑仲濂

郑仲濂先生像

1939年岁次己卯仲春二月，我垂髫九龄进村塾同德学校读书。这所村塾以煌烈公祠为校舍，只办三个班，一、三年级与二、四年级为复式班，另一班为补习班。担任一、三年级班主任和任课教师的是从城里聘请来的年方弱冠之郑仲濂老师。开学第一天，郑老师为我赐学名英仪，含意为英俊的仪表、仪德。严亲、家兄赞同并感谢郑老师所赐的好名字。

孰料开学两个多月后的端阳节（6月21日），日寇攻占庵埠，汕头陷落。6月27日，日寇侵占潮州。潮汕沦陷，村塾停办，郑老师回潮城老家，从此我们师生失去联系。

潮汕沦陷期间，我以郑老师所赐名字，断断续续进村塾读书不足三年。1946年村里各村塾合并为江东第七保国民学校（初级小学），我已超过初小学龄，只能进补习班读了几个月书。以郑老师所赐名字读了三四年书，脑子里萦系着郑老师的美好形象，几年间看到紧靠祠堂南墙壶隐医寓冠首佳联："壶公自有甦人术　隐士常怀济世心"，听说是郑老师莅村塾任教时应命所撰，更增添思念良师的悠悠情愫。

1947年春末，我还没有初级小学毕业文凭，就由村里小学校长宗兄介绍，以郑老师所赐学名，插班就读于潮安艺术学校附设的初中班（后立案为潮安县私立义安初级中学）。经过五学期多的苦读（迟入学一个多月，第六学期开学前大病，1949年10月末才赶到学校补课、参加毕业考），1950年1月，以优良成绩取得人生的第一张毕业文凭——私立义安初级中学毕业证书。

1950年2月，我喜沐春晖登韩山，考上省立韩师一年制简易师范科，欲学昌黎兴教化，师门求索进杏坛。1951年8月，我受潮安县人民政府刘延林县长派任小学校长，参与整顿和接管农村小学先行点工作。翌年2月，我调任意溪二小校长，幸遇13年前为我惠赐学名的郑仲濂恩师。他和另一位弱冠青年，是此次整顿小学先行点原校留下的两位教师。郑老师教学工作好，而且发挥所长，积极参与区里的文艺宣传工作，还精心描绘毛主席和朱总司令合照悬挂于学校礼堂正中。当年，郑老师家有太夫人和妻儿共7人，经济困难，我是年方弱冠的单身汉，出于感恩敬师和照顾教师困难之心意，我在教师大会上宣布，按当时县政府规定的薪给级别，请郑老师领取校长月薪大米240斤，我则领取教师月薪180斤（从1952年2月至1954年7月国家第一次工资改革之前，两人都按以上级别领取月薪）。

当时，学校开办10个班，学校行政和教师12人，只有郑老师年过而立，并有十多年教学实践经验，其余都是二十岁上下的年轻人。我请郑老师指导办学工作，自己兼教毕业班语文课，也是在郑老师指导、帮助下，才教得比较好，受到学生的欢迎。

1960年以后，我在韩山师专任教和县教育局工作期间，节假日常到庵巷郑老师家拜会他及其堂上太夫人和师娘。郑老师的儿女们，也都知道我这个熟客是其严亲赐学名的林校长，师生之间的关系十分融洽亲切！

1970年5月，我因劳累过度突发心梗经抢救住院治疗一年余，郑老师常到医院探望慰问。我经疗养恢复工作，分到住房组成五口之家后，郑老师更是经常光临我家的上宾，我的儿女都尊称郑老师为师公。每年春节，郑老师都为我家撰赐独具特色的佳联，新正我也最先到郑老师家拜年敬师。我的两个儿子婚娶，郑师公光临婚宴，诵诗祝贺，增添欢乐气氛！

郑老师退休后仍意气风发，热心为文教工作奔忙。他参与编修街道志，开办少儿书法培训班，参加潮州诗社活动，担任市老干部大学书法教师。本人退休后参与潮州史志编修工作和潮州历史文化资料征集工作，充当市志办的联络员、资料员、编研员、征集员。我与郑夫子师生之间经常会晤、交流的，多是传承中华传统文化和潮州优秀人文传统的话题。郑夫子还带我拜晤李开麟、蔡瑜两位书画名师，征集他们的翰宝，交市志办收藏。

1991年凤城艺术花会少儿书法大赛，郑夫子培训的学生参赛作品占评奖总数的70%，囊括初中组和小学组的冠亚军。他特赋诗刊载于《潮州》杂志"百花台"专栏："课堂笔墨乐无涯，珍重晴光惜晚霞。桃李春风沾细雨，喜看老树著新花。"2001年，郑老师辅导的17名学生，参加全国第十届小百花杯书法大赛，师生全部获奖，派代表赴太原领奖归来后合影，郑老师特送合影照给我留念。我也分享郑夫子发挥余热闪光的欢乐！

我仍然继续当郑夫子的老学生。2001年自咏的《七十述怀》，就是经郑老夫子阅改后刊载于《潮州诗词》第7期。

2002年我迁居锦江花园后，郑老夫子每两三周必光临寒舍畅叙忘归。2004年闰二月初七，郑老夫子莅锦江居室，品茗畅叙，兴致高，话题多，获益良深，谨缀句记之：

> 锦江陋室晤师翁，畅叙品茗情谊浓。
>
> 忆昔村庠贻小字，而今传道播儒宗。
>
> 释阐诗作仄平韵，细论习书撇捺锋。
>
> 垂爱深交几十载，常沾时雨沐春风。

是年七月，郑老夫子莅锦江座谈，谈及身体欠佳，到亲朋家不宜过午。我亲切安慰，但愿吉人天相，增寿延年！

此后我多次登门慰问郑老师。2005年春节前夕，我到郑老师家问安，郑老师指着书架上的藏书亲切地对我说："英仪，你是搞历史这一行的，我书架上的《资治通鉴》送给你留念。"郑老师把他20世纪50年代订购的中华书局1957年出版的《标点资治通鉴》20册和《标点续资治通鉴》12册共32册，送给我这个老学生。我对郑老夫子的深情厚谊，表示万分感谢（获悉韩师图书馆将向社会开放，我即于2015年6月，把这部古籍赠给图书馆，让更多的读者阅读）。大年初一一早我按惯例最先到郑老夫子家拜年，依然畅叙甚欢！

2005年3月15日，郑仲濂老师安然仙逝。拜师郑夫子学书法的时任市政协副主席詹昭重，潮州诗社社长曾楚楠，以及京、穗、潮几个20世纪30—50年代郑老师的老弟子，都虔诚地为郑老夫子送行。我们敬致挽联"教泽流徽　烛光犹亮　艺坛育秀　翰宝留芳"表达对老师翁的敬意和怀念！

（载《秋晖》2016年第24期）

从负债户到小康之家

——薪给经历与乐享改革开放成果纪实

1950年2月，我喜沐春晖登韩山，考上韩师一年制春简师科。12月奉召参加普宁"土改"队，成为江东佃农村樟厝洲村第一个参加革命工作的人。到1991年6月退休，亲历新中国多次工资改革和工资调整，薪给也经历从供给制、米薪、工资分、货币工资的不断提高。退休后更是乐享改革开放成果，过上小康的幸福生活。兹值改革开放35周年，谨爰笔对薪给经历和乐享改革开放成果如实记之。

1950年12月至1951年8月，我在普宁县"土改"队第一、七区队部任通信员兼驻地陂乌村调查统计员，当时的生活待遇是供给制。1952年2月至1954年2月，我担任潮安县第三区第二小学（橡埔小学）校长，按规定，校长米薪240市斤，教师180市斤，每月按国营公司零售米价领取人民币。恰逢为本人初入小学赐名字的郑老师在二小任教，我请郑老师领取我的米薪240斤，自己领取180斤，月薪人民币3万多元。1954年2月至1956年8月，我调任第三区上荣中心学校校长。1954年暑假贯彻国家第一次工资改革，本人薪给评定为160个工资分（每个工资分含白米0.8市斤，油0.05市斤，盐0.02斤，煤2市斤，布0.2尺，以国营公司零售价折算按月发放人民币），1955年3月前，计旧人民币45 000元上下，4月以后为新人民币45元上下。1956年国家第二次工资改革，实行货币工资制，从4月份起实行新工资标准。潮安县9月份贯彻评定，全县有5名中心小学校长评为小学行政3级80元。其时我已考上华南师院，评为小行5级63.5元，补发4—8月升资额。1956年8月至1960年8月，本人就读华师四年间，按行政21级档次，领取调干助学金每月26元。

1960年9月，我到韩山师专任教。按国家规定，普通大学毕业生，试用期工资七类区47元，一年后转正，机关、高校行政22级57元，中教55.5元。我是调干生免试用期，照领上大学前小学校长工资转行政21级63.5元。1961年我任文史科政史组组长、校工会副主席。1963年4月，国家实行了工资调整，40%的人员可增资。大学毕业后我未提升过工资，学校评定我升至20级72元。（9月才颁发）暑假，韩山师专"下马"，我于8月19日调任潮安县教育局科员，虽有增资介绍信，但增资指标让给局里家庭负担重的老教研员。

1965年，我们夫妇两人的工资共110多元，小家庭5人加赡养岳亲，基本能维持正常生活。孰料我于1970年5月突患心肌梗死病，经抢救住院和疗养的四五年间，虽有县革委、"五七"干校的慰问金各15元，但仍入不敷出，妻女挑灯夜绣也难补缺。从此开始累筑债台。

1977年国家实行第四次工资调整，18级以下40%可以升级。其时我已调任潮州镇总工会宣教科科长，镇工会及工人文化宫正式干部5人，我和许主席都是21级63.5元，另两位干部都是23级50.5元。我到镇委参加调资会议后与许主席商量，工会的两个升级指标，让两位工资较低的同志评上。这样，开会传达评定升级人选，只花半个钟就解决问题。

1979年国家实行第五次工资调整，也是40%的升资指标。其时潮州已恢复市建制，市总工会、职校、工人文化宫干部、职工增至20多人，分三个小组讨论、评议，三个组都评定我和许主席提升一级。因上次提级的一位干部调出，调入者上次升级者不多，我向市委和劳动局反映，市总工会获得照顾增加两个指标。这一次我终于相隔23年后升了一级工资。1982年，国家又一次以40%的指标调升工资，对1960年前本科毕业、表现好、过去少增资的可超级提升，我获准由20级72元升至18级89.5元。因本人边工作边疗养，又全靠借款装修在工会分得的房子，当时累计向两个单位和8位亲友借款3 000多元。

此时，改革开放的春风已吹绿神州大地。我激励儿女奋发勤学，读书改变命运。他们也受惠争气，长女于七七届考上大本五年制医疗专业，1982年年底毕业从医。大儿子1984年毕业于暨南大学，先后在高校任教与机关从政。小儿子也于1984年年底通过市考干为金融单位录用。三年间，家庭增加三份工资，逐步还债，至1988年还清全部借款。

本人于1983年调任韩师干部专修科党支部书记，随后任校党委办、校办主任，薪给转正科一级89.5元。1989年5月续任校长办公室主任，工资改革薪级转升副处二级143.5元。1991年6月退休，退休证上注明：副处级、副研究员，退休金155.33元，加上生活、电话、交通补贴，月退休金共256元。与已于一年前退休的老妻一起，靠退休金和儿女的孝敬，欢度晚年。

在改革开放的大舞台上，我家内外儿女奋发实干，业有所成，分别在所在单位发挥骨干作用。本人还受"银色工程"之惠顾，参与潮州史志编修工作、潮学研究，以及韩师的教育学术活动和校友联络工作，获晋升为历史学研究员之鼓励。2012年，本人和老伴每月两份退休金合共8 000多元，加上在岗7个人的工资，全家内外三代11人，年人均可支配收入已达到4万多元，达到小康的收入水平，过上幸福生活，共同乐享改革开放的成果。真是改革开放乡邦旺，幸福安康士庶欢。

（载《秋晖》2013年第15期）

作者幸福温馨的一家（2018年6月2日）

序言、碑记、诗歌

枫叶红于二月花（序）

同在潮州教育系统，我与陈佩珊校长相识相知已逾五十春秋了。二十世纪五六十年代，潮安县农村小学女校长为数甚少，陈佩珊已在凤塘、枫溪多所小学荣膺校长之职，并曾被评为县优秀教师，已是小学校长中的佼佼者了。她连续36年从事基层教育工作，忠诚献爱心，辛勤洒汗水，真不愧为杏坛上一名出色的老园丁。

1989年陈佩珊荣休后，虽然体弱多病，但仍离职不离岗，在教育工作论坛上，在帮教失足青少年的特殊课堂中，人们不时都能见到她忙碌的身影。在荧屏报刊上，在先进人物表彰会上，亦多方面传扬着她的感人事迹，展现这位老园丁、老共产党员的奕奕风采。这些都给我留下深刻难忘的印象。

此次品读陈佩珊《枫叶红》文集，使我更加全面具体地了解她从教近一甲子的辉煌业绩，更加钦佩她的奉献精神。通读《枫叶红》，深感此书之善有三：其一，贯穿一根红线。书中好几篇文章，以生动的事例，记述陈佩珊感恩党，跟党走，思想境界步步高的经历，留下她忠诚于党的事业的闪光轨迹。其二，奉献一颗爱心。

《枫叶红》封面

本书反映了陈佩珊为党的朝阳事业献爱心，勤敬业，洒汗水，培育广大青少年，满园桃李笑春风。其三，编成一部教材。陈佩珊勤教笃学敏行，善于总结经验，观点鲜明，事例生动，广阔课堂传帮带，实践理论相结合，编成《枫叶红》文集，堪作培德育人好教材。

古人云："仁者爱人，有礼者敬人。爱人者，人恒爱之；敬人者，人恒敬之。"陈佩珊仁爱宅心，洒向青少年的都是爱，学校诸生健康成长成才，失足青年"浪子回头金不换"，步上健康发展的轨道。陈佩珊的爱心和辛勤耕耘，结下累累硕果，博得人们爱之、敬之，尊称之为"校长老姨"，并获得各级党委、政府和有关单位的多项奖誉。她亦为自己能为党的朝阳事业奉献赤诚而感到快乐、幸福。

兹值《枫叶红》付梓之际，老朽谨赋拙诗奉赠，聊表敬佩之情。

> 树蕙滋兰献韶华，功垂竹帛实堪夸。
> 秋晖闪烁惠余热，枫叶红于二月花。

权作为序，并以之就教于教育界众同仁和广大读者。

（2012年9月）

祝《秋晖》刊行

向阳浥露育《秋晖》，务本中和重德徽。①
佳牍丽笺相比美，丹青翰墨竞芳菲。
诗情画意溢潮韵，哲理箴言作律规。
妪叟颂吟新雅册，怡神悦目润心扉。

注：

① 《中庸》云："中也者，天下之大本也。和也者，天下之达道也。" "致中和，天下位焉，万物育焉。"（《中庸》第2页，中华书局聚珍仿宋版印）这儒家伦理思想，对建设小康和谐社会有借鉴意义。《秋晖》坚持正确办刊方向，以人为本，按致中和精神，贯彻科学发展观，宣扬美德新风，丰富老年人精神文化生活，为建设小康和谐社会服务。

（载《秋晖》2010年创刊号）

咏《潮州志补编》梓行

天上有星耀人寰，潮州志稿现真颜。

饶公嘱托细谆勉，后学遵循勤辑编。

岭海名邦添掌故，鸿篇典籍庋嫏嬛[1]。

治书信史彰风化，幽德潜光奕代传。

注：

[1]嫏嬛，神话中天帝藏书之处，泛指鸿篇典籍藏书之处。

（载《潮州》2012年第2期）

饶宗颐星，永放光芒

——庆贺10017号小行星命名为饶宗颐星

2009年1月11日，笔者陪韩师庄东红副院长在香港骏景轩拜会饶宗颐教授，饶教授紧拉笔者的手激动地说60年前带来香港伴随他浪迹天涯的四叠潮州志稿终于找到了，委托笔者把志稿带回潮州，整理出版后原稿存入学术馆（颐园）。2011年7月17日，经国际天文联合会小行星命名委员会批准，南京紫金山天文台发现的编号为10017的小行星命名为饶宗颐星。饶教授获知喜讯后很激动，十分高兴。谨以"饶宗颐星，永放光芒"为题，敬颂饶公学艺勋绩永辉！

> 大师宗颐，魄力非凡。追幽凿险，勇克危艰。
> 钩沉辑佚，求实周全。春秋笔法，蕴富内涵。
> 鸿文巨制，韦编齐山。六艺九能，造诣精湛。
> 丹青墨宝，德艺双全。金题玉躞①，翰苑流芳。
> 士林泰斗，蜚声万邦。天庭定位，星号加冠。
> 国际命名，唯一荣衔。饶宗颐星，永放光芒。

注：
①玉躞（xiè），极精美的书画。

步首届饶学会饶公诗韵

　　1996年8月，陈伟南先生发起赞助的第一届饶学研讨会在韩师举行，饶教授在致辞中赋诗表达情怀：

　　　　称扬如份得群公，独学自忏不苟同。
　　　　韩水韩山添掌故，待为邹鲁起玄风。

　　2006年12月，2011年4月，2013年7月，韩师又三次主办饶学会，本人有幸连续参加盛会，谨步饶公1996年8月致辞诗韵奉和：

　　　　韩园盛会学饶公，寰宇群儒齐赞同。
　　　　史乘艺文穷探琢，鹅湖再见蔚玄风。

（2013年7月）

饶公德泽永流芳

惊闻寰宇学林泰斗饶宗颐教授仙逝，我不禁潸然泪下！忆思追随饶公卅余载有缘得饶公点拨教诲，受益良深。2月12日，由季子陪同到饶宗颐学术馆饶公灵堂敬献花圈，恭行大礼，代表合家拜祭饶公，并赋拙诗一首，缅怀饶公伟绩，寄托哀思！

饶宗颐教授永垂不朽
饶公德泽永流芳
三长①睿敏克三难，三绝②芳馨盖人间。
金题玉躞③美寰宇，雄篇经典庋娜嬛④。
九能六艺博才学，四海五洲广衍传。
文曲星光亮闪烁，饶公德泽永流芳。

乡晚后学林英仪敬颂

（2018年2月12日）

注：
①三长，《旧唐书·刘子玄传》："史才须有三长，世无其人，故史才少也。"饶公发挥三长之才，成为修史修志宗师。
②三绝，饶公诗书画三绝盖世。
③玉躞，极精美的书画。
④娜嬛，神话中天帝藏书之处，泛指鸿篇典籍藏书之处。

陈伟南学长百岁华诞志庆

八一二六星①光明，伟南伟业伟功兴。
三爱三家三不朽②，芳规芳躅芳名馨。
天杯献寿齐南岳，圣藻光辉动北辰。③
仁厚宅心彭祖福，齿德俱尊衍椿龄④。

注：

①八一二六号小行星命名为陈伟南星。

②三爱：陈伟南先生爱祖国、爱家乡、爱母校。三家：陈伟南先生为爱国实业家、社会活动家、慈善家。三不朽：陈伟南先生立德、立功、立言达到三不朽之最高境界。

③北京故宫翊坤宫益寿斋对联。

④椿龄：《庄子·逍遥游》："上古有大椿者，以八千年为春，以八千年为秋。"用以喻人高寿。

（载《潮州》2017年第1期）

　　2018年4月16日，林英仪由季子陪同，赴港参加香港潮商互助社庆祝成立88周年、第57届理事就职典礼，与香港潮属社团总会创会主席陈伟南先生、潮商互助社永远名誉社长郑秋荣先生合影

重修三都祠碑记

　　桑浦之东，方圆廿里，为海阳东莆隆津上莆三都之域。溯自南宋，吾族祖宗，由闽迁粤，绣错居于三都十三乡，开基创业，蕃衍生息，睦亲友邻。明初族亲卜地金石墟，合建三都林氏宗祠，祀奉显祖，弘扬祖德，祚胤繁昌。明末兵燹，祖祠圮废。清初合族集资扩垣缮宇，竣工于康熙廿年，增奉状元林大钦牌位，祀典规制续传。民国年间祠堂曾作联立小学，解放后又为供销社之所。历数百年沧桑风雨，祖祠残破不堪，重修迫在眉睫。欣逢盛世，国运昌兴，传统文化得以继承。己丑仲夏，仙都乡公会主持十三乡宗长聚会埠头，共商修祠事宜，成立理事会，颁发修祠启事。族贤林君进华惠献百万，众宗亲热诚捐输。计得资三百万元，共襄修祠盛举。辛卯端月兴工，壬辰仲秋竣事。轮奂宏启，都丽壮观，雕梁画栋，金碧辉煌。正厅敬立丹斯里爵匾，展示族贤侨领德绩。由是西河赓继，内外载福凝辉，昆裔共享福祉，同沐晖光欣荣。祖祠重光，世德流芳，勒石铭记，千秋承传。

潮安县林氏三都祠理事会敬立

二〇一二年岁次壬辰孟冬十九日

进华荣勋馆落成志庆

韩山灵秀育精英，奋翼马来万里程。

爰始爰谋艰苦干，兢兢业业勤振兴。

鸿猷用展工商旺，参政为民美誉馨。

勋号荣封丹斯里，海滨邹鲁亦增光。

眷怀桑梓广襄赞，多项工程美故园。

眷恋郡庠沐时雨，琼楼迭起献丹诚。

乐捐善款济贫困，助学敬师总关情。

尊叟期颐抒宏愿，丽崇新宇更峥嵘。

仁心宅厚功德满，进华恩泽永留芳。

（2017年10月）

林进华荣勋馆揭牌暨林进华先生塑像揭幕仪式

教泽流徽添福寿

——贺詹伯慧教授耋寿暨从教五十八周年之庆

　　詹伯慧教授令先尊詹安泰老先生，1926年至1938年执教韩师，良师风范矜式韩山。伯慧兄生于斯，绍箕裘，传薪立说播誉海内外，对潮汕乡梓文事亦贡献良多。兹值兄台耋寿暨从教五十八周年之庆，谨掇句奉贺。

岭海词宗詹祝南，良师矜式留世间。

毓麟伯慧绍箕业，方言集韵富内涵。

河汾门下聚贤士，时雨春风沐蕙兰。

枌榆文事时关注，韩苑传薪成美谈。

鮀岛语研抒卓见，探究潮学释鸿篇。

通家世谊倍钦仰，饶著勤研谱锦笺。

耋寿舌耕五八载，李桃满载竞扬帆。

教泽流徽添福寿，笑望茶龄信步攀。

韩师　同庚后学林英仪敬贺

邑人　八十六龄邢锡铭恭书

岁次辛卯春月

德绩双馨高寿翁

——卢璧锋先生荣晋八秩大寿志庆

　　在卢璧锋先生荣晋八十大寿之际，潮州市委老干部局、市老干部大学，联合举行"同心共筑中国梦——卢璧锋教育人生座谈会"，彰扬卢先生从教58周年，为党为人民工作63年的先进业绩，激励离退休人员，共同为实现中国梦奉献智慧和力量。谨掇句志贺。

潮州八贤有卢侗①，仁德文脉传粤东。
西都卢氏多贤杰，父子相承衍儒宗。②
严君义训家学厚，绛帐名师卢璧锋。
扬文传道五八载，教泽流徽声誉隆。③
桃李满园皆馥秀，河汾门下聚彦雄。
五载政协勤参政，服务"三胞"善始终。④
瀛园学苑添新韵，老年教育立殊功。
秋实满园十五载，京华赞誉播潮风。⑤
耆旧共筑"中国梦"，振兴华夏奋大同。
德绩双全添福寿，算衍椿龄⑥高寿翁。

　　注：

　　①卢侗，潮州唐宋八贤之一。宋英宗封国子监直讲。后奉旨巡察川、陕、淮、浙等地，关心民瘼，减免赋役。曾任柳州、循州郡守。以太子中舍致仕归潮，结庐西湖山研易释学。粤东卢氏尊之为始祖。

　　②璧锋君尊翁卢荻洲，文史名师，家中藏书丰富，义方是训，璧锋家学深厚，博学多才，父子赓继从教，传承中华优秀人文传统。

③璧锋君从1950年春入师门，至2013年连续为人民工作63个春秋，其中从教58年，桃李满天下。

④卢璧锋曾任潮州市政协常委、华侨与港台委员会主任五载。

⑤璧锋君荣任办于瀛园的潮州市老干部（老年）大学常务副校长，倾注心血，竭诚尽力，贡献良多，成绩辉煌，曾赴京受奖，传播经验。

⑥《庄子·逍遥游》："上古有大椿者，以八千岁为春，八千岁为秋。此大年也。"后世遂以椿龄喻长寿。

年年团聚乐陶然

青青子衿情绵绵，同窗友谊心相连。

忆昔采芹湖山畔，志互砥砺学共研。

耕读相伴两寒暑，辛勤劳作苦亦甜。

时运未使题雁塔，各奔前程齐自强。

工农兵商显身手，从文习武竞扬鞭。

劳动模范多奉献，公务人员勤又廉。

能工巧匠好技艺，作家乐师谱华章。

爱国守法讲诚信，品德高尚皆善良。

艰苦奋斗卅五载，四〇三班声名扬。

浓情厚意惠后代，奖学扶困情意长。

互助互励同奋进，兴家立业创新篇。

文明和谐好风气，年年团聚乐陶然。

（与陈妙侬合作，2009年10月17日）

潮州中学七四届（307）班毕业35周年合影（2009年10月17日）

外孙儿蔡琪、外孙媳苏浣钗新婚志喜

初一元旦，吉日祥禧。蔡府迎亲，凤凰来仪。

蔡琪浣钗，喜结伉俪。阿琪潇洒，聪颖睿智。

浣钗贤淑，文静秀丽。珠联璧合，同气连枝。

相濡以沫，优育麟儿。兰桂腾芳，繁衍昆裔。

尊老爱幼，敦睦闾里。扬德明礼，仁善处世。

敬业报国，并驾奔驰。白头偕老，跨越期颐。

外公林英仪、外婆陈妙依贺

岁次癸巳腊月初一，2014年元旦

钻石婚龄庆平安

神州筑梦旺乡邦，黎庶沐恩奔小康。

耋寿叟妪享清福，钻石婚龄情万般。

不才原是农家子，喜沐春晖上韩山。

欲学昌黎兴教化，扬文传道进杏坛。

奉召意溪掌教席，幸遇妙侬乡校中。

乐群敬业育桃李，相依相爱心相牵。

奉报组织准匹配，丙申春节喜圆房。①

新婚旬日即离别，深造升迁各自安。

二进韩园缘分好，就读干部轮训班。

报考大学喜登第，学海泛舟竞扬帆。

四载团圞方两月，穗潮尺素隔周传。

阿侬特寄贺年卡，"紫藤白头"赠夫郎。

华师学满归故里，三进韩园把家还。

妙侬晋升中教职，教书管理皆担当。

婚龄九载育三子，生女再添两儿郎。

孰料病魔突袭击，英仪心梗住病房。

组织关心名医救，妻儿护理亲朋帮。

吉人天相得康复，再生之恩永不忘。

欣逢改革春风暖，夫妇并肩工作忙。

儿女聪颖有志气，升学考干路康庄。

全总干校重学习，就读思想政治班。②

马列毛著深领会，中央首长亲导航。

理想道德强教化，爱国情愫心底藏。

京华"充电"三个月，南北飞鸿传书忙。

阿侬五十诞辰日，遥相对诗情意深。

英仪寄诗贺寿庆，"红绳"萦系心连心：

"菊花盛开秋已深，鸿雁南飞报知音。

无在凤梓献红蛋，谨从燕都寄红绳。③

红绳连结京潮线，遥对寿婆把诗吟：

颂汝勤劳为家国，栽桃育李洒甘霖。

忠厚温存多积德，贤妻良母堪敬钦。

借得皇宫"益寿对"，聊作贺礼表寸心：

'天杯献寿齐南岳，圣藻光辉动北辰。'④

吉星高照平安宅，合家康乐春常临。"

岁次辛酉九月廿五日（1981年10月22日）

随后妙侬即复诗，作《亲吻红绳致亲人》：

亲吻红绳致亲人，赠诗祝寿情意深。

佳语过奖侬自愧，神往燕京夜难眠。

亲吻红绳思亲人，红绳带我上北京。

生日之夜伴君睡，白头到老永相亲。

亲吻红绳念亲人，关山虽隔心连心。

两老康乐儿女福，合家平安春常临。

辛酉年九月三十晚（1981年10月27日）

"充电"归来贯彻忙，市总举办学习班。

职工教育系列化，专题讲座有趣谈。

"五讲四美三热爱"，远大理想奔大同。

妙侬教好政治课，钻研切磋互相帮。

中考成绩四连冠，优秀党员连续当。

独揽家务不拖腿，勉夫再登笔架山。

勤司干部专修职，接任中层行政衔。

四进韩园情未已，感恩奉献乐奔忙。⑤

老夫退休未减劲，余热微光献乡邦。
陪同南叔昌文教，追随饶公纂韦编。
史志编修作配角，文秘勤杂愿担当。
老朽晋升正高职，赐评历史研究员。⑥
阿侬退休操家计，提携孙枝育蕙兰。
还助夫君润文稿，"一字师"者她可当。
仁善诚信睦亲友，孝悌之风蔚屋堂。

"十二五"⑦宏图展美景，神州伟业续华章。
儿孙敬业勇拼搏，齐心协力奔小康。
全家四代十三口，提前达标喜万般。
福祉满门多积德，常捐善款济贫寒。
发妻虽罹多病疾，脑梗痴呆康复难。
杏林众多白衣使，综合医治保亚康。
老夫体贴勤护治，儿孙孝顺慰高堂。
护工朝夕细照料，亲戚朋友齐相帮。
相濡以沫六十载，钻石婚龄庆平安。

注：

①1951年，余奉潮安县人民政府刘延林县长派令，担任潮安县第三区第一初级小学校长，参与整顿和接管小学先行点工作。1954—1956年调任潮安县第三区上荣中心小学校长，中国新民主主义青年团潮安区第三区教师支部书记，兼任第三区中社乡人民政府委员，与陈妙侬同校工作。当年国家贯彻实施第一个五年计划，农村掀起农业合作化高潮。我们既要抓好校内教育教学工作，还要配合中心，到学校服务范围的各村庄，开展宣传和辅导办夜校等活动。大家都积极完成任务。妙侬文静大方，积极完成教学和社会工作任务，还有上进心，坚持自学和中、高师函授课程，提高文化水平，并加入青年团。经两位团员撮合和区团工委批准，我与妙侬于1955年春定亲。1956年春节，在当地参与春节联欢晚会和向烈军属拜年等活动。初二（2月13日）上午，我俩才徒步下潮城。下午乘护堤路班车抵东凤转横渡到达樟厝洲老家。初二晚上，就在祖屋大房后面居室，以慈亲的旧眠床、帐被，共筑简

朴爱巢合欢圆房。

②1981年8月—1981年11月参加全国总工会干校思想政治工作学习班学习。

③按地图1∶1 000千米比例，1尺红头绳等于3 333千米，超过北京与潮州的距离。

④益寿联为北京故宫翊坤宫益寿斋之对联。

⑤本人两次进韩园学习，又两次在韩师工作，是三出四进的韩山人。

⑥本人在潮州市志办当帮工18年，获得参加广东省新方志编修工作18周年纪念匾。

⑦中华人民共和国国民经济和社会发展第十二个五年规划纲要（2011—2015年），简称"十二五"规划。

（载《潮州文艺》2016年第1期）

元宵佳节思华师学友[①]

华师读史四春秋，志互砥砺共研求。
书山高峻勤为径，学海无涯苦作舟。
朝代兴废循规律，黎庶锋芒射斗牛。
华夏文明赓继好，礼仪道德鉴效尤。
同窗共砚友谊笃，高山流水情悠悠。
杏坛内外报邦国，传道扬文竞风流。
几度羊城喜聚首，浓情厚谊暖心头。
欣逢中华大复兴，蔗景润甘托远猷。
佳节元宵思学友，奉寄拙诗伴觥筹。

注：

①穗中学友每月第二个周日早点欢聚，拙诗献丑，伴觥筹交错时作笑料也。

林英仪敬上
2017年2月10日

附 录

爱乡邦，传文脉，修志治史导先路

——《潮州日报》潮人眼里的饶宗颐访谈录

江马铎

韩山师范学院历史学研究员林英仪先生，三十多年来关注潮州各种宣传文化活动、投身地方史志修编工作。整理编印明清潮州府及各属县旧志，补编重刊饶宗颐先生总纂的《潮州志》及《潮州志补编》等重要任务，他都不遗余力参与其中。因此，他也得到饶公的赏识和指导，与饶公联络紧密、交往颇深。林英仪先生说，在与饶公的交谈中，饶公的话题总离不开爱乡邦、睦亲朋、传文脉。饶公是一位表表高标的导师，更是一位可敬可亲的长辈。

总策划：江俊英　蔡楚标

总统筹：邢映纯

文/本报记者：江马铎

口述：林英仪

时间：2015 年 11 月 30 日

"人家小孩蹦蹦跳跳的时候，我坐得住。"

我第一次见到饶宗颐先生，是 1986 年汕头大学、韩山师专和潮州韩愈研究会联合举办的韩愈研讨会上，当时我作为韩师办公室主任参与联络接待工作。但真正与饶先生联系是 1991 年以后跟随陈伟南先生参与为了潮州筹建饶宗颐学术馆的一些事务，我开始与饶先生通电话。此后我就一直充当韩师和潮州市志办与饶先生之间的"联络员"。

渐渐地，与饶先生熟悉了。有一次，我私底下对他说："饶教授，世上本没有天才，但您真的是天才。"他笑着回答我："我却没有童年，人家小孩蹦蹦跳跳的时候，我坐得住。"饶先生指的是他年少时能静下心来读书，不但在天啸楼的"书巢"里饱读家藏的万卷书，他还意犹未尽，自己续写了封神榜的故事。

饶先生少年时期便饱读诗书典籍，从一些逸闻中可以得到印证。市志办老同志蔡启明，儿时是城南小学的学生。他告诉我，他的老师介绍过，通常教学生古文，都先要求背诵然后再释义，但饶宗颐总能超过老师的讲解。老师便问饶宗颐，为何你的释义比老师还详尽？饶宗颐说，自己是在家看书弄明白的。这位老师对后来的城南学生说，饶宗颐的知识是前世所学的。

我听说饶先生曾在韩山师范学校执教，便到档案室查阅教职工名册，但未能查到饶先生的芳名，而查到他父亲饶锷先生的执教记录。1993年11月，潮州饶学馆奠基，饶先生前来参加活动。随后我陪同他去博物馆参观，借机向他询问此事。他说："我父亲在韩师教过书？我倒还不知道。我确在韩师教过，但我是代课老师，所以教职工名册没有记录。"原来，当时韩师的制度非常严格，教师请假，要找人代课，必须申报校方同意，代课者的酬金由教师自行支付。饶先生还告诉我，他为詹安泰先生代教高中师范二、三年级国文课，不少学生比他年长，但他讲起课来游刃有余。

"抢救整理潮州旧志书，传给子孙后代，是功德无量的事。"

多年来与饶先生接触，印象最深的当然是他指导我们的史志整理编修工作。这要从1997年说起，当时第二届潮学国际研讨会在汕头大学召开，饶先生在大会上作《记康熙林杭学修之〈潮州府志〉》的专题发言，并希望有人能对该书标点编印出版。

两年后，在韩山师院召开的第三届潮学国际研讨会上，饶先生再次提到此事。其时林杭学《潮州府志》复印稿已送到潮州饶学馆，曾楚楠先生便着手对该书进行标点。不过，工作开展了一段时间，曾楚楠先生觉得虽然事可为，但十分费时费力，便到市志办与黄继澍等一班人共同研究如何更好地完成这件事。

经讨论研究，我们决定先对原稿进行整理，把模糊、残缺的地方修复、补充，然后通过电脑扫描缩印出版。我打电话给饶先生，询问我们商议的办法是否可行。饶先生表示，这项工作确有难度，这样做也是可以的。得到饶先生的肯定，我们增强信心，加紧整理，半年后终于完成了这部《潮州府志》的重刊。整个过程，我与饶先生通了6次电话，每一次他都很高兴，而且总是向我们道谢。

有了第一本旧志的整理编印经验，我们进而整理重刊《海阳县志》《饶平县志》《永乐大典》等旧志。2003年7月3日，借饶先生到潮州参加归湖选堂创价小学落成剪彩活动的机会，我们特地到他下榻的宾馆，向他汇报有关情况。饶先生听后非常高兴，对我们说："抢救整理潮州旧志书，传给子孙后代，是功德无量的事，比赚大钱还有意义。"

得到饶先生的鼓励，我们进一步系统地整理了潮州府及各属县旧志。清代年间潮州府先后四次修志，我们陆续整理重刊了其中三个版本，唯独雍正年间潮州知府胡恂编修的版本始终找不到。最后，我们发现雍正《广东通志》记载，当时11个州府修志，潮州府进度最快，被省志吸收的内容过半。我们决定从省志中摘录回来，书名定为《雍正广东通志潮事录》。这个做法也得到饶先生的肯定。

"我代表潮州先贤，委托和感谢你，把这些志稿带回潮州。"

在整理编印潮州古志书的过程中，我们想到，饶先生如此细心指导我们的工作，而他自己总纂的民国《潮州志》，由于历史变革等原因，却未能完帙出版，这让我们感到过意不去。所以，我们奔走于潮汕三市的档案馆，搜集了大量饶先生当年未及带走的志稿、修志有关文件资料及图片，决定补编重刊民国《潮州志》。

2004年7月31日，我们把所有搜集到的资料打包，带到香港给饶先生

与潮州市志办主任黄继澍等赴港拜会饶宗颐教授

过目，并向他汇报我们的编印计划，约定8月3日去他家里详谈。当他见到那些资料的时候，激动之情溢于言表，频频起身跟我们握手道谢，并签署《重印潮州志委托书》。本来我们觉得不能叨扰饶先生太长时间，但当天下午在他家里足足谈了两个多钟头。

2005年，《潮州志》重刊出版，但饶先生当年带去香港的部分志稿，却已经不见踪影，成为饶先生心中一件憾事。直到2009年1月11日晚，我陪韩师庄东红副院长在香港骏景大酒店骏景轩拜会饶教授和陈伟南先生，庆贺新年。饶先生一见到我，便兴奋地拉住我说60年前带来香港的潮州志丛稿找到了，然后对陪坐他旁边的一位驻港干部说："不好意思，不好意思，我要跟英仪一起坐，我们要聊聊。"席后，在旁边长椅上，他拆开部分志稿，跟我说明当年志稿怎么编，指点怎样整理。

然后，饶先生把志稿交给我，郑重地对我说："我代表潮州先贤，委托和感谢你，把这些志稿带回潮州。"听到这样的重托，我感到责任重大，把志稿装在行李袋里，一整晚都睡不着觉。带回来的志稿，由潮州海外联谊会《潮州志补编》整理小组编印发行。

虽然饶先生是誉满寰宇、学艺双馨的大师，但多年来与他接触，我始终觉得很轻松。他对乡晚后学悉心指导、言谈谦细，丝毫没有半点大师的架子。对我们来说，他更是一位可亲可敬的长辈。

（载《潮州日报》，2015年12月30日）

白首相携

苏　辚

菊花盛开秋已深，鸿雁南飞报知音。

无在凤梓献红蛋，谨从燕都寄红绳。

红绳连结京潮线，遥对寿婆把诗吟：

颂汝勤劳为家国，栽桃育李洒甘霖。

忠厚温存多积德，贤妻良母堪敬钦。

借得皇宫"益寿对"，聊作贺礼表寸心：

"天杯献寿齐南岳，圣藻光辉动北辰。"

吉星高照平安宅，合家康乐春常临。

　　这是《林苑掇拾》作者林英仪于1981年在北京学习时寄给夫人陈妙侬的《祝寿诗》。这首写于20世纪80年代初的诗作，字里行间中反映出那个时代人们为家为国的精神，也反映出知识分子的浪漫情怀——牵一条红绳把北京与潮州联结起来，也把彼此的心连着，身虽远隔，但隔不断那思念的心。笔者看到这首诗时，对二老说："你们年轻时也真浪漫，想象力丰富。"林老在解释"红绳连结京潮线"时是有些不好意思地笑了，而阿姨更是笑容满面。真是天阙月老牵红绳，人间情侣思爱人，爱情永远年轻，二老青丝已换银发，依然心心相印，恩爱如初，耄耋妪叟但愿世世亦作有情痴，人天共地著相思。

　　林老退休后仍参与潮学、饶学、编修潮州史志等学术活动，以及为老人体育工作而奔忙。2010年以后，阿姨的身体比以前是变了样，患了阿尔茨海默综合征，需要照顾，林老不得不减少上述事务，专心照顾阿姨。阿姨患病初期还能表达心意："阿老很辛苦，都怪我的身体不好拖累他。"传统的潮州女人都是这样：相夫教子持家——支持丈夫的事业，照顾好丈夫孩子的生活是责无旁贷的事。而当自己身体不好让丈夫忙碌起来，反而是感激、愧疚、心疼丈夫。阿姨就是这类人。而林主却说："年轻时你照顾我大半辈子，现在你身体不好，轮到我来照顾你，是天经地义的事。"林老说自己青壮年时体质差，1955年订婚时，阿姨的外婆别的没说，只是嫌"林校长太'枝夜'（瘦弱）"。在潮汕地区，男人太瘦弱不容易娶到妻子，但阿姨心属林老，一心要照顾林老的身体，特别是林老患心梗重症期间，阿姨白天上班，晚上到医院贴心护理，还要照顾年幼的仨儿女，那种辛苦，阿姨从无怨言，而是希望丈夫身体康健。林老疗养那几年，目睹妻子艰辛，始终铭记于心。"轮到我来照顾你"，是患难与共的真情明誓。事实也这样，林老在照顾阿姨方面都亲力亲为。好多潮州男人一辈子都没理过家务是理所当然的事，所以林老这样照顾老伴，也成了难得的事。

人虽无千岁，身也难常健，但愿如同梁上燕，岁岁相伴，风雨相依。茫茫人海，天各一方，一朝结为连理，相约白首，共为扶持，直至八秩之年。忆昔日一见，风华焕发，两情相悦，今朝挽携，虽乌首雪盖，但夕阳冬柏里，心与景相恒，相倚相伴。这是二老感情生活的写照。

林老与阿姨1956年结婚是经组织批准，正月初二完婚，没有传统的形式。那年正月初一，他俩在从教所在地文祠参加春节文娱活动，并给烈军属拜年后才赶回江东老家。因那个年代没有家庭电话可通，乘车船也很不方便，当新郎带着新娘赶到家里时，家人都吃了晚饭，所以新娘子进夫家门吃的不是"五碗头"，而是剩饭剩菜，婚床也是婆婆当年成婚，已用了三十多年的旧床旧帐。林老到现在还因为这事说自己愧欠阿姨。

林老老家在江东。他说自己是个农牧童，家乡没有正规小学，年幼的他靠爹娘的家教和村塾的传统教育，略晓诗文数算，渐露自己的聪慧明智。后来在他表兄的建议下，由村里的宗兄校长介绍，有机会上潮州府城读书。这为林老一进韩师奠定了基础。林老也说过，对他一生影响很大的是他的母亲，其次便是阿姨。阿姨是出生于民国时期的潮州府城，家里人视她为掌上明珠，是潮州雅姿娘仔之一，求亲的不乏其人。但阿姨如七仙女嫁董永，是专门来照顾丈夫的，并支持丈夫到华南师范学院深造，林主读华师四年，书信每周传，但放假回家只有三次。阿姨把很少的工资分成几份，一份给娘家，一份作为自己的生活费，另一份凑起来作为丈夫几次回家度假的路费。

林老家族大，兄弟叔侄和睦同一家，长幼有序，孝悌仁义。阿姨很感慨，也常常对我说："老林的家族感情好，我们二老几次住院，侄孙辈都到医院护理。"但她也有遗憾，就是林主的母亲患病被误诊延误治疗去世，使她悲痛难忘。阿姨在佩服婆婆治家处事贤惠之时，说得最多的是"老人家心地善良，我一想起就心疼"。

像阿姨这样爱家人的潮州传统女人很多，能承认愧欠妻子的潮州男人却很少。而林老每提起阿姨对家庭的贡献时，总认为自己愧欠阿姨很多很多，说阿姨是娘家好女儿，婆家好媳妇，林老的诗作中不止一处流露出对阿姨的肯定与赞赏之情。"知我意，感君怜，此情莫问天，为君持酒劝斜阳，陈侬林荫照。"相信阿姨心里有此写照无法言表。

林老曾总结自己不是好丈夫，阿姨分娩第一胎时，林老人还在华师，而第二、第三次坐月子时，因物质困难，分配得来的两只鸡中了瘟疫，不能吃，娘家人口又多，上有老下有小，阿姨几乎没吃到有营养的东西。青壮年时期的林老身体也因工作劳累过度经常患病，阿姨总把好吃的留给丈夫与孩子，养成了在物质生活丰裕的状况下仍勤俭节约的习惯，因此常常受到林老的批评——"过去是好传统，现在是坏习惯"。阿姨听了却笑着说："四散担。"①

其实，林老他人在家照顾阿姨，仍然继续原来的一些工作，发挥余辉余热作用。所以他在《林苑掇拾》中自嘲是"杂木"，而阿姨戏称他是"大头伯"，属"勤杂角，跑腿形，坐边企角，戏台顶演老虎的，拼到满身汗，无人知道伊是谁"。阿姨对林老一心助人从无怨言，就是怕他忙里忙外会累倒。阿姨对我说过："老林心胸阔，待人好。"林老实际也如阿姨说的一样。他曾在2008年"三讲"时作一首立身处世感悟的顺口溜："为人温良与谦让，立身奉公抛私利。做事尽心尽责任，待人谦和融情谊。治学勤勉求精确，修文严谨重实际。乐助他人不烦人，学人之长严律己。"这是林老教人做人的道理。二老就是这么可爱，阿姨作为城里人嫁与林老，看中的就是"男人的好本质"，林老娶到的是一位能与他的家族融洽相敬的"潮州好女人"。

人的婚姻一半天定，一半是由自己营造，在纷繁复杂的当今情感中，多

---

① 潮语方言发音，意为没有依据的乱说。

愁善感的人往往渴望自己能与爱人白首相携。能吗？能。林老夫妻就是榜样。谁说相忘江湖存活路？哪知相濡以沫情谊深。阿姨患病以来，始终识得林老是丈夫。2015年阿姨完全陷入瘫痪状况，林老及儿女悉心照料，奇迹也出现，阿姨的记忆有些好转，识得儿女亲人面，"谢谢""你好"等礼貌用语表达仍得体大方。真是天意怜幽草，人间重晚晴，菊花盛开秋已深，白首相携报知音。

（写于2011年，2015、2018年修改）

一位母亲的喜悦

妮　子

在"2008年潮州市十大时代人物"的颁奖会上，嘉宾座上，一位满头银发的慈祥母亲，正微笑地注视着颁奖台上的每一位获奖者，心中涌起了光荣感。她忘记了自己的头痛。当学生把鲜花送到她手里时，她更是乐开了怀。此刻，没有人比老人更光荣，获奖者当中，一位是她的女儿，两位是她的学生，他们正用获得的荣耀，回报这位，既是母亲，又是老师的养育、教育之恩。她一生辛劳，老来得以清闲。回顾往事，历历如在昨天。

女儿的出生是最难忘的。是第一胎，不知是大胆还是形势所迫的原因，母亲不知产育的艰难，带了几件衣服到医院待产，而母亲腹中的未来妇产科主任，乖乖地降世了。女儿生下来就没奶吃，供应的一些肉蛋品，也是排队等来的。但家中人口众多，母亲要多吃一点又于心不忍。女儿是吃米糊长大的。或许是这个原因，当了妇产科主任的女儿，今天的获奖者之一，她特别关心产妇，并且主张母乳喂养。后来，母亲生下大儿子、小儿子，物质供应比生女儿时更困难。

母亲有办学经验，被派往赤凤参与创办赤凤中学。孩子的爸爸当时还在"五七"干校，母亲只好把女儿和大儿子寄养在他们双目失明的外婆那里，她带着只有四岁的小儿子前往赤凤。每个月只有两天休息，而这两天的大部分时间就是坐在轮船上。当九岁女儿和六岁儿子来北门渡口送行时，分别场面催人泪下。姐弟俩总是眼望母亲所乘的轮船渐渐消失，才肯离去。母亲呢，只能强忍眼泪，搂紧怀中的小儿子。

20世纪70年代初期，丈夫病重，幸好女儿帮助母亲悉心照料父亲。为照顾生病丈夫和年幼儿女，母亲终于调到城里来工作。她和丈夫是双职户，无条件申请困难补助。可丈夫患病，又要照顾家中长辈，经济相当困难，母女俩唯有夜里挑灯绣花，多赚点钱以补家用。1976年女儿未满16周岁就高中毕业，当时有下乡的任务，她以父母身体不好，弟弟年幼为由而申请留城。1977年恢复高考，女儿顺利考上大学，就读医疗本科专业；接着儿子也考上大学。家庭的负担虽更重了，但母亲已看到美好前景的曙光。

70年代当教师的，要带班到矿厂或农场参加劳动，有时还要接受防洪、排涝、挑石块筑堤防等突击性任务。母亲从小在城里生活，读书后就参加工作，体力劳动的事是少干的。但她是坚强的女人，也是善良的老师。每次到意溪农场参加劳动，她都坚持与学生一起干。积肥车上下"虎头"路坡陡，为不让学生有意外，她一定要关照学生的安全。在劳动中，她的很多学生，都争着分担老师的负担，如这次获奖者之一的刘先生。师生在教学和劳动中结下了深厚的感情。

母亲在城南中学任教期间，一直担任初三毕业班的政治教学工作，并且所带的班级连续四年在潮州市中考中获得第一名，并被评为市直优秀共产党员。

改革开放的春风吹暖了大地，也改变了祖国的面貌。儿女都学有所用，并在自己的岗位上做出了成绩。

往日的生活是艰辛的。现在，全家都过上美满幸福的生活。心是喜悦的，看着女儿和学生胸前的大红花，母亲脸上绽开了欢乐的笑容。

林英仪简历

林英仪，原名林洽典，号君楷，1931年4月生于广东省潮安县江东樟厝洲村。自入学读书至参加工作，以字林英仪为姓名。

1931年4月生于广东省潮安县江东樟厝洲村。

1947年3月—1950年1月，潮安县私立义安初级中学学习。

1950年2月—1950年12月，广东省立韩山师范学校一年制简师科学习。

1950年12月—1951年8月，普宁县"土改"工作队一、七区队部通讯员兼陂乌村工作组调查统计员（资料员），参加新民主主义青年团。

1951年8月—1956年8月，潮安县第三区意溪第一初级小学、第二小学、上荣中心小学等校校长，潮安县第三区教联副主席，中国新民主主义青年团潮安县第三区教师支部书记。（期间：1956年2—7月，韩山师范学校第二届小学行政干部轮训班学习）

1956年8月—1960年8月，华南师范学院历史系学习（调干生），史一甲班团支部书记，史政系团总支宣委、学院党委宣传部宣传组组员。（期间：1958年8—12月，带领史政系同学参与广州岑村修水库之劳动和宣传工作，番禺办公社工作和生产劳动，回校办印刷厂，编辑出版《燎原》理论专刊，1959年8—11月，梅县东山中学教育实习）

1960年8月—1963年8月，韩山师专政史科教师、校工会副主席。

1963年8月—1972年12月，潮安县教育局教育行政股科员、政工办公室成员。（期间：1968年10月—1970年5月，潮安县"五七"干校学习劳动，参加县"斗批改"工作队，驻赤凤公社工作队资料员）

1973年1月—1975年8月，潮州镇文教科科员。（期间：1975年1—8月，参加镇委驻一办抓革命促生产工作队）

1975年9月—1979年8月，潮州镇总干会干事、潮州镇工人马列主义业余大学专职干部。1978年5月参加中国共产党。

1979年9月—1983年9月，潮州市总工会宣教部部长，潮州市职工业余学校副校长。（期间：1981年8月—1981年11月，全国总工会干校思想政治工作班学习）

1983年9月—1991年6月，韩山师专干部专修科党支部书记，校党委办公室、学校办公室主任，校长办公室主任，副研究员，广东省高等学校行政管理研究会理事，潮州市职工思想政治工作研究会理事，潮州市地方志编纂委员会委员。

1991年6月—2016年12月，潮州市地方志办公室编辑、编审，《潮州年鉴》编委、编审，《潮州》杂志编审，潮州市文化研究中心特约研究员，潮州市老年人体育协会副秘书长、副主席，中国管理科学研究院学术委员会特约研究员，韩山师院校友联络办公室顾问，历史学研究员，潮安县宝安中学校董会名誉会长。

历史学研究员林英仪

　　林英仪，原名林洽典，号君楷，入学、参加工作都以字为名。1931年4月出生于广东潮安江东樟厝洲村。1950年2月就读于广东省立韩山师范学校。1950年12月参加普宁"土改"工作队。1951年8月至1956年8月在潮安县意溪、文祠等地担任小学校长。1956年8月至1960年8月就读于华南师范学院历史系。毕业后到韩山师范专科学校任教三年。尔后调潮安县教育局和潮州市总工会工作，曾任潮州市总工会宣教部部长、潮州市职工业余学校副校长等职。

　　1983年后调任韩山师专干部专修科党支部书记、党委办公室和学校办公室主任，副研究员。并曾任广东省高等学校行政管理研究会理事，潮州市地方志编纂委员会委员、潮州市职工思想工作研究会理事。1991年退休后，离岗仍当义务工，先后担任潮州市地方志办公室编审，《潮州年鉴》编辑部编委、编审，潮州市文化研究中心特约研究员，潮州市老年人体育协会副主席，中国管理科学研究院学术特约研究员，潮安县宝山中学校董事会名誉会长，韩山师院校友联络办公室顾问。

　　他从事过学校行政管理、历史教学、宣传文秘和地方志编修等多方面工作，曾被评为潮安县、潮州市、韩山师院等单位先进工作者、优秀共产党员，广东省职工教育和老年人体育先进工作者，获参加广东省新地方志编修工作18周年纪念匾。他对教育行政管理、思想政治教育、地方志编修等工作较为熟悉并有所研究，在各级报刊和韩山师专（院）学报发表多篇论文，其中《韩山书院沿革述略》被选载于1986年湖南大学《岳麓书院通讯》（纪念岳麓书院1010周年国际学术研究会专刊），《"庙学结合"与治潮良吏兴学议》入选《第三届潮学国际研讨会文集》和《中国当代思想宝库》（三），并获得中国管理科学研究院学术委员会评为优秀学术成果一等奖；《一部创新格的治书信史——记饶宗颐（潮州志）的纂修与重刊》，载《中国地方志》2006年第10期，获潮州市哲学社会科学优秀成果奖三等奖（政府奖），编入《中国地方志优秀论文选编》（中国城市出版社，2013）。《潮州旧志的整理编印及启示》，获广东省地方志理论研讨会优秀论文奖，并在大会上宣读。《高远的目标与三不朽的环境》，载《懿德仁心》（花城出版社，2008），《伟南精神述论》，载《感恩与奉献·陈伟南人生价值观研讨会文集》（花城出版社，2013）。参与编印的志书和地情书，担任副主编的有《潮州人物》、《新韩江见闻录》及续集、《懿德仁心——陈伟南人生价值观研讨会文集》等4册，担任编审责编的有明清潮州府及各属县旧志、饶宗颐《潮州志》、潮州地情史志资料丛书共50部（册），为传承中华文明和潮州优秀人文传统奉献余热微光。

合作编著《爱国实业家陈伟南》《韩师史略》，个人专著《林苑掇拾》《伟业煌煌耀南天》等文集，先后出版发行。2007年12月，经广东省社会科学研究员、副研究员评审委员会评审通过，省人事厅审核批准，晋升为历史学研究员。其业绩被录入《中国精神文明大典》第五卷（人物卷）、《中华名人铭鉴》、《世界人物辞海》中华卷（五）等多种辞书。2014年被《火红的年代》专题部专函邀请担任《火红的年代》一书特邀编委。

（载中国当代文学研究会、焦点人物杂志社编：《火红的年代》，中国文化传媒出版社，2014年）

后　记

　　老朽喜登米寿之际，韩山师范学院图书馆以余之口述史，连同余参与宣教工作及潮学、饶学研究活动之拙作，合成《林苑掇拾·续集》梓行。此举首先要感谢潮州市和学院领导信任，让我退休后继续参与上述活动。还要感谢饶宗颐、陈伟南、陈复礼、林进华、陈其铨等多位杰出校友垂爱指导，使我得以在参加上述活动中，能有一些撰述问世。图书馆陈俊华老师为我做口述史，得到时任校长林伦伦教授和蓝宗辉馆长的支持，有意为我出版口述史著作，然我更乐于将该口述史长篇结集在《林苑掇拾·续集》中。陈海忠院长支持将拙著纳入韩山师院"潮学研究丛书"中，教育专家卢璧锋挚友再为拙著作序，黄继澍、陈子新、吴淑贤等众多市志办同仁多方支持。老朽内外儿孙亦赞同出书，林炼生等参与编校工作。谨此一并深表谢忱！

林英仪

2018 年 9 月 25 日